U0459189

时代记忆
文　丛

山·湖·草原

李若冰散文选

李若冰　著　　李珩　选编

青海人民出版社

图书在版编目（ＣＩＰ）数据

山·湖·草原:李若冰散文选 / 李若冰著 ; 李珩
选编 . -- 西宁 : 青海人民出版社 , 2020.1
（时代记忆文丛）
ISBN 978-7-225-05842-9

Ⅰ . ①山… Ⅱ . ①李… ②李… Ⅲ . ①散文集－中国
－当代 Ⅳ . ① I267

中国版本图书馆 CIP 数据核字 (2019) 第 225145 号

时代记忆文丛

山·湖·草原
——李若冰散文选

李若冰　著

李珩　选编

出　版　人　樊原成
出版发行　青海人民出版社有限责任公司
　　　　　西宁市五四西路 71 号　邮政编码：810023　电话：（0971）6143426（总编室）
发行热线　（0971）6143516 / 6137730
网　　　址　http://www.qhrmcbs.com
印　　　刷　陕西龙山海天艺术印务有限公司
经　　　销　新华书店
开　　　本　890 mm×1240 mm　1/32
印　　　张　10
字　　　数　240 千
版　　　次　2020 年 1 月第 1 版　2020 年 1 月第 1 次印刷
书　　　号　ISBN 978-7-225-05842-9
定　　　价　58.00 元

版权所有　侵权必究

总　序

"人民文学"的传统在当代

李云雷

　　20 世纪中国最重要的事件是中国革命和改革开放，中国革命的胜利使中国彻底摆脱了半封建半殖民社会，获得了民族独立，"中国人民从此站起来了"；改革开放的成功则让中国走出了一穷二白的状态，奠定了民族复兴的基础。在 21 世纪的今天，我们正走在中华民族伟大复兴的征程上，当回望 20 世纪的时候，我们应该感激与铭记中国革命与改革开放，或许我们身在其中并不觉得有什么特别，但是放眼世界我们就会发现，并不是所有国家的革命都能够获得胜利，在 20 世纪末仍大体保持着 19 世纪末古老帝国版图的，只有中国；也并不是所有国家都能够进行改革开放，都能够取得改革开放的成功，或者说能够顺利推进改革开放并使国势国运日趋向上的，也只有中国。中国革命和改革开放是 20 世纪中国最重要的遗产，也是我们在 21 世纪不断开拓进取、实现民族复兴最重要的根基。

"人民文学"是在中国革命的进程中产生，并对中国革命、建设、改革产生重要影响的文学。在这里，我们所说的"人民文学"是一种泛指，在不同的历史时期曾被称为"革命文学""解放区文学""十七年文学"等，又在不同的理论视域中被命名为"左翼文学""社会主义文学""红色文学"等，"人民文学"的概念既是对上述各种称谓的通约性表达，也是在新的历史语境中的一种通俗性表达。"人民文学"与 20 世纪中国革命紧紧联系在一起，既是 20 世纪中国革命组织、动员的一种方式，也是其在文化上的一种表达。"人民文学"的重要性体现在它在转变观念、凝聚情感、社会动员与组织，以及寓教于乐等方面所发挥的作用。在 1940—1970 年代，中国内忧外患不断，生产力低下，群众的识字率较低、知识文化水平贫乏、娱乐方式简单，"人民文学"在那时起到了独特而重要的作用。作为一种文化政治传统，"人民文学"伴随 20 世纪中国革命以及建国后的社会主义建设实践而逐渐生成，并以不同方式在改革开放的历史语境中延续和变迁，它直接参与和内在于现代中国的进程，发挥着独特的革命文化能量，进而建构了新的社会主义文化经验和价值传统。

"人民文学"在 1940—1970 年代的中国文学界曾占据主流，但在改革开放的历史新时期，对"人民文学"的评价却发生了分歧与分裂，其中既有 20 世纪 80 年代、90 年代和 21 世纪初等不同时期的差异，也有国家、文学界、知识界等不同层面的差异，以下我们对这些分歧简单做一下勾勒，并对"人民文学"在新时代的状况做出分析。

在 20 世纪 80 年代，伴随着对"文革文学"的批判与反思，中国文学进入了一个繁荣发展的新时期，文学思潮层出不穷，从"伤痕文学""反思文学"到"改革文学""知青文学"，再到"寻根文学""先锋文学"，获得解放的文学释放出无穷的活力。在政治层面，中国进入了一个思想解放的时期，文艺政策也从"为政治服务"调整为"为人民服务，为社会主义服务"。在知识界，则发生了一场声势浩大的新启蒙运动。文学上的种种变化，被后来的文学史家概括为从"一体化到多元化"的转变，所谓"一体化"是指"人民文学"从1940年代到1970年代逐渐占据主流、成为主体，并趋于激进化的过程，而"多元化"则是指"一体化"因"文革文艺"的泡沫化而终止，逐渐走向开放、多元的过程。在这一历史时期，曾被激进的"文革文艺"压抑的其他文艺派别获得了重新评价，这些文艺派别既包括左翼文学内部的周扬、冯雪峰、胡风等人的文艺理论，丁玲、赵树理、孙犁、路翎等人的小说，也包括左翼文学之外的其他派别，比如自由主义文学、新月派、京派文学，等等，但在80年代，所谓"多元化"仍有其边界，大致限于"新文学"的范围之内，但这要到时代的进一步发展之后才能为我们知悉。1980年代的文学大致以1985年为界，呈现出迥然不同的样貌，在1985年之前，左翼文学与现实主义仍然占据主流，而在1985年之后，先锋文学与现代主义蔚然成风，逐渐占据了文学界的主流，而这则伴随着文学评价标准的重大变化，那就是从革命化到现代化、从人民文学到精英文学的转变。在这一过程中，以"重写文学史"的兴起为标志，对"人民文学"的评价逐渐走低，以"写什么和怎么写"的讨论为中心，对现实主义作品的评价也逐渐走低，或许在一个渴望转变与新异的时代，这样的变化也是难免的，要等到一个新的时代，我们才能对之进行客观冷静的评价。

在1990年代，市场化大潮席卷而来，文学界与知识界也产生了分化与争论，1993年、1994年发生的"人文精神大讨论"突显了作家与知识分子面对市场大潮的分歧，一些作家与知识分子热烈拥抱市场化与世俗化大潮，而另一些作家与知识分子则在市场大潮中坚守道德理想，或者坚守个人的岗位意识。与此同时，大众文化迅速崛起，影视与流行音乐逐渐占据了文化领域的中心位置，文学的位置开始边缘化。在文学界内部，伴随着金庸、琼瑶等通俗小说的流行，以前备受"新文学"压抑的通俗文学获得了重新评价的机会，从鸳鸯蝴蝶派到张恨水，从还珠楼主到港台新武侠，都获得了前所未有的关注。"多元化"的发展突破了"新文学"的界限，而逐渐开始向通俗文学、流行文学开放，文学评价的标准也逐渐向是否能够畅销，是否能够获得市场与读者的认可转移。在这样的潮流中，"新文学"的传统趋于边缘化，"人民文学"则处于边缘的边缘。但是在知识界，也出现了重新评价左翼文学的"再解读"思潮，他们从现代化、现代性的视角重新审视左翼文学的经典作品，对之做出了与革命史视野不同的阐释，不过这种解读更多借助于西方的"市民社会""公共空间"等理论资源，其中不乏深刻的洞见，但也有失之凿枘不合之处。发生在1997年、1998年的"新左派与自由主义论争"，显示了80年代新启蒙知识分子的分裂，他们在如何认识中国、如何评价中国革命、如何看待中国与世界等诸多问题上产生了深刻分歧，自由主义者更认可西方的普世价值与世界体系，但是新左派借助于新的理论资源，更认可中国道路的主体性与独特性。这一论争是20世纪最后一场思想论争，也是迄今为止影响最大的思想争鸣，这一论争主要发生于人文领域，其中很少看到文学知识分子的身影。但这一论争涉及对中国革命与红色经典的评价问题，也为人们重新认识红色文学打开了新的视野。

在21世纪最初10年，市场化大潮与大众文化的深刻影响仍在持续，但是在文学界内部，又出现了新的因素，那就是网络文学的迅速崛起，网络文学借助新的媒体形式，形成了一种新的文学生产、传播与接受方式，也形成了一种新的文学观念与文学模式。在观念上，网络文学打破了"新文学"以来的文学内涵，"新文学"将文学视为一种严肃的精神或艺术上的事业，无论是左翼文学、自由主义文学、"为艺术而艺术"，还是"改革文学""先锋文学""寻根文学"，中国现当代文学史上彼此相异与争论的诸多文学思潮，其实都分享着这样共同的文学观念，但是网络文学的出现却改变了这一共识，网络文学重视的是文学的消遣、娱乐、游戏功能，并将之推向了极致，而不再注重文学的教化、启迪、审美等功能，这极大地改变了文学的定位与整体格局。网络文学的盛行催生了穿越、玄幻、盗墓等不同的类型文学，并逐渐形成了一整套成熟的商业模式。与此同时，在更加市场化的环境中，通俗文学占据了越来越多的市场份额，"新文学"与"人民文学"的传统被进一步边缘化，主流文学界只有依靠体制的力量——作协、期刊、出版社——才能够生存下来。在这种情形之下，"底层文学"作为一种新的文艺思潮兴起，对80年代以来日趋僵化的"纯文学"及其体制进行了批判与超越，在文学界与社会各界引起了广泛关注。有论者将"底层文学"与"人民文学"的传统联系起来，但围绕这一议题也发生了分歧与争论，纯文学论者竭力贬低底层文学与"人民文学"的传统，但更年轻的一代研究者对之则持更为积极的态度。在文学研究界同样如此，新世纪以来，"左翼文学""延安文艺""十七年文学"逐渐成为文学界关注与阐释的热点问题，更年轻的学者倾向于从肯定的视角重新阐释"人民文学"及其经典作家作品，但他们的努力常被主流文学界视为异端与另类。

在21世纪第二个10年之初，市场化与大众文化进一步发展，网络文学及其商业模式则更趋于成熟，逐渐形成了"三分天下"的整体文学格局，即纯文学（严肃文学）、畅销书、网络文学三者各据一隅，纯文学（严肃文学）以期刊、作协、评奖为中心，畅销书以出版社与经济效益为中心，网络文学以点击率与 IP 改编为中心，各自形成了一套相对独立的文学运转与评价体系。但在 2014 年，这一整体格局开始发生转变。2014 年及其之后，习近平总书记发表《在文艺座谈会上的讲话》等一系列关于文艺问题的重要论述，这是继毛泽东《在延安文艺座谈会上的讲话》之后，我党最高领导人首次系统阐释对文艺问题的观点，讲话所提出的"坚持以人民为中心的创作导向""文艺不要做市场的奴隶""创作是自己的中心任务，作品是自己的立身之本"等观点，继承了我党"文艺为人民服务，为社会主义服务"的优秀传统，又对文艺界出现的新问题、新现象、新经验做出了分析与判断，为新时代文艺的发展指明了方向，已经改变了并将继续改变文学界的整体格局。

改变之一，是"人民文学"的传统得到弘扬。自 20 世纪 80 年代中期以来，"人民文学"传统先后遭遇"先锋文学"、通俗文学、网络文学等巨大变革的挑战，日渐趋于边缘化，虽曾以"底层文学"的名义短暂复兴，而并没有得到主流文学界的认可，但"以人民为中心的创作导向"提出之后，极大地扭转了文学界的整体状况，"人民文学"传统受到重视，红色文学的经典作品也得到重新阐释与更大范围的认可。

改变之二，是"新文学"的观念得以传承。中国的"新文学"虽然有内部不同派别的论争以及不同历史时期的巨大断裂，但却都将文学视为一种精神或艺术上的事业，这一点与通俗文学、类型文学注重消遣娱乐有着本质的不同，习近平总书记系列讲话中将作家艺术家视为"灵魂的工程师"，将文艺视为中华民族伟大复兴进程中的重要力量，指出"文艺是时代前进的号角，最能代表一个时代的风貌，最能引领一个时代的风气"，在这一基点上鼓励探索与创新，这是对新文学观念与传统的认可、尊重与倡导。

改变之三，是"三分天下"的格局得以改观。"三分天下"是各自形成了一套相对独立的文学运转与评价系统，但习近平总书记系列讲话是对文艺界整体讲的，也是对文学界整体讲的，不仅包括纯文学（严肃文学）界，也包括通俗文学、网络文学等领域，目前通俗文学、网络文学领域已经发生了巨大的变化，比如官场小说的转型、科幻小说的兴起，以及网络小说更加关注现实题材，更加注重现实主义等，"三分天下"的格局有望在相互竞争与争鸣中形成一种新的、开放而又统一的评价体系。

但是从另一个角度来说，现在的改变仍然只是初步的，一个突出的表现是《创业史》等人民文学的经典作品虽然得到了国家与政治层面的推崇，也得到了知识界愈发深入的研究，但是在主流文学界并没有内化为重要的写作资源与参照，很多作家心目中的理想作品仍然是中国古典、俄苏 19 世纪批判现实主义以及欧美 20 世纪现代派作品，并未真正将"人民文学"作为自己可资借鉴的重要传统；另一个突出表现是习近平总书记《在文艺座谈会上的讲话》发表已经 5 年，但并没有真正出现"以人民为中心的创作导向"的经典作品，现有的艺术性较高的优秀作品并没有坚持以人民为中心的创作导向，而有些试图坚持以人民为中心的创作导向的作品则在思想性、艺术性上存在不少缺憾，并没有达到更高层次上的融合与统一。这似乎也很难归咎于作家努力得不够，一个人思想观念的转变是艰难的，而新时期以来"人民文学"及其传统的不断边缘化，红色文学被贬低几乎成为文学界的集体无意识，要转变这样的观念，需要我们做出更加艰苦的努力。

在今天，我们需要在新的时代背景下重新认识"人民文学"的合理性与历史经验，重新梳理新中国前三十年与后四十年文学的关系，重新理解文学与人民、时代、生活的关系，面对 21 世纪正在渐次展开的历史，我们应该从"人民文学"中汲取理想主义等稀缺性精神资源，从而创造中国文学新的未来。

在这种情况下，青海人民出版社编辑出版的《时代记忆文丛》显示了历史性与前瞻性的眼光，将对重新认识和发掘"人民文学"的精神资源，传承"人民文学"的优秀传统产生重要影响。此套丛书邀请前沿学者或熟谙作品的作者子女选编人民文学代表作家的代表作品，选编丁玲、贺敬之、郭小川、李季、艾青、臧克家、赵树理、孙犁、田间、李若冰等经典作家。每种选编作品前置有一篇序言，系统介绍作家生平、创作，梳理关于他们的研究史与评价史，既有历史与文学价值，也具有新时代的眼光与视野，可以让我们看到这些文学前辈是如何在与时代、人民、生活的融合中进行艺术创作的，他们的经验值得我们借鉴，他们的作品值得我们学习。新时代的中国作家只有自觉地继承"人民文学"的传统，才能在"坚持以人民为中心的创作导向"中大有作为，我们期待这套丛书能够为新时代作家的艺术创作提供可资借鉴的资源，也期待这套丛书能受到广大读者的喜爱与欢迎。

2019 年 10 月 28 日

代　序

自然美与心灵美的勘探者

——李若冰散文论

冒炘　江滨

一

美国作家梭罗曾说:"诗人可分成两类,一类耕耘生活,另一类注重艺术。"这种区分虽不能视为创作现象的完整概括,但它无疑是有根据的。即作家在创作中往往会历史地形成自己特殊的个性。作为鉴赏对象的艺术作品,由于作家对创作对象的观照方式不同,必然呈现出鲜明的差异。前者的艺术创作和生活呈直接交融形态。艺术创作自然成为他人生内容的一个不可或缺的组成部分;后者的艺术创作常常与生活有所距离,艺术创作被作为一种与其人生现实内容联系松散或没有联系的精神活动。虽然二者在创作中所能达到的艺术高度也许并无轩轾,但造成了艺术作品迥然有别的风范。

如果用这样的观点看待著名散文家李若冰的作品,那么毫无疑问,他当属于"耕耘生活"那一类作家。他的散文创作使我们强烈地感受到，它是作家热烈拥抱生活、拥抱创作对象的三重交响的产物。

令人注目的是，李若冰的散文世界是独特的，他对大西北情有独钟，形成了他的视野恢宏、纷繁多彩而又专注不移的特定题材，他迷恋那飞沙走石、剽悍狂放的大自然，热爱那些可爱的大无畏的创业者。他以自然美和心灵美的勘探者的献身精神和独特工作方式，几十年勤奋不倦地在那方天地里耕耘、采掘、收获，奉献给读者一篇又一篇描摹大西北神奇壮丽的姿影，记录开拓者不朽功业的报告，向人们披露了新中国第一代建设者们战斗在人类处女地上的感人事迹。

大西北有史以来就是一个冰雪覆盖、风沙肆虐、荒芜沉寂的世界，一个生命被冷落的世界。当共和国的历史揭开了崭新的一页时，它也在历史的震颤中苏醒了。地质工作者在那里发现了沉睡的宝藏，开发大西北的壮举便展开了。

时值 1953 年，年轻的李若冰刚从北京中央文学研究所结业，他直觉地感到他的生活理想仿佛就在那沙原之上；那里有他生命中某种不可缺少的东西在呼唤着他，他便毅然投身到大西北的开发热潮中去，作者后来回忆说："从 50 年代初，我到陕北石油探区跑了一转，发现感情上有某种难以割舍的缘分，于是就欣然加入了石油勘探队伍的行列，我跟随他们奔向大西北，越过长城线，走出嘉峪关；……野外勘探生活是飘荡不定的，日日夜夜地跑，长年累月地跑，既尝到了难以意料的苦味，又享受到了人生莫大的快乐，生活充满着幻想、豪迈和绮丽的色彩。我完全沉迷在这种生活里了，我以能够成为勘探者中间的一员，感到由衷的喜悦。"① 那一阶段，作者曾兼任西北石油管理总局酒泉地质勘探大队副大队长，"虽说是挂职，其实是实干的。我在和各种地质、测量、钻井、地震、重磁力等地球物理勘探者一起的时候，几乎忘记了自己是一个文学工作者，而想得最多的是勘探工作的进度、成果和发展，我不可能把自己排除在勘探工作之外，而是他们中间的一个。""我愿意做一个地质徒工，和他们一起跋涉、奔波，一起苦恼忧愁，又一起为获得新的工作成果而欢呼。""往往就在这个时候，我的艺术灵魂仿佛就唤醒了。我压抑不住自己的冲动，在工作的空隙里，一抓住笔就写起来。"②

柴达木的高山、盐湖、雪河、戈壁、草原，无处不留下他的足迹。远大的理想、坚忍的意志、豪壮的情怀把他和创业者们融为一体。沸腾的生活，艰辛的劳动，在他心灵的观照下，化为时代的风貌。1953年11月，他在《人民文学》上发表了成名作《陕北札记》，以后陆续写下了《酒泉盆地巡礼》《勘探者的足迹》《在柴达木盆地》《在严寒的季节里》等作品，1956年出版了散文集《在勘探的道路上》。

1957年，作家怀着对柴达木的眷恋，第二次来到柴达木盆地。一如既往，他的心灵被艰难而又壮美的建设生活所占有，写下了《茶卡行》《青藏路上剪影》《格尔木纪事》《察尔汗盐桥》《寄给依斯阿吉老人》等脍炙人口的篇章，后来结集为《柴达木手记》出版。

1959年，他又出版了另一本散文集《旅途集》。不久特写集《红色的道路》、散文选集《山·湖·草原》也相继问世。在中国当代散文史上他是与西北工业建设一起成长的代表作家。他以最早反映中国建设者开拓者形象，唱出时代最强音的创作实践而蜚声文坛。"文化大革命"开始，作家被迫搁笔。1971年，他从"五七"干校出来，便到陕北老根据地生活了一段时间，以后，陆续发表了一组以反映党中央、毛主席和周总理转战陕北为题材的散文，1978年结集为《神泉日出》出版。1980年，他第三次去柴达木，相继写下了一组"西行书简"，如《阳关梦》《昆仑飞瀑》等。1987年，他又把视野投注到塔里木盆地和塔克拉玛干大沙漠，深入其境，试图仍用《柴达木手记》的表现方式撰写《塔里木书简》，作为《柴达木手记》的姊妹篇，从已经发表的篇章，诸如《莽莽的塔里木河》《龟兹乐舞之乡》《库尔勒印象》《塔克拉玛干之谜》等，可以看出，作者在自然美、心灵美的勘探上又有了新的求索。岁月的沧桑使他的作品具有更加深沉的感情，更加豪放的气势，更加老到的笔触，更加高远的境界。

二

总览李若冰的散文创作，可以获得这样深刻的印象：他是一个主要以反映大西北拓荒者和建设者生活为己任的作家。大西北对他具有无穷的吸引力，使他不愿须臾离开。他生命的根底似乎潜伏着西北高原雄性的血脉，因袭着这种雄性粗犷的苍茫气息和历史积淀所衍生的浑厚的文化因子，与浩瀚苍莽的西北荒野沙漠结下的不解之缘，恰恰反映了作家对生命未知的无限境域的探求，它绝不是作家封闭心态的表现。

这种文学创作的内心渴求和冲动，连作家自己都不免惊奇。他说："我降生在三秦，但不知是命运的驱使，还是生性好动，老不安于在原地兜圈子。"[③]又固执地声称："我大约生下来就适合于野外生活，我想起自己从孩提起步，就远离生我养我的故乡及父老兄弟们，爬上了苍凉博大的黄土高原。后来，等我长大了一点儿，开始喜欢上文学并企图写点什么的时候，想给自己起个笔名儿，叫什么好呢？我眼前一下子闪现出骆驼的形影，从它身上起个名儿不好吗！记得，那还是我十来岁的时候，有一次在延安南门外，蓦然发现一支长长的骆驼队，它们昂着高高的头颅，驮着很重的东西，一步一步地向前迈进。……它们到哪里去了？一定到大沙漠里去了吧！骆驼队远去了，可那叮咚叮咚的铃铛声，还在我的耳边鸣响，以至时常响在我的梦中。这就是我曾用名沙驼铃的由来。"似乎无须什么解释，他总觉得天性如此："我命里注定是跑野外的，而且早就跑野了。这些年跑得少了，心里就觉得窝得慌。即或我想跑而不得跑的时候，那颗心也是在野外的。"④

作家的自我阐释，充满着稚气的童话色彩。人们或许认为，作家童年的轶事仅仅是人之初的一个有趣的梦幻，它和作家日后创作个性的形成并没有什么内在的联系。然而，这两者间却有一个特定的文化因子贯通着。李若冰创作个性上的"野"，似乎映现着他少年天性中的"野"。作家的童年梦幻也许正是他对西北建设题材一往情深的原始诱因。大沙漠特有的驼铃声消失在苍茫深处所遗留的自然之谜，正是作者创作最初的原始动力。

所以，当人们追问作家，"是什么驱使你决心奔向柴达木"的时候，他质朴地回答道："在文研所看到的报道，大西北，戈壁滩上，有关勘探者的新闻，什么叫'戈壁'，当时不懂，很新奇，只是感到，在那里生活一定很有意思，想法很朴素。"⑤这个回答可能会使人们不满足，但它和作者少年时对大沙漠幼稚好奇的幻想却是一脉相承的。那梦中的驼铃声一直残留在作家的潜意识中，没有随岁月的流逝而被冲刷掉。当生活中的机缘拨动它时便会形成强烈的感情波澜。所以李若冰创作活动中特有的"沙漠之恋"现象，就其执着的原始动机分析，是与西北地域文化熏陶形成的豪放气质分不开的。当然，我们还需要进一步追溯作家生活的另一种历史原因。

1926年，李若冰出生于陕西泾阳县阎家堡一个贫苦农民家庭。由于家庭贫困，自幼被卖给本县云阳镇杜家。生来没见过生身父亲，7岁在云阳镇小学读书，后因养父母去世，先后由杜家大伯、四叔父抚养。12岁那年，由于不堪忍受各种虐待，与一童年伙伴，在八路军驻云阳留守处的帮助下，逃离家乡，到延安投身革命。那时，他还是一个连初小四年级都没有念完的小学生，是延安这座革命大熔炉培养了他，使他从一个少不更事的孩子成长为一个革命战士。尤其是 1944 年他考入桥儿沟鲁艺文学系以后，阅读了大量文学作品和理论著作，增长了文学修养，为后来从事创作打下了坚实的基础。作为未来作家的李若冰，无疑他是革命摇篮的宁馨儿。因此，作家对革命和建设事业有着忠诚的信念、深厚的感情，这种信念使他密切地关注着祖国的社会主义建设命运和动向，及时捕捉时代的脉动，关于这一点，作家有过深情的自白："我爱新的中国，我爱这个新的时代，她的呱呱降生和将要面临的命运，是和我息息相关的，也许我是孤儿，自小被革命队伍收留，而又在战火硝烟里长大，所以，当我已学着能写点东西的时候，就把自己手中握着的这杆笔，看做是一种武器；把自己从事的文学事业，看做是一个战士的活动，从过去到今天，我总是这么认识的，而且从来也没背拗过这一信念。"⑥

　　作家的这种自我认识既是质朴无华的，又是深刻感人的。它向人们展示了一个在革命熔炉和人民怀抱里成长的作家的风采：他首先是一个紧紧追随革命步伐，时时听从时代召唤的文化战士，然后才是一个以心灵拥抱生活、讴歌生活的作家。所以，当新时代建设者的脚步震醒大西北的时候，作家便在上述两种因素的合力驱使下，全身心地投入开拓者创业者的行列，勇敢地开拓他的人生理想和文学征途。

三

　　大西北恶劣的自然环境是众所周知的，探险家也往往望而却步。正是在这片天苍苍野茫茫的天地里，共和国第一代建设者做出了与历史同步的划时代的业绩，李若冰的笔触应和着时代的脉搏，洋溢着那个时代特有的乐观向上的激情，勾画了大量平凡而又伟大的人物，他们是作家情和思的聚焦点。他们的多重组合，在新中国璀璨夺目的历史画卷上展现了一个风采各异的英雄群体。他们的无私奉献，构成了那个时代让人缅怀不已的价值实体。

在李若冰的笔下，出现过一个23岁的清华大学毕业生葛泰生，他率领一个地质普查队，跑遍了酒泉盆地西部的广大区域，出没在祁连雪山和浩瀚的戈壁滩中，仅在157天里，就普查了16800多平方公里的地域。有一次，当他和几个技术员去普查柴达木盆地一个偏远地区，完成任务返回基地的时候，干粮和水都用完了，连素有"沙漠之舟"美称的骆驼也熬不过饥寒，接连倒毙了。荒漠无垠，他们又迷了路，"他们怅惘、饥饿、寒冷、困倦，该向哪里走好呵！要是再耽搁几天，人就会支持不住的。但是，他们没有绝望，仍然不分昼夜地走着、摸索着，终于，他们回来了，还带回来使人振奋的大块的油苗、沥青和寻找到一个储油构造的消息。"(《在柴达木盆地》)

大西北自然环境的凶险是变幻莫测的。但拓荒者在与它的搏斗中一旦掌握了其中的奥秘和规律，对立面便走向转化。从这样的角度看，李若冰的散文不单纯是热情对意志的青睐，也是热情对智慧的赞歌。这在修筑青藏公路的过程中表现得最为出色。修筑青藏公路，其艰巨程度绝不亚于在硝烟弥漫的战场上与敌人作殊死搏斗。但年迈的慕生忠将军率领的筑路大军却赢得了这场战斗。奥妙并不在于一味地硬拼，而是筑路者们以热情加智慧，革命干劲加科学精神的结果。请听慕将军的总结："我们在探路中，对高原也得出了一些初步认识：一是山越高越平——我们祖先很聪明，不叫青藏高山，却叫青藏高原。二是水越到上游越小——青藏公路就走的是上游。三是高原没有淤泥地，多是沙土石子。四是没有雪封山的现象,雪线以上雪小。……我们研究山,研究水,研究草原。研究清楚了,就可以下决心就可以战胜它了!"《青藏路上剪影》)每每读李若冰的散文,我们从这些人物身上,不只嗅到了豪迈之气,还看到了智慧之光。

大西北的独特风光奇妙壮观,也是令人叹为观止的,但最令人感动的莫过于把青春和生命献给那片土地的人。李若冰绝非是为了猎奇而跑到大西北去的。他是响应时代和生活召唤而迈开了探索的脚步。

正是那里不屈不挠的人们使他产生了心灵深处的热恋。诚如他自己所说:"我钟情于野外勘探者,我体味到,野外勘探者最富有感情,而且生命力最旺盛,因为他们吃过常人难以吃到的苦。我认为,野外勘探者具有人类最美的素质,民族最优秀的品格,他们才是我所敬重的,所爱所恋的。"[7]在李若冰的作品中,他的笔墨大量地倾泻在葛泰生、朱夏、顾树松、严济南、秦士伟等地质工作者,老红军杨良云、慕生忠,乌孜别克族老人依斯阿吉,以及无数建设者身上,而朱夏堪称是他们当中的突出代表。1949年,他从瑞士留学回国,怀着建设新中国的满腔热情,穿着一双十几斤重,钉满铁钉的特殊皮鞋,终日奔波在大西北的荒山沙漠。艰苦的地质生活不但没有磨损他的生活锐气,反而更增添了他旷达的风采和诗人的气质。他写下了不少声情并茂的诗篇。请看这首诗,它同大西北的辽阔广袤一样,豪情满怀,气魄不凡。

日月山西草未苏,

落霞明处觅征途;

"铁鞋"不拭天山雪,

再踏严霜入冷湖!

另一个地质学家心系大西北的故事，同样使人感慨不已。他叫黄先驯，他的足迹几乎遍及中华大地，但唯一的遗憾是没有到过柴达木盆地，就在他即将实现这一愿望时，却不幸卧病不起了。弥留之际，他向组织要求，死后把他的骨灰埋在他热爱的柴达木土地上。人民满足了他的愿望，他的灵魂终于在柴达木憩息。(《致尕斯库勒湖》)

　　李若冰的散文之所以能热辣辣地把大西北开拓者的精神风貌传达给外部世界，一方面来源于作家对开拓者们内心世界的深刻体验和洞察，还来源于作家对大西北自然环境与建设者那种特殊美学关系的理解与把握。作者对此是深有体会的，他说："我倾心于大沙漠，因为这里的生活是豪放的、壮美的。我倾心于大沙漠，因为这里的人，他们的心灵，在和大自然的搏斗中，都陶冶得纯净、美丽、热烈而富有感情。在这里，人们摆脱了高楼、花园、假山和逸乐，面对着严酷的荒漠、干渴、风沙和英雄的事业。"⑧

　　开发大西北的人们面对的严酷的大自然，既是他们需要战胜的敌人，然而又是他们精神的净化器。人在战胜环境的同时，环境也造就了人。李若冰的散文不仅表现了对环境的征服，而且在美学意义上，还表现了人对自己的征服。

四

　　李若冰散文在塑造了一系列西北建设者的形象的同时，还把人们带进一个壮丽多姿的世界，领略大西北神奇的魅力。这是他的散文具有独特审美价值的地方。祖国的伟大可爱，生活的丰富多彩，在李若冰的笔下绝不是一个抽象、空洞的辞藻，而是一个非常具体形象的艺术存在。

看起来贫乏荒凉的大西北，其实是多么美丽富有啊！茶卡盐池的储量五亿吨，可供六亿人口吃一百六十年；而整个柴达木的盐储量，可供全世界人口吃一万多年。青海湖边的水草是多么地丰茂，牛羊成群，牧歌悠扬。湖水"鼓动着丰满的胸膛，以神异的力量，掀起了碧波大浪，排上天空，拍打着湖岸。她发出了激昂的歌声，好像有着无穷的热情，任性地向草原倾泻，向天空抛洒"！这又是多么迷人啊！柴达木的景致却是苍劲豪迈的，作家动容地写道："柴达木的天空是明亮的。万里茫茫似海的盆地里笼罩着一层薄薄的云雾，像鹅绒般轻轻地飘流着。透过云雾，在盆地的南方，矗立着昆仑山，气势雄伟，戴着银盔，披着银铠，真像一位老当益壮的将军。在盆地的北方，屹立着阿尔金山，脸面清秀，俊俏英武，显得干练可爱，很像一个年轻有为的少年。"（《在柴达木盆地》）祁连山景象又呈现着另一种神采："山巅上有蔚蓝色的天空，有金色的太阳，有闪光的冰川，有晶亮的银雪；这一切是这么地迷惑人，这么地气势磅礴！再从山巅望远去，波浪汹涌的雪线，好像一条银色的长河，浩浩荡荡地穿过了群山，向天边飞了过去。"（《祁连雪纷纷》）

　　饱览作家的散文，人们还可以领略一种人与自然经过较量，融为一体的奇异境界，三千多公尺的昆仑高峡上建起了水电站。（《昆仑飞瀑》）塔克拉玛干，维吾尔语的意思是："进去出不来"。然而，蒿忠信带领他的1830勘探队进去了，并且出来了。（《塔克拉玛干之谜》）有谁听说过用盐造成的桥呢？察尔汗盐湖上却崛起了这样一座奇特的桥。从表面上看，盐湖湿漉漉的，其实却很坚硬，发现这个奥秘，工人们就用钻探、爆破出来的盐块铺成桥面，再搅拌起盐水，通通浇上一遍，它不但坚固如石，而且平滑如镜。这称得上是世界造桥史上的奇观。（《察尔汗盐桥》）

　　自然风光通常总是与人们的精神风貌相对应的。人们常爱引用黑格尔的一段名言："自然美只是他对象而美，这就是说，为我们，为审美的意识而美。"⑨大西北的壮阔奇异风光不仅为开拓者的恢宏气魄而存在，而且由于他们的壮举而改观。作家在《格尔木纪事》里颇有情趣地记下了劳动者改造戈壁荒滩的动人情景：为了生存，人们把格尔木河水引入了住地。抢起铁锹和十字镐，开垦着戈壁沙滩，种上了白菜、萝卜、洋芋、大蒜和小麦；为了美化环境，栽植了十多万棵白杨树；建起了汽车保养厂、砖瓦厂、皮革厂，等等。大自然一经"人化"，便深深地烙上了人的本能属性。人既然高高地君临于西北荒漠，高昂乐观的浪漫主义精神自然成为人们生活的主旋律，轰轰烈烈，奔腾向前的时代氛围对大西北的笼罩，反映在贴近生活、追踪时代的李若冰笔下，一扫历史的肃杀凄凉，两种相距遥远的历史中产生的不同情调，在《山·湖·草原》和《阳关梦》中被作家饶有深度地作了形象的对比，给人一种深沉的历史感。

诗情画意的风景描写，也为李若冰的散文增添了隽永迷人的色彩。作者很注重景物的意境，力图把景物的奇异独特与人物的所思所感融合在一起。你看，置身茶卡盐海，"四周，洁白洁白的。向东望，盐海没有边际，白蒙蒙的大气伸向天空，好像那边是乘云驾雾的地方，是通天的捷径。你看，白云伸出的手臂不已挽着盐海在高空飞行着吗？眼前，海水辉映着旺尕秀山和完言通布山，不知是山长在海里，还是海水在漫山漂流，给人以美妙的幻觉。"（《茶卡行》）李若冰散文对西北的水光山色的描绘最有独到之处，山写得峻伟，水写得柔媚，凡描写到湖的景色，诸如《姊妹湖》《伊克柴达木湖畔》《冷湖的星塔》等，都有着令人销魂的景物描写，给人以丰盈的艺术享受。

走进李若冰的散文世界，不啻是巡游了一趟中国大西北。那里的变化令你神往；战斗在那里的开拓者和建设者的形象使你产生深深的敬意和热爱之情，开发大西北的历史画卷，强烈地折射出时代的特征：祖国在崛起，民族精神在高扬。由此可以判断，李若冰的作品无论在过去或现在，都为高奏时代旋律，反映工业建设题材的创造展现了无限广阔的地平线。

注释：

①李若冰：《柴达木手记·增订版序》，人民文学出版社，1981 年。

②⑥李若冰：《不解之缘》，《李若冰研究专集》，第 77 页，陕西人民出版社，1988 年。

③李若冰：《创作的旅途》，《李若冰研究专集》，第 26 页，陕西人民出版社，1988 年。

④⑦李若冰：《野外之恋——〈柴达木手记〉重印后记》，人民文学出版社，1987 年。

⑤朱子南：《柴达木！柴达木！》，《李若冰研究专集》，第 285 页，陕西人民出版社，1988 年。

⑧李若冰：《柴达木手记》，第 158 页，作家出版社，1959 年。

⑨黑格尔：《美学》第一卷，商务印书馆，1982 年。

目录

1

目 录

陕北札记

在咸宋路上

从咸阳到宋家川的公路，是西北高原的一条动脉。

这不是一条普通的公路。它以古老名城为起点，经过八百里秦川，伸入黄土高原。它像蚯蚓般钻入丛林深谷，又像蟒蛇般穿过千百条小河，千百条山沟，最后才到了黄河畔上的宋家川。陕北人民通过这条路，支出收入，和西北以至全国血液汇流。

数不尽的山，蹚不尽的河，看不完的奇山美景！可是，比这些更加吸引着我的是一路上来来往往的人。我还记得，一九四九年春夏，在这条道上，奔走的是解放军的战士，骑兵、步兵、炮兵，一队接着一队，风尘仆仆，浩浩荡荡，向西安进发，向兰州进发。而这时候，天气炎热，我们的汽车已开过关中平川，向黄土高原疾驰着。在峻峭的山巅，还可以看见碉堡的残骸。在那堡子的墙上，还有枪弹打的伤疤。当车从苦泉梁向下走的时候，你会望见曾被敌人烧毁而又修起的发黑的茅屋。一九四七年，在这里，我们的战士曾头顶着暴雨，脚踩着顽石，度过无数个不眠的黑夜。我也亲眼看见，战士的鲜血，和宜君县壕沟的清泉，和洛河的水，流在一起。

汽车向前飞驰着。我们仍然还能看见烂碉堡，塌战壕，和被枪弹打穿的城堡。可是，这一切，眨眼间都闪过去了。

前面，又是尘土飞扬。拐过一个弯，车被堵住了。在灰尘笼罩的大路上，只能看见几个庞大的黑色物体在滚动着。等我们斜着插过去的时候，才看清是一辆跟一辆的载重大卡车。卡车上满装着建筑用的木材，足有二十多辆，在缓慢地拐着弯。这些卡车一开了过去，山林上就披上了一层厚厚的灰尘。过去，我们也有这样的大卡车，它是装载大炮的。那时，山林也披着厚厚的灰尘。但是，短短的几年，换了另一个时代。现在和过去，该有多么大的不同呵！

天空，白云浮起，一群鸽子伴着白云，遮住了炎日。群鸽斜身冲下，又向群山远处飞去。山林变得深绿。天气凉爽起来。我们的眼前，山鸡叫着，蹦着，花雀在做着游戏，还跟着我们飞了很远。

"看，多好的鸽子！"石油地质局长欣赏地说。

"在这些山上，盖上十层大楼，那才好哩！"司机大虎情不自禁地说。车开得更快了。

"你想得真美呵！"

大虎好像觉得自己说的话不大实际，就改了口吻说：

"那要把这些大山搬到城市里做花园，该美吧！"

大虎说的话真逗人，惹得大家都笑了。可是，大虎不晓得，就在这些大山林里，这些人烟稀少的地方，我们的人民正做着移山倒海的事业。这一路上，你只要眼勤一点，在山顶上、深林里、沟洼里、河道里，不难看到这样一些人：他们扛着标尺，拿着榔头，在看着罗盘仪，在爬着高山，他们是在寻找陕北的地下珍宝。我们在另一段路上，还看见西北大学地质系的许多同学，他们每个人都拿着小榔头，小本本；

每个人身上都背着一个小口袋，里面装满了奇形怪状的石块。这样的人，一路上，我们见了很多很多。我们看见的这些人，他们来自全国各个地方，今天汇集在一起，都是来探宝的。不用问他们的理想是什么。你要问，他们会说："祖国需要富强，人民需要石油呵！"

花雀仍然在车前飞旋着。突然，它闪过车窗，往深林里飞去。毛毛雨下起来了。本来，我们今天要赶到延安，雨要不停，黄土路又黏又滑，就得误事了。我想局长和地质家们，一定更着急。可是，他们仍然谈笑着，没有一点着急的神气。我一问，才知道，他们是不会着急的。这一路上，哪里都有他们的家，哪里都有自己的勘探队。

前面，黄土山下，那是一架什么机器在隆隆响呢？在铁架的上端，一个像是飞轮的东西旋转着。专家告诉我，这是顿钻。它在打炮眼。顿钻旁边，站着四个操纵者。这四个人，三个穿着油布雨衣，一个穿着黄军装。那个穿黄军装的人，向着一个小帐篷走动时，我看见闪烁在他帽子上的红星。这颗红星在毛毛雨里，显得特别耀眼。红星闪入了我的心坎。它同时闪烁在咸宋路旁，闪烁在高山深谷里。

局长和专家们下了车，向工地走去。

我走近穿黄军装人的面前。

"你在部队做什么工作？"我问。

"当班长。"他答。

"现在呢！"

"学着做一个石油钻探工人！"

他带着战士特有的谦逊回答。说实在的，就在他谦逊的后面，我还察觉到一种自豪的感情。因为，他还说："我们是奉了党的命令，开进石油战线上来的！"

转过眼，我发现其余三个人中，有两个人在雨衣里面也穿的是黄军装。不过，黄色已经变成黑色，军装被油腻涂污了。

雨地里，我还看见三三两两的人，在山洼里东奔西跑。他们比小兔还要机敏，等会儿不见了，等会儿又冒了出来。对面山坡上，有两个年轻人，一男一女，学生打扮，正在谈着什么。他俩发现我们以后，跑来了。刚跑来和我们打了个招呼，那位女的就慌忙地对那个男的说："哎呀，冲的相片还没看哩！"男的一转身，快步走着，说："怎么！还没看？"我真不懂了。他们怎么突然想起什么相片呢？转念间，我觉得自己错了，这相片和他们的工作有关系吧？等我们走到河边，那位女青年已从河里捞出有几尺长的一溜相片。近前看，相纸上密密麻麻，净是些弯弯曲曲的细线条，像活动着的细长爬虫，有的曲度大点，有的曲度小点。这是什么呢？两位青年递给专家们看，指指点点，说的话，也难听懂多少。原来，这是经过放炮得出来的结果。相片是从地震仪里拍摄下来的。

这里活动着一个地震队。

我们去看地震仪。仪器装载在卡车上。起初，你不知道，准会奇怪卡车为什么开到山洼里去了呢。我们走到车尾，早有两个姑娘，挥着手，嚷道："上来吧，上来吧。"专家被拉上去了。"上来吧，没关系。"我随着爬了上去。在车篷下面，车身的一端，那黑色闪光的东西，我想就是地震仪了。一位姑娘殷切地介绍她的工作仪器。她像是四川人，说话很快，不歇气地一句接着一句。我一面听着，一面想：她们对自己的工作多热心呵！好像在说："同志，你看，我们在深山里工作，现在还下着雨哩；艰苦吗？寂寞吗？不，你不知道我们是多么快活。你不知道。我们和大自然一块生活！同志，你知道黄土高原真实的美吗？"

这样一些年轻人，他们的态度、言语，使你兴奋。他们使你想起了在西湖畔上谈情的青年，想起了在天安门前欢舞的学生。他们或者是乘着成渝铁路的火车来的，或者是坐着轮船来的。今天，他们共同投入和大自然的斗争里。我这次看到很多这样的年轻人，他们都是生龙活虎的，纯洁欢乐的。他们不避风暴，不畏虎狼，终年在野外奔波着。他们很会称呼自己，说："我们是祖国建设的先遣队！"还有另一个称呼，这是一个老技工说的："同志，找油任务是不轻，得好好干。啥事情开头都难，啥事情都要有个开路人嘛！"

这位老师傅的话，提醒了我。这次，我们的车是一直顺着咸宋路走的。可是，具体些，不如说咸宋路只是做了个引子，而一路上，我们向路旁的深山峡谷，开进开出了不知多少次。有一次，为了到一个地质队去，汽车突然离开大路，开进一条小河里，就一直颠颠簸簸地往前开去。哪里有路呢？大虎凭着敏捷机智，狠命地向前开着。他的眼睛乱转，半路上，意外地，发现河道里还有车轮痕迹。他兴奋地喊道："这是我们的大卡车！"他虽然高兴，心里可吃着劲。看吧，真是过不完的河，过了一条又一条。傍晚，沟里下了雨，河水涨了。我们仍然顺着河道往回走。不管怎么危险，总算开出来了。局长喘了口气，问一个小测量员："你看今天过了有多少条河？"小测量员说："算过，来回六十条！"

我们的勘探队，常常走进没有路的山林河谷。我们已有了成千成万这样的勘探队员，他们是这个时代的开路人。他们开辟的是没有路的路，是前人没有走过的路！

寻找黑金者

我们这次去陕北，天没亮就出发了。

第一次和石油地质专家见面，还是车在路上抛锚的时候。司机大虎很着急，爬到车底下去修理。随着，一位黑胖的人从另一个车上跳下来，几乎和大虎同时钻到了车底下。这个人仰面躺在车底下，看起来又胖又大，大虎倒显得小了。他长着一副圆润黑红的脸庞，戴着黑腿近视眼镜。很久很久，他才和大虎一块从车底下钻出来。看时，他已满身沾着泥土，脸上流着汗，两只手因修理机件被油腻涂污了。

　　这是王尚文同志，西北石油地质局地质师。一个谦逊和善的人。人们很容易接近他，也很尊敬他。他说起话来，有些咬舌，可是吐字很清楚，谈起问题来，既明快，又有力量。他总是忙碌的，什么时候都有事情做。在坐船的时候，他会去帮船夫拉纤。在车抛锚的时候，他不是帮着检查，就是提着地质榔头，到路旁的乱石里敲敲打打。他不知疲倦地生活着。他爱大自然。对于他，大自然有无穷的吸引力。对于他，再没有比生活在大自然里更有意义的了。无论什么时候，只要走近生长岩石的地方，他总是左顾右盼。有一次，我们到一个地质队去。转过一个山坡，忽然不见他了。当我转身寻找时，看见他正用嘴吹着一块石头，接着就填进嘴里去了。他啃着，嚼着，可真香呵！这一来，有讲究，他会详细地告诉你，这块石头的来龙去脉，这块石头的曾祖父和重孙子。他对地质现象的敏锐观察，使你觉得异常神妙。他在长期的地质工作里，养成了一种朴实的性格。看着他，你会感觉到一个实干家特有的气质。无论什么时候，只要到了有勘探队的地方，他准要仔细地看测量员工作，埋头去琢磨绘出的图表。然后，他会和勘探队员们谈很长时间的话，提出很多最细致的问题。接着，他又会去亲自观测，研究。有这样的队长，受到过他热情的鼓励。也有这样的队长，受到过他坦率的指责。他不止一次地在几个队上都讲道："我们的工作，不能用'大概''也许''差不多'来做交代，而要准确、细致、对人民负责！"

这时候，我们在朱儒勋地质队。一天蹚过六十条河，就是到这个小队来的。我们正在开会，看见老乡把一大群牛羊从沟里赶了回来。天空乌云密布，要下雨了。我们从柳荫下，钻进窑洞对面的磨棚里。地质局长靠磨盘坐下。王尚文同志抱着一堆地质材料，爬上了磨盘。二十多个年轻的勘探队员，把磨棚拥得满满的。不一会儿，暴雨就下起来了。雨夹着驴粪味，充塞了磨棚，怪呛人。可是，会开得很好。王尚文同志对地质情况的分析，深深地打动了青年人。我看见，每个人都聚精会神地听着，每个人都带着兴奋的情绪。从他们的情绪里，还可以感觉到在获得新的启示以后那种潜藏着的力量。尤其是小队长朱儒勋，他一直在激动的状态里静听着，记录着。两三个小时内，他几乎连头都没有抬过一次。

朱儒勋是个不久才从学院里出来的大学生。他干什么都肯用思想，不爱讲话。对任何人提出的问话，他不马上回答；一回答，却很准确。他时常背着一个大挂包，挂带拉得长长的，走起路来总打着屁股。一个晚上，我俩谈了很久。从他黧黑的长脸，坚定的话语里，我了解到他极其热爱自己的工作，而且，认为勘探事业对他是再理想不过了。他当小队长，责任感很强，把队上的生活也安排得挺有条理的。

勘探队的工作是艰苦的。每天清早到野外，星夜才回来。朱儒勋主张提高工作效率，不提倡晚回来。因此，他们一般规定：闹钟六时一响，起床洗脸，七时就整装出发。中午呢，休息两个钟头，接着又到野外工作。傍晚六时回来。每个星期一、二、三、四晚上，钻研业务。每个星期五晚上，工会、共青团活动。看起来，这样的生活既单调又紧张。其实，在他们的规定里，有给爱人写信的时间，也有野外歌舞活动；看你愿意在星期六晚上，或是星期日晚上，随便。乡村小学生，一到星期六，就跑来问："今天文娱不？"青年农民们，爱拉胡琴的，善吹管子的，这天也都来了。歌舞晚会很热闹,花样很多,别有风味。如果在晚上工作,聚在一起测星,这时就会忆起童年时代的故事,讲天空,讲神话,讲久远以前的趣事。夜很静,天很蓝,山谷睡着,微风吹着,多美的夜晚呵!

在这个队里,有个瘦长寡言的测量员,大学生,名字叫李印芬。他带着两个学徒,工作精心,执行操作规程很好。可是他总苦恼着,很少笑,也不参加娱乐。每天工作回来得很晚。别人问:"工作得怎么样?"他只是苦笑。什么道理呢?原来,他吃了单干的亏。自己一天工作很忙,任务却完成不了。以后,大家研究,不叫他单干。很快,他学会了带徒弟,学会了分工,工作效率也大大提高了。这时,别人再要问:"工作得怎么样?"他会咧嘴一笑,抱起小板凳去跳舞。

在陕北勘探大队里,不管是测量队、地质队,或者地震队、重力队,都有这样的大学生、技术员——未来的专家们,也都有过各种不同的苦恼。然而,不管苦恼多少,只为了工作。我看见一个像大姑娘的小队长,面孔消瘦,头低垂着——为了工作;我看见一个矮胖子,他的眼睛发红,脸上缺少光彩——为了工作。一个想加入共青团的学徒,名字叫李义普,他很难受地扯着衣袖,对我说:"我正想要求入团,咋的一大意,不小心,把自动器(重力仪)忘了关,损害了工作。"他说着低下了头。但是,苦恼并没有征服年轻人。就在苦恼的时候,我同时也看到了他们顽强的思索,斗争,和勇往直前的风姿。他们在勘探生活中苦壮成长起来了。

在延安,一个黄昏,我们碰见一个满面红光的小伙子。他是一一○队小队长,名字叫宋四山。今天,他只身翻了架大山,横蹚洪水,走了一百五十里路,为了赶着送来一块石头。等他把石头掏出来,我见有瓷碗大,发乌色;像见过,很平常。可是,接着人们都围来了。看吧,王尚文地质师多么兴奋,他把石头举到鼻子跟前,嗅了再嗅,看了再看;似乎看不够，又拿出放大镜看。然后，他把石头递给吴崇筠地质师，就一直咧嘴笑着。人们眉飞色舞，互相传看着。等递到我的手里，石头都有些发热了。我先拿鼻子一嗅，真稀罕，一股浓浓的汽油味直冲鼻腔。石头在放大镜里，更是好看。原来，石头是黄黑色。黄黑色的砂粒，一粒粘一粒，透明闪光，像一枝结得很繁密的葡萄，凝结成一体。石头凹处，像是黄黑色的珠宝沟。真是一块宝石呵！人们用感激的眼光望着送石头的人。王尚文紧紧地握着宋四山的手。他告诉我：这是一块油砂。有了这块油砂，就可以证明，我们已发现的油田，能够向外伸展好多里。多么难得的一块油砂呵！可以想象得出：宋小队长在挖掘到了这块油砂时，如何激动，如何兴奋。怪不得，他翻山蹚河，一天竟走了一百五十里！这时，他看着很平静，心里却得到多么大的安慰呵！

我们的勘探者，就是在寻找地下珍宝中得到安慰、快乐和幸福的。勘探黑色金子的人们，每天和石头打交道，交朋友，像一个永远不会疲倦的求爱者，不找到油田，不罢休。当那浓腻的黑绿色的东西，从地底下往上冒，掬在手心对你微笑，在眼睛里闪烁着光彩的时候，那会是一种无法形容的安慰，是一种最大的幸福呵！

在陕北，我们的勘探者，到处都受到人民的尊敬、支持和帮助。陕北人民把他们的子弟，送进了勘探队。队里的学徒、临时工、炊事员，也多是陕北人。这些学徒、临时工、炊事员，他们为勘探工作所吸引，都不大安于自己的工作。他们努力跟着跑，跟着学，希望在不久以后能当上技术员和正式勘探工人。我们的勘探队，无论到了哪个村庄，老人、婆姨、姑娘、小孩都围来了。他们问这问那，对勘探者关心、爱戴，抱着无限的希望。

"找到油田没有？"一个问。

"什么时候开口子？"第二个问。

"把你们的法宝、穿山镜好好使上，找到油田，咱陕北就托你们的福了!"一个年老的农民说。

有一次，我们一个测量队，正在爬一座高山的时候，一个老汉从窑洞里跑出来，喊道："同志，辛苦啦!到窑里坐会儿，吃上点，再走。"等测量队上了山，工作不一会儿，那位老汉打发他的小孙子，送来了粽子和绿豆汤。有一次，我们正顺着一条河道走着，三个锄地的老乡，放下锄头喊道："同志，给我们找一股好泉水吧!""为什么?""我们吃的臭水呀!""什么水?""神娘娘洗脚的地方，臭得很。你们看，那石头上还有神娘娘踩的两只脚印呢!"老乡们已不信神了，他们把希望寄托给我们的勘探者。其实，我们正要找那神娘娘洗脚的臭水，它是间接油苗。这里要是开发了油田，还愁没有好泉水呵!

人民的殷切希望，鼓舞了勘探者。就在这样的时候，我们年长的地质家们，和年轻的勘探队员们，都更加感到自己工作的价值。好像自己的理想，也一天天加高了，扩大了。他们一心要在黄土高原上，画出繁荣的工业城市的图景来。

石油战士赞

这是一个傍晚。我们走进延安枣园的一条深沟。

这条沟里有桃树、梨树、枣树，和倒垂着发丝的杨柳树。山沟被树木绿化了。这时候，夕阳在林间踱步，树叶飒飒地响动，像互相在告别。同时，我们从树林穿过的时候，另外有一种沉重的声音，始终在耳旁作响，好像是从深林尽处发出来的，又好像是从脚底下发出来的。当我寻找时，从树林的空隙里，看见了一簇人，看见了竖立在山峡里的高高的井架。我找到了。那沉重的声音是从井架上发出来的，是钻机在转动，是金属的声音。这时，我觉得声音更沉重，也更悦耳了。它震动着周围的山地，摇动着绿化的山庄。

转过一个斜坡，我和一伙战士们见了面。

他们引导我往前面山峡里走。一条羊肠小道，和一条小溪，伴着我们走进了山峡。往上拐了弯，我才看见一座有三四十米高的井架，直冲着天空。井架旁边，有个工具房。再看：井架上面，有两个人，井架下面，有十几个人，形成一个三角形包围圈，控制着这座井架。有的人，身上穿着帆布工作服，头上仍然戴着军帽。有的人，除了穿着工作服，头上还戴着铝盔，很像雕塑的古代武士一般。他们紧张地工作着。他们笑着、嚷着，和钻机的声音，组成一支雄壮的交响乐。在他们的脸上，没有忧愁，没有不安，有的是快乐、适意，和顽强的笑容。我看着，我感动。我想起了自卫战争，想起了西北战场的蟠龙、沙家店、瓦子街和桃树庄的战斗，想起了吃生洋芋、喝马尿的日子。那时候，我们的战士也是紧张地战斗，脸上也是带着顽强的笑容。今天，他们除了手里换了武器——握着钻探的工具以外，他们把一切的勇敢和智慧、微笑和快乐，都带到了新的战斗岗位上了。

我拜访的这一连人，现在是金刚钻队。在井架旁边操作的人，从上到下，都是由原指战员们组成。在陕北，到底有多少这样的金刚钻队，我还不知道一个确实的数目。可是，在我所到的地方，都看见过我们的战士。他们不是在这里打探井，就是在那里抽油。就在这条绿色山沟的出口处，有四个黑炭似的人——战士们的工作服完全被油染黑了——在掌握着抽油机。在延长油矿一个采油井里，战士们手里掬着原油，脸上愉快的神气，完全像打完一个漂亮仗的样子。今天，仅在祖国的石油事业里，战士中不但已有熟练的钻井工人，而且还有采油工人、炼油工人和运输工人。在地质勘探队里，正从战士中生长着地质专家。我看见，凡遇到过这些战士的人，都流露出兴奋和敬佩。有一个专家，他凝神地看着战士们操作，然后，咧嘴笑着，把头一甩，只说一句话："真行！"可是，这里也有疑问。为什么战士们一放下枪杆子，就很快地能够操纵钻机呢？

这天晚上，我住在前沟。同时，拜访了探区领导者。他也是个军人，一个团政治委员。他仍然是指挥员的风度，干什么事，雷厉风行；讲起话来，干脆利落。可是，谈话的词句和内容变了。他满嘴讲的也是技术专行话，什么"地质点""构造点"等等。他说：原来自己对技术，也是一窍不通，这半年来，才学了点。看起来，他变得真快呵。谈到战士们，他说：我们的战士都是在党的教养下成长的。就是这一点，战士们在任何困难面前，都是党说干啥，就干啥。你说哪里困难，就往哪里走！

十一月的天气，陕北正冷。我们的战士开进了这条沟。零下二十三摄氏度，战士们修桥铺路，把山沟修成了大学院。拿惯了枪杆子的人，忽然学起技术来，确实是一件苦差事。这里天冷，战士们把手套穿在脚上听课。冷吗？好办，能克服。可是，学不会技术是苦恼的。一个共产党员，他对什么"厘米""英尺"，听不懂，记不住，连问教员五六次，还是记不住。怕人讨厌，不再问，自己却急得直哭。但是，他终于学好了。考试时，第一次，四十分；第二次，四十分；到第三次，他已得到了九十分。因为成绩优良，他没有毕业就被调去上钻台了。对于我们的战士，没有学不会的东西。不会就问，不懂就钻。学习期间，每天下课后，战士们这里一堆，那里一堆。有的坐在树下，坐在石头上。有的钻在墙角里，趴在窑头上。山沟里到处是埋着头的人。有一个战士，深更半夜里，人们在他的被头上发现了电灯光。原来，他半夜里偷着把灯拉进被窝里，温习功课。有一个战士，深更半夜里，被查哨的人从井架上吆喝下来。原来，他半夜里爬到井架上边，在练习高空操作业务哩！

战士们为了寻求知识，他们对教员很尊敬，很爱戴。每天，教员还没有起床，地扫了，炭火生了，洗脸水打来了，牙刷已放在漱口缸里了。教员一爬起来，铺盖叠好了，换洗的衣服抢走了。教员把衣服藏在枕头底下，床底下，也被搜索出来拿去洗了。战士们把自己积存的一点钱，一千（旧人民币），一万，集了二百万，赠送给教员们买日用品。教员们深为感动。一个机械教员，四川人，名字叫朱栋良。他感动地告诉我说："战士们热情极了。和他们生活在一起，我也学了不少东西！"可是，战士们怎么说呢？他们说："党号召我们走在革命最前线，要向文化大进军。我们尊敬教员，爱护教员是应该的，他们给了我们知识！"

十冬腊月，天气寒。土地冻结了二三尺。那些热带出生的战士，在这里把手脚都冻烂了。可是，学习打探井的时候，有两个连长——两个共产党员，脱了棉衣，脱了鞋，挖着地基。当到了井底下时，赤着身，站在水里面，嘴都冻青了。同志们说："快上来，换换班吧！"他们说："已经冻啦！"不上来。这就是我们战士们的学习精神。这些战士们，现在已走上了工作岗位。一个共青团员，名字叫高文和。他在学习时，以袖筒暖笔，和以四门课平均得九十五点五分出名，现在他在我看到的金刚钻队内燃机房里工作。他不爱笑，说话慢慢的。当他给我叙说探井第一次出油的喜事时，脸上仍然很平静。可是，当他说："学的东西，用上了！"却张大嘴笑了。这是一种适意的笑，胜利的笑。

我们的战士，在陕北，曾经脚蹬草鞋，扛起了镢头，开辟了闻名全国的南泥湾。在陕北，曾经拿着枪，流着血，赶走了蒋贼匪徒。今天，在陕北，战士们又提起了钢钻，为人民钻探油田。他们永远走在革命的最前线！

写到这里，我觉得写得太少了。你到陕北去吧，到那黄土高原，到那深山野谷，到那新起的绿色村庄里去吧。在那里，你会看到我们的石油战士，你会看到无数无数使你不能够保持平静的事物！

路过延安城

我们的汽车，开过三十里铺，就飞也似的疾驰着。

沿路的山林，箭般闪过去了。等到了七里铺，就有人告诉我说："看，宝塔！"

我的心里多激动，那昂然站立在嘉岭山巅的宝塔，像母亲等候儿女们似的，对你微笑，伸出了温柔的手臂。我的眼睛发酸。我觉得有很久很久没有看见她了。有很多很多的话，想向她诉说。可是，我才离开她不久。当离开她时，我愉快，背着枪去参加新的斗争。今天看见她，我惭愧，离开她以后，做了些什么事情呢？做得太少了，太少了。我低下了头。

一条溪流，在眼前闪光，发出柔和的呼唤。迎面突出的山包，上面有砖石礼堂，有高大的窑洞，那不是原中共中央西北局的驻地吗？通过溪水，我们走入了延安市郊区。看起来，延安人，好像都面熟，都认识。好像和他们都有过来往。那个头发斑白的老汉，他正在抚摸一个小孩的头发。我一下就认出了，他不是在桥儿沟东山上，曾经给我们做过喷香的小米干饭吗？那个骑自行车的农民，正往南关走，我不认识他。可是，他转过头看了我几次，或者他就是我们在北沟开荒时，教给我们种地，帮着我们修理过镢头的人。一个老婆婆，她是那么慈善地望着我，使我不由得对她笑着。我真记不得了，也许，她就是曾经抢走我手里的针线，给我缝好一件衬衫的婆婆。延安的人民，怎么不使你感到亲近呢。他们用着毫不怀疑的眼光看着你，嘴半张着，脸上露出平和的笑容，好像随时都准备接待你。这时，我们走过了新市场，正往南关走。我看见，一个戴着红领巾的男孩，不知为什么噘着嘴，赌着气；是不是妈妈嫌他淘气，说了他两句呢？还是妈妈妨害了他的时间，误了暑假作业呢？一个缠着两条辫子的女孩，向我笑着，挥着手，喊道："叔叔！"我很想去抱她，可是，我有事情，要进城去。

我们走进了城，转了一个弓形的弯，前面展开了一条宽敞的大街，平直地伸到北门口。人们说这是志丹街。街道两旁，一个商店挨着一个商店，整齐地排列着。房屋都是崭新的，字号招牌的红绿漆字，像还没有晾干。我顺着大街往北走，其中好多人，问起来，原来都是从新市场搬进来的。贸易公司的两层楼房，挺立在一切房屋之上。那座人民银行的楼房，工匠们正在修建刷洗中。这里有好几个照相馆。我看见一个老农民，穿着一身洁白的布衣，头上围着羊肚子手巾，一只手抱着新买的花布卷，一只手拉着个活蹦乱跳的女孩走了进去。接着，两个年轻婆姨走了出来。她们出来以后，从门口把毛驴缰绳取下，一个翻身骑了上去，一个跟在后面；天太热，两个人都撑起了油布雨伞，走了。街道上，人声嚷嚷，来往不绝。有几个商店，被大人小孩围得望不进去。我从南走到北，还看见一条大街直通小东门。人们说这是子长街。这两条街市已有南京新街口的规模，也有西安南院门繁荣的景象。在这里，你再认不出哪块是弹坑，哪块是破烂房屋，哪块是不堪收拾的砖瓦堆。这里正在形成一座新型的宏伟的城市。

出了城，就看见了清凉山。那曾经是《解放日报》、后来是《群众日报》、现在是《延安日报》办公的地方，显得很高，很清秀。清凉山下，嘉岭山旁，延河缓缓地流着。这是多么亲切、温暖的河呵！多少人喝过它的水，多少人在它怀抱里洗浴过；现在，又有多少人在怀念着它呵！

向远看，连绵起伏的高山上，窑洞一高一低地排列着。其实，那是一个外貌。窑洞有的塌了，有的在一九四七年坚壁清野的时候，早被住它的人自己拆毁了。现在，也无须乎去修理它。在山下，有的是石头砌好的窑洞，有的是新盖的平屋。在延河两旁，在菜园里，老乡们种着很多西红柿，用柳树杆搭的架子，交错地站立着；延安人仍然是喜欢吃西红柿的。王家坪，仍然像中共中央军委住时那样，桃林正长得茂盛。杨家岭的大礼堂，还留着被敌人破坏的痕迹；可是，不久，它就会重修起来，人民是不会忘记中共中央住过的地方的。转过了蓝家坪，就可以看见一条秀丽的川道。党中央、毛主席和周副主席住过的枣园，一眼青绿如茵，小树变成了大树，龙柏和丁香花正在迅速地生长，准备迎接来年的春天。这一切，我只是路过，不能多看；还要到很深的山里——到野外地质勘探队去。

勘探队住在一条深长的山沟里面。往沟里走时，沟底河道里，一群群牛，一群群羊，正在河边饮水。过去，我看见过这里的牛和羊，可是没有现在这么多。我们走进村庄，歇了一会儿，我和一位老人拉起话来。

"日子过得可好？"我问。

"怎么不好呢？过去，延安有党中央在，机关、学校满山皆是，就连我们这么远的庄子，也住了机关，热闹得很！现在，他们都分散到全国各地去了！"老人怀念地说。接着，他好像觉得答非所问，又说："你说的是生活问题？嗯，面虽然吃得少些，米吃得多些，生活水平可提高了。"他的眼睛眨了眨，若有所思地摇了摇头，又说："前一晌，我三娃子恋爱了个女学生。人不赖，有文化。我儿子当共青团书记，配得上她。这还有啥说的哩！"我给他说："快娶吧，别耽误，小心再叫人家给抢走了！"他笑了。这时候，老人又把头摇了一下，我看见两只黑色小燕子，在他头上扑闪过去，从窑洞的窗口飞进去了。

从勘探队回来，我们又到一个钻井队去。到了永坪，又到甘谷驿。去了延长油矿，又转回往北边走。这样来来往往，几次路过延安，总没有仔细看过一次。虽然如此，我听到关于延安的话，却是很多的。我们的勘探队员们，和钻井工人们，只要提到在陕北工作，只要一谈到延安，心情就异常激动起来。一个青年地质家说："生活在陕北，真有意义。延安——这两个字，对人就有无限的鼓舞！"我遇到一个穿军装的石油战士高文和，他激动地说："为了延安，为了社会主义，我们一定要在陕北找出油田来！"

其实，在陕北，不但有石油，而且还有其他各种各样的地下矿产。不但有石油勘探队，而且也有其他各种各样的勘探队。这里不但有石油地质专家，而且有林业专家、水利专家，和牧畜专家，等等。可是，延安！——你晓得这些吗？你晓得在你周围有些什么活动，发生了些什么变化呢？这些活动，和变化着的事物，将使你变得更加雄伟，更加壮丽！

再见了，延安，我心爱的母亲。当我转过头，向你的宝塔看了最后一眼时，我只想和我们的勘探者，能为你多做点工作。那时候，假若不像这次这么惭愧，我会投进你伸出的手臂里去的。

一九五三年九月十日，西安

酒泉盆地巡礼

在酒泉盆地看到的一切，使我深深地不能忘怀。

当我从兰州跨过了黄河，穿过了乌鞘岭，步入狭长的河西走廊，走进酒泉盆地的时候，眼前是辽阔的，壮美的。那高峻连绵的祁连山脉，白雪皑皑，雄伟高大，给人以力量感。那紫黑的大戈壁，波浪汹涌，在黄色的风沙中，向着天边滚了过去。到这里来的人都会了解，人民正在勘探着祁连山，酒泉盆地充满了劳动的喧嚷的声音。

酒泉城一瞥

当你在辽阔的戈壁滩上，走了很长时间，心里觉得寂寞的时候，酒泉城就带着使人欢乐的色彩迎了过来。一条宽敞的林荫大道，一直把你引进了城里。这是一座小巧玲珑而又古老的城市。

你在城市里走着，会格外觉得轻松，同时又会觉得拥挤。因为，城里来往的人太多了。人流在东南西北四条平整的街道上泛滥着，洋溢着，使你不由得要问：这么多的人都是从哪儿来的呢？到这里来往的人，有祁连山一带的藏族、回族和蒙古族，他们不是拉着骆驼，就是骑着毛驴，在购买着生活需用的物品。然而，最多的是外地来的人，他们说着各种乡土话，有北京话、上海话、四川话、陕西话等。这些操着全国各种口音的人，都是来从事边疆建设工作的。每天，酒泉的南门有许多车辆走了过去，走了进来；走过去的多是玉门油矿载送原油的大卡车；走进来的多是载着参加石油和其他矿藏勘探工作的人们。这些从事矿藏的勘探者，在酒泉城里扎下了营盘，就出发分布到酒泉盆地的四方去了。城市中央有一座鼓楼，上面题有四句词："东迎华岳，西达伊吾，南望祁连，北通沙漠。"这不仅是酒泉的地理写实，同时也是战斗在这里的人们的生活写实。

酒泉真是一个好客的城市呵！可是从古至今，酒泉没有接待过这么多客人。这只需再说一点，就会明白了。在酒泉南郊，有一新起的名叫石油新村的建筑群，房屋盖得坚实、整齐、舒适；它的规模几乎相当于酒泉半座城。我曾经看到过上海的曹杨新村，而石油新村是可以和它媲美的。在这个村子里，居住着几千名石油工作者的家属，每年要出生几百个婴儿。这个村子里的生活情况，就能使你感觉到大建设中的酒泉盆地的力量。每逢星期六，石油新村里真像过节日似的。孩子们穿着崭新的衣裳，一伙一伙地从房里跑到门外，嚷着叫着，盼望着爸爸的归来。妇女们忙着炖鸡肉，包饺子，为爱人蒸煮着最可口的饭菜。这时候，酒泉市比平时更要热闹得多，几个百货公司里挤满了人，七一剧院和祁连秦剧社挤满了人。同时，玉门油矿的专送车，还正在一辆追一辆地开了进来。从汽车上走下来的人，有的是油矿的干部，有的是刚交了班的采油工人、炼油工人，有的是才从野外钻台上走下来的钻井工人、勘探工人。这里面有优秀的青年突击手，有连得红旗的能人，有历年当选的劳动英雄。他们从紧张的战斗中回到村里，看见了自己的妻儿，心上是温暖的，快乐的。入夜，石油新村不是放映电影，就是举行歌舞晚会。

酒泉东郊有一座泉湖公园。在假日，建设酒泉盆地的人们常去游玩。公园前面的一个亭子里，有一口用石头砌成的大井，井内泉水清朗朗的，据说是当时古人饮酒的清泉。饮酒的杯子，名曰夜光杯，是酒泉的特产，又名玉石杯，是一种精致的手工艺品。制作的原料，是从祁连山中找的水晶石和变质岩石。石头都很坚硬，手工磨制是艰难的。夜光杯有白的、黑的和黑绿两色的，看起来晶亮，透明；既可以饮酒，又可以做装饰品。这种特产远近闻名。酒泉盆地的勘探人员，喜欢把它带回家乡，赠给自己的朋友和亲人们。我曾经在一个工人家中用夜光杯喝过酒。手擎着夜光杯，是不能不赞赏我们人民的智慧的。

春天，泉湖公园是一眼绿。走进公园，一条葡萄藤编织的绿荫道，把你引到了亭子和一个小湖的旁边。那些从北海、从西湖、从嘉陵江边来的青年，现在坐在这里小湖的边上。工人们带着自己的小孩，穿行在公园的树丛中。你从湖边向远处望去，看不见戈壁，只见青稞和菜籽花随风飞扬，人像处在一个绿色的世界中。我在酒泉和我们的地质家们，曾经拜访过泉湖公园。在这里，谈我们的工作，我们的理想。我们也晓得，绿化戈壁滩，——这是一个美丽的愿望；但却需要付出艰巨的劳动才能实现。愿望是要实现的。我们的人民有这样的条件，这样的魄力。我们的人民是英勇勤劳的，无论你走在任何地方，都能觉得这一点。你试想：酒泉城是怎样出现在戈壁滩中，我们的祖先付出了多少代价？在干渴的荒凉的土地上，人民是怎样改造着自然，在砾石上播种着青稞，栽种着树林；又如何修河开渠，利用祁连山雪水，灌溉着土地，使那绿色的田野，一年年向戈壁滩里伸展开去！

我们的人民有改造自然的传统，今天这种传统将在祖国的大戈壁滩上无限量地发挥出来。

在嘉峪关外

出酒泉西门二十多公里，就是嘉峪关。

嘉峪关是万里长城的关口。它高大雄伟，好像一只狮子蹲在祖国的西部。你站在边关的城门楼上，瞭望着茫茫似海的旷野，顿时，心情会觉得无比的爽朗。塞外的风沙从你身边扫过，在旷野中飞旋着，高扬着，把人卷入幻想之中。呵，祖国的土地是多么广大呀！

在关内，我听到过许多传说。那是说，古时候，嘉峪关里住着一位善良的老人。每天，他披着花白的头发，坐在边关的城门口上。他凝视着大戈壁，一直叨叨不绝地说着，劝告那些出关谋生的年轻人。老人说："不要去吧，你连自己的骨头都捡不回来的！"年轻人要是执拗的话，老人会生气地说："要出去，就不准回来！回来，就砸死你！"因为，在老人看来，出关的人是不会回来的，不是渴死、饿死，就会被"妖魔鬼怪"害了。假若有人竟然回来了，不是变成野人，就是怪物。老人的劝告是赤诚的。在人不能征服自然的时候，自然对人是残酷的。可是，那所谓"一出嘉峪关，两眼泪不干"的时代已经过去了。今天，许多老人怀着激动的心情，劝告着自己的儿女奔走关外。关外是欢腾的，喧嚷的，从全国各地来的勘探者，正在这里进行着创造美好生活的活动。

乍一看，关外被黄灰色的云雾笼罩着，荒凉极了。但是，你只要稍微留意一点，就会感觉到关外是一个十分动荡的世界。你向旷野走去，有时候，突然会听到只有在战场上才能听到的炮声。随声望去，你会隐约地看见一团红色的东西闪烁着，——这是地震仪器车，车旁有一伙人在活动，放炮是为了寻找地下的地质构造。有时候，你还能听到连续的雷鸣般的声音，它震动着大戈壁，使人觉得在旋转似的；向前看去，你又会隐约地看见一颗颗白色的光闪耀着，——这是钻井工人头上戴的铝盔，雷鸣声是他们在钻取着地下的油藏。在勘探者眼里看来，关外的生活是多么激荡而富有诗意呵！同时，当你再多跑一些路，多爬一些山，多走上几个工地以后，就会惊奇这里勘探规模之大，就会晓得人们是在从事着一种可敬而又伟大的事业。不难理解，为什么成千成万的人要到嘉峪关外来，要在这广大的土地上贡献出自己青春，以至生命。

在地质勘探队伍中，有一个藏族队员马万海。他出生在嘉峪关，长得结实、强壮。从小，他就学会了打猎，酷爱着牧民的生活。但是，当他亲眼看着故乡的变化，听到了大建设的炮声，就隐藏不住内心的喜悦。他第一个向政府报名，参加到地质勘探的大军里。有一次，我去找一个地质队，走到山岭上，蓦然，从山峡里传来一阵歌声，声调高亢、尖厉，使人不由得要站住听一听。不一会儿，那个唱歌的人，肩膀背着猎枪，一面走一面唱，和几个扛着测量标尺的人，一块向山上爬着。当时，我一下没有想起来，同行人提醒我说："这就是马万海，藏族勘探队员。"在一次谈话时，我问他："你觉得地质工作好吗？"他敦厚的脸上浮起了一片笑容，说："好。我自己报名来的。这是为自己，也是为人民。"接着，他指着嘉峪关的方向说："我的家就在那边。"

这时候，已是黄昏，嘉峪关被金色的雾气罩着，只能看出来一线轮廓。马万海说："这里的大小山，我都跑遍了。过去是打猎，现在是探矿。"说着笑了。我问："那你觉得探矿顺利，还是打猎顺手？"他说："打猎顺手。不过嘛，人爱啥啥就顺。我爱探矿，就迷了窍，就顺手了。不过嘛，要一看见麝、黄羊，不由得手痒心也痒，就想摸枪，痒急了，就把枪带上，解解渴。"

这位藏族勘探队员，工作起来能吃苦，能爬山，忍得饿，耐得寒。他现在已是测量队一个挺好的三级技术工人了。在勘探队里，有很多临时工、学徒、技工都是本地人。有些人已被提拔为技术员、队长。他们乐观豪放，精力充沛，用自己艰苦的劳动，投入在戈壁故乡的建设里了。

现在，到嘉峪关外来参加勘探工作的人，一天比一天增多。这一批又一批从北京、上海、重庆、西安等地来的人中间，有地质学家、地球物理学家、钻井学家，有技术工人、司机和各种专门人才。到这里来的人，都具有坚强的毅力和志向。他们要经受黑风和暴雨的袭击，要经受酷热和寒流的袭击。然而，戈壁滩恶劣的自然环境，并不那么可怕；在这里工作不久，就会习惯的，而且会爱上塞外的战斗生活的。勘探队员中有一个姑娘朱秀琴。她是南京人，今年才十八岁，个儿短小，留着一头短发，说起话来，声音还带着稚气。看她那样子，你就很难相信她是独自一人跋涉了几千里路，到嘉峪关外来的。然而，她的确是一个人来的。你要问她："你一个人怎么走来的？"她会说："怕啥，路不知道，问人嘛！如今走到哪里都行。"你要再问："你为啥要到关外来呢？"她就露出一股倔强劲说："参加大西北的建设是光荣的。人说西北苦，我就不信，想知道怎么个苦法。嗨，来了一看，地方挺大，挺好。如今，谁叫我离开这里，那才叫苦哩！"

她和所有的勘探人员一样，心里有着一个愿望，就是要亲手在戈壁滩上把石油矿藏从地底下掏出来！

戈壁滩的宠儿

玉门油矿是戈壁滩的宠儿，是祖国的骄傲。

在你未进入油矿的市区以前，满眼是葱绿的景色。两条大道上，有着两三排浓密的白杨树，同时在大道分路处，有一座引人注目的大花园。花园里，有各种各样耐寒的小花，有成排成排的白杨林。这时候，你会很自然地赞赏起戈壁油矿的美景来。穿过了花园，顺着一条柏油大街走去，又会被一番繁荣的景象吸引。在大街两旁，有一个设备良好的医院，有一座可容近千人的剧院。在剧院的后面是进行体育活动的广场。在街道两旁，有书店、邮局、银行等等。通过街道，在祁连山腰上和山底下，还有许多厂子和职工宿舍。每天下班以后，油矿是非常热闹的。无论书店、剧院、贸易公司和运动场，都挤满了人，整个市区沉浸在人的喧腾中。你要是来到油矿，在这里生活一个时期，就会迷恋起这里的一切，就会认为矗立在祁连山下的玉门油矿是人类一个奇迹，一个智慧的创造。

我们的勘探人员，就经常活动在油矿的周围。在祁连山中，在丘陵地带和戈壁滩上，到处都有勘探者的足迹。你走出了油矿，不管走在哪里，都不会感到寂寞。到处是人，到处是帐篷。那些帐篷围绕着油矿，好像给油矿筑起了一道道白色的城墙似的。在野外工作的勘探者，时常想着玉门油矿，遥望着玉门油矿：你看那生产井的采油房一个连一个，布满在油矿的前山和后山上。庞大的油罐一个挨一个，闪着白光，卧伏在石油河两岸。同时，你还能听得见炼油厂裂炼的声音，像一曲雄壮的合唱，响彻了祁连山谷。那宽阔的大路上，从早到晚，由玉门油矿开出来的油罐车，一个接一个，掀起了风沙，拖着黄色的尾巴，输送工业血液向东奔驰着。这是多么豪迈而又动人的景色呵！

我们的勘探者，看着这一些景色，没有不动心的。我们勘探的任务，就是要使祖国第一座油矿更加扩大开来，丰满起来。用地质术语说，玉门油矿，只是在一个名叫老君庙储油构造上采出来的。这一个储油构造，就使得戈壁滩变了颜色，使得玉门成了人们向往的地方；那么，再寻找出第二个第三个老君庙油田来，玉门该会成为多么大多么美的地方呢！如今，玉门油矿的建设规模、气魄和它的出油量，都使人赞赏。全国许多厂矿，都是用它出的油进行生产的。然而，随着祖国工业建设事业的发展，需要的石油量越来越多。我们石油勘探者，比人们更加感到这种需要。因此，一定要找出新的更多的油田来。

在戈壁滩上，人们时常能够看见一种奇异的风景：当太阳晒得人疲乏的时候，躺在祁连山下眺望远方，眼前会出现许多平整的房屋，高峻的大楼和浓密的树林，它们摇晃着，仿佛在大海的旁边。但是，当你带着惊奇的心情，向这些建筑物走去的时候，它们却蓦然消失了。这是大戈壁的一种幻影，人们称它为"海市蜃楼"。我们勘探者是富有幻想的，他们看见这种奇景，就想着要把它变为现实。用一个青年的话说："海市蜃楼是美的，但是它是骗人的。我们在这里工作，满怀理想，而玉门油矿就是理想的基础。等着瞧吧，有几年工夫，你来这里，那曾经出现过海市蜃楼的地方，就会有真正的高楼大厦出现。"

黑夜。玉门油矿满是灯火，好像一条银色的长河，闪烁着，欢笑着，从祁连山直奔而下，流向远处。通往祖国心脏的大道上，欢腾的油罐车，成群结队，开灯关灯，打着招呼，仿佛是千百只眼睛，探索着戈壁之夜。这时候，我们的勘探者，有人正从滩地向回走着，有人已在帐篷里计算起当日的工作成果，筹划着明天的野外活动。生活是艰苦的，但又是欢乐的。人们为着改造自然，改造戈壁，在日夜不懈地战斗着，进攻着。不久的将来，新的油田就会在勘探者手中出现，那时玉门油矿会变得更大更美的。未来，属于勘探者！

一九五五年，酒泉

勘探者的足迹

冬初。一个风沙的日子。

黄风卷着砂石，刮着，嚎叫着。整个大自然，变成了黄灰色的世界。我们从戈壁滩上，往祁连山里走，看不见路。滩上也没有路。吉普车乱撞着，几次摔跤了。车窗玻璃上，鞭炮似的响着，被飞石打出了好多小窝子。老方是个老司机，他开过二十多年车。他爬过秦岭高山，到过蒙古草原；什么苦没吃过，什么路没走过。这会儿，他也皱起眉，咬紧牙，心里吃着劲。有一次，我们的车，突然腾空起来，差一点从一条滩洼上翻下去。真险！老方也真棒，他握紧方向盘，机警地趁着车势，猛驶前去。车仿佛在海浪里颠簸了一下，又平稳了。

"老方，差点要坐飞机啦！"我笑着说。

"徐旺他们到底住在哪里哟？"老方苦笑了一下，焦虑地问着。

"你不是知道吗？马弥陀！"

"什么马弥陀，老乡也不知道！"

"反正，不出祁连山。对不？"

我们停下来，歇在滩上。路在哪里？心里觉得惘然。从徐旺队工作的路线看，是不会走出这一带山峡的。向山里看，黄蒙蒙，什么也看不见。荒滩上，前不奔庄，后不着村，哪里去寻，哪里去找呢？仪表指出：我们在滩上，已奔驰了七十公里。看手表：下午五时。今天要找不到他们，该怎么办呢？我们很想念这个队。不能转回去。天黑了，也要找。想想看，已有十多天，我们没有看见队里的同志们了。

徐旺地质测量联合队，一直沿着祁连山工作。今天，遇到这个风沙的天气，他们在海拔两三千米的山上，冻手冻脚；风沙扑进眼里，又扎又痛，日子多么不好过呵！可是，我知道，他们不会介意的。对于他们，这是很平常的事情。他们不知道遇到过多少这样的风沙天气了。这时候，测量的人，仍然会背着经纬仪，扛着标杆，从这个山上，蹦到那个山上，连续地测点。或者，有的人的眼睛被砂石打红了；有人从山上摔下来，脚拐起来了。可是，他们也不会泄气，总希望多测出几个地质点来。他们在深谷里，山峡里，仍然跑着，用榔头去挖掘岩石，仔细地观察记载。或者，有的人，手冻裂出血了，有的人，头被石头打伤了，已暴起疙瘩了。可是，他们不会中止工作，总希望能快些做出地质剖面来。在帐篷里做计算的人，看起来，会好一些吧。可是，他们要整天趴在桌上，探索在图纸上，用最精确的计算，最快的速度，用细线条，细小字，一点不能错；就是眼熬烂了，手冻肿了，也不能不把同志们的工作成果勾画出来。还有……不，不要说了。他们不怕苦。他们遇到的自然界的各种困难，多得很。在这里，每个人，都有过一次或许多次惊险的遭遇。徐旺说过："本来嘛，我们来征服大自然，就不怕大自然给我们捣乱。可是，工作上出毛病，最恼人。完不成任务，最难受！……"看看徐旺，他说着，眼圈都有些红了。

徐旺是一个青年地质专家，原来是北京大学学生。三年前，当他走出学院的时候，想望着能把自己的智慧和能力，投入生活的实践中，想望着能有所作为，为祖国贡献出自己的力量，心里觉得多激动，多快活呵！他有理想。他勇敢地走着。他在工作中，做出过成绩，也受到了磨炼。一年一年，他越来越充实，越来越坚强。他穿着维吾尔族紧身制服，看起来，精悍健壮。他那被寒风吹得黑红的脸，和爱愣着瞧人的眼睛，始终闪着光亮。他说起话来很快，一件事，憋着一口气说，不说完，不换气。他爬起山来，也很快。看着他挺着胸，提着榔头爬山，迎着暴烈的风沙，一点也不回避的样子，你会觉得，没有困难能阻挡得住他的。不过，人们说，他在山上摔跤也最多。他在生活的路上，遇到过技术上的困难，爱情上的苦恼。可是，他把它们都打倒了。什么担子最重，他去挑；什么工作最难，他去做。他把全部青春的光和热，投入勘探事业里。在他看来，生命里最好的东西才开始放光哩！

但是，在这几个月里，他却是很苦恼的。秋季来得早，过得快，如今已是十月份了，队上全年任务，还没有完成一半。什么原因呢？测量赶不上地质，室内赶不上室外。测量人员埋怨地质人员说："他们光顾自己往前跑，不管我们；没有我们，你们能完成任务吗？"地质人员埋怨测量人员说："完不成任务，就怪你们；拖大家的后腿，还喊叫啥哩！"室内和室外，也这样埋怨着。徐旺呢？他焦急，他难过。三年来，这是他碰到的最严重的一次苦恼吧？一生里，这也是第一次遇到的困境吧？最不好受的是，他们队工作的落后情况，也被别的队晓得了。这怎么好和人见面？脸上多没有光彩！

上一次，我和地质勘探大队长，拐进祁连山下一条三角形的弯里。当我们走近帐篷时，第一眼看见的就是徐旺。他羞怯地和我们握手。然后，就一个劲地搓着手掌。年轻轻的，怎么把连鬓胡子倒留起来了。看着，毛茸茸的，极不相称。我听见，人都喊他："大胡子！"他的嘴唇，肿得很厚，起着一串串火泡。人们说：这是由于心焦的缘故。那个地质小队的王队长，是细挑个子。他工作起来，干净快当。他长着一对聪明的眼睛。见人说话，总是爱笑。可是，看得出来，这会儿却笑得很不自然。那个测量小队的刘队长，是矮个子。他爬起山来，冲劲很大。只是一见女同志，就脸红。不过，他是个挺逗人爱的小伙。他在爱情上和事业上一样，都有美妙的向往。他会找着一个好爱人的。现在，他见了我们，脸也红着。还有技术员谢展、王庆华等一些未来的专家；还有职麟德、小贺这伙强壮的学徒和工人们，见了我们，怎么都显得那样拘谨呢？难道真有什么困难，什么苦恼，把人们弄得沉默起来了？

勘探大队长召开了一个干部会议。会上研究了很多问题，也有很多争论。但是我听得出来，他们在困难面前，并没有后退，而且始终在寻找着克服的方法哩。

"地质没问题。"王小队长说。"测量要和地质均衡发展，计算一下，每天测二十个点，就能完成任务！"

"二十个点！那不行，违反操作规程！"刘小队长涨红了脸。但接着央求说，"再给我们增加一部仪器、一些人，测量一定赶上地质！"

"增加仪器，增加人，就要增加任务！"大队长笑着说，"你们的力量是雄厚的。你们应该群策群力，想办法嘛。地质不能光顾自己。你们是联合作战，就要共同研究解决测量的落后状况。"

徐旺低着头，仍然搓着手掌。我和他谈了几句话。他为完不成任务，很难受。我发现，他的眼圈有些红，说话声音很低，像受了莫大委屈似的。他一会儿抬起头，苦笑一下，一会儿看看四周的人，头又埋了下去。他沉思着。其他的人，也都考虑着。会场静默了。帐篷里，只点着一盏马灯。马灯暗淡的光，照着每个人思索着的面孔。有的人捧着头，有的人托着腮，有的人凝视着跳跃的小灯火。接着，会场又慢慢活跃了。每个人，都拿出了一些办法。徐旺和地质队提出：每日和测量交换学徒，改插大旗子，画地质草图等方法，协助测量工作的进展。刘小队长也兴奋起来了。他准备把如何提高测点记录，放到测量队会上去讨论。同时，大家对加强室内工作，改善计划管理、健全制度、职工生活等等，都进行了细致研究。看看吧，夜已深了，他们还在讨论不休哩！每个人的样子，都有些激昂。每个人的眼睛，都闪着坚毅的光亮。这是一种青春的光亮，一种对困难轻蔑的光亮。那是谁呢？徐旺，还是王庆华，轻轻地哼起一首歌子。接着全帐篷里的人都高唱起来了："团结就是力量。这力量是铁，这力量是钢！……"

我一想到这些，就越想看见这个联合队。十多天了，他们工作得怎么样呢？他们在差不多一个月里，能完成全年的一半任务吗？他们怎么对付那些困难呢？我一想起那天晚上徐旺说的话："完不成任务，最难受！……"心里就疼起他来了。我一想起那些羞怯的眼睛，就想一下子扑在他们的身边，以能给他们说上些宽心的话。

我们向深山里探望着。今天能找到他们吗？

这时候，风沙小多了。夕阳在山巅上，露出了通红的脸庞。高山和滩地，即刻显得清朗起来了。蓦然，我好像第一次发现：祁连山多美呵！被夕阳辉映着的山巅上，春夏秋冬，都有洁白如玉的积雪。雪在阳光下，闪着晶莹的眼睛。这山和雪，多像一个白雪姑娘呢！她生活在严寒里，成长于风沙之中。她坚韧，她倔强。她矫健地挺立在戈壁上。我听到过多少赞美祁连山的话语呵！我们地质勘探者，在她的怀抱里工作，觉得温暖极了。我们爱她。爱她在戈壁滩上，始终保持着勇敢健美的姿态。爱她在暴烈的风沙中，仍然挺着丰满的胸膛，没有一点动摇。就是当风沙遮掩了她的身姿时，我们仍然还能看得见她俊俏的面孔，和闪着光亮的眼睛。

这时候，我好像也觉得清醒了，也看得更远了。在那边山坡上，不是涌上来一阵黄色的浪花吗？浪花涌着，一个接一个，越来越多了。

我惊喜，立即趴下去，把耳朵贴在滩上听：当啷，当啷！这是骆驼的铜铃声，多悦耳呵！

"老方，你看，那是什么？"

"嘿嘿！"老方望着，咧开嘴笑了。"准是他们！没错。"

"你怎么知道？"

"嘿嘿，见得多啦！"

这还有什么说的，我们就一直向那边山坡驰过去了。

我们前进了有两公里，就看得清楚了。这是一支很大的骆驼队，一串串，接着一串串。看样子，有五六十峰。远看，真像穿行在长江里的一群小划子。我们再走近了一些，就看得更清楚了：骆驼身上都驮了些什么呢？嗯，我们认得出来，那是捆起的帆布帐篷，那是红绿铺盖卷，那是资料箱，那是行军床、小桌、小凳、马灯、铁锅、铁勺和装着碗筷的篓子……咦，那是谁？骑在骆驼背上，一晃一晃的，真舒坦呵！可是，他好像也是"见得多啦"，歪头看见了我们，就从骆驼背上爬下来，和另外两个人，在那边坡上等着我们了。嗨，看清了，那不是测量队刘小队长和技术员周庆云吗？

我心里多激动。总算找到他们了。我很想找一句话，一句安慰的话，等下了车，好和他们打招呼。可是，我发觉自己笨拙，怎么也不能从脑子里抓出一句话来。这时候，老方却煞住了车。我急忙把头探出去，想叫什么；他们已走过来，喊道："沙大队长，你来啦！"我呢，只是喊："好呵！好呵！"连自己都觉得窘哩。我和他们紧紧地握手。我贪婪地瞅着他们每个人的脸，想从上面找出些什么来。我看见，每个人的眼睫毛上，沾着一层泥土；睫毛下，两只带着血丝的眼睛，闪着疲劳和喜悦交织的光亮。光亮是这么逼人，一直闪进你的心眼里。我不要再看什么了，也不要再问什么了。什么都明白了。

我们互相拥着，搂着，向前走着。

"徐旺他们呢？"我问。

"前面粗查去啦。"

"你呢？"我问刘小队长。

"室内计算。"他又红起脸笑了。

我们一面走，一面谈。我越来越觉得兴奋。

黄昏。橘红色的晚霞，像柔和的绒毡，披在我们身上。祁连山露出姑娘才有的含羞的笑容，对面迎着我们。马弥陀沟底里，有一条祁连雪水汇成的溪水，发出清香的味儿。就连满山灰色红色的骆驼草，细白的芨芨草，和芝麻大的黄刺花，都闪耀着夺目的色彩。这时，霞光辉映着大自然，看起来，一切都是好的，甜的。我问小刘："找到爱人没有？"他脸一红，头一低，说："没有。""怎么不找呢？"他撅起嘴，眯笑着："难找。找不到呵！"大伙都笑了。

我们走进了马弥陀沟里。在溪水旁边，选了一片较平的滩地，趁着黄昏，从一群骆驼身上，把全部家具搬下来，先把六七个帐篷搭了起来。然后，把资料箱、行军床、行李卷和小桌子、小板凳，一一按队按人认出来，搬进了帐篷里。这时，炊事员王永春，也正忙着捡柴挑水，掏坑搭锅。一会儿，水已在锅里冒汽，面已擀好，就等着下锅了。

这时候，我听见身后有喊喊喳喳的笑语声。转过身，徐旺、王小队长等七八个人，浑身泥土，像刚从泥土壕里钻出来似的，笑嘻嘻地走过来了。王小队长那个笑样，嘴里龇出的白牙，简直像墨面砖上突然出现了几颗白玉一样。我和徐旺握手时，看见他的嘴唇很红，像擦着胭脂，火泡没有了，"大胡子"也不见了。我问："胡子呢？"他含羞带笑地说："刮了。"哪怕他脸上净是泥土，可是，看着他两只闪光的眼睛，和两片艳红的嘴唇，你会觉得：小伙子挺漂亮哩。我还看见测量工贺景发，和他率领的观测组的人，也从北边走回来了。我已经晓得了：他和他的观测组，——都是这两年才学测量的农民孩子，在前两天，创造了日测十八个点的新纪录，质量良好，全部纪录合乎标准。我和他们握手时，他们活蹦乱跳地喊叫，不知说了些什么。我只听清了几句特别响亮的话：什么"今个儿不是昨个儿呵！""超额啦！""饿啦！……"随即，他们就钻进帐篷里，把经纬仪和标尺放下，跑到老王烧锅的地方去了。

天黑了。帐篷里点起了马灯。我和徐旺、小刘几个队长，谈了一会儿，就开饭了。我正想问他们，和贺景发组一样创造新纪录的职麟德组，怎么还没见回来时，小职已走进来了。他手里端着一大碗面，香喷喷，一面嘴不离碗地大口吃着，一面说："快吃呵，美得很！"我问："什么面？"他这才把嘴离开碗说："牦牛面。肥得很！吃罢了嘴上一层油，碗里一层油。你来迟了，前两天我们还吃牦牛包子来着。你看，肥不肥！"他把面碗递给我，说："一天吃这么一碗面，就能顶住跑上它百儿八十里的！"我一看，真肥，碗边上已冻起一层油了。"你吃吧。我再端碗去。"他说着，就走出去了。

我不知道是牦牛面吃多了，还是今天听到兴奋的事情多了，或许心里有些什么担心的事情，晚上怎么也睡不着。快天亮时，才迷糊了一阵子。

天亮了。我爬起来，又吃了碗牦牛面，就把老王分给我的两个馍揣在怀里，随着职麟德观测组上山了。

职麟德背着经纬仪。李四海扛着仪器架，腰里插着指挥旗，兜里装着记录簿。另外两个人，各扛一杆标尺。起初，他们走得不快，边走边谈今天观测的程序。然后，他们就走得很快了。前面，在雾气里，出现了一座红砂岩的陡山。从山下向上看，很威严。山上，没有路。人要踩着尖刀似的顽石爬，一失脚，就会擦伤，说不定，还要摔到沟底里去。可是，他们仿佛无视这些危险，飞也似的向上爬着。就连刺骨的寒风，也像不觉得似的，一直向上爬着。我紧跟着，约五分钟，就被落下了。我也算能爬山的，怎么跟不上呢！眨眼间，小职已蹦到山腰尖峭上了。我很羡慕。我也晓得，小职跑得那么快，不是腿长，而是在追赶时间。他早到观测点，就可以从箱里把仪器提出来，等李四海一把仪器架立起，他就马上可以安上仪器观测了。

这会儿，我又想起了他们告诉我的一个故事：那是贺景发组创造新纪录的晚上，大家开会研究创造新纪录的原因。职麟德——这个河南人，二十三岁，有着一张长方脸的测量工人，低着头，憋着气，不吭一声。不过，他确实在留心听着别人的意见。等会儿开完，布置明天工作时，他站起来，努着嘴，只说了一句话："增加一根尺子，三根尺子跑，行不？"这句话说得生硬，却说得有力。刘小队长感到了这种力量，答应了。第二天，职麟德和他的组，就在复杂的砾岩上，创造了日测二十八个点的惊人纪录。此后，他更充分利用了地质给测量创造的条件，每天照样两根尺子跑，仍然创造着二十个点左右的新纪录。而且，成为一种正常的工作纪录了。我眼看着他们跑，那股勇猛的冲劲，是很动人的。为着勘探石油，为祖国的未来，谁不想多做些工作呢？这好像是一条宽阔的道路，人们在上面赛跑。每个人都在争取时间，争取条件，让自己跑得好些，不要掉了队。我看着，想着。心里更羡慕他们了。假若我在这些英雄们中间，在这个观测组里，能做一点工作，背背仪器，跑跑尺子，摇摇小旗吧，那也该多快意呵！

职麟德已在山顶上吆喝了。我一看，他和李四海已把经纬仪立起，准备观测了。可是，马治民呢，他怎么弓在山腰里，脚擦伤了吗？我赶上前去，一看，是受了伤，皮鞋带都被扯断了。这会儿，他自个儿已用布把脚包好，正结着鞋带。我问："摔疼了吧？"他说："不怎么！"其实，看样子，摔得够呛。我顺手拿起他的标尺，扛着向上爬了。可是，走了没两步，他已追上来，从我肩后把标尺抽走，健步跑了。我急忙喊道："慢点！"他应道："不怎么！他们等着我啦！"我恨自己的腿，又笨又重。等我跑上了山，职麟德把头埋在观测镜上，用双手操作，已在念着：

"仪角！"

"仪角。"李四海答道。

"三米！"

"三米。"李四海记录着。

我还以为，他们才开始测第一个点。可是，接着，小职从架上把仪器取下来，对我笑着说："这里测了两个点。现在到祁连山里去。你不行，就慢慢走吧！"我一听，又惊奇，又不服气，又紧跟着跑了。整一天，我总是这样一站赶一站，一站学一点，一直追在他们后面。我有时帮着摇旗子，有时扛尺子，有时替他们向跑尺子的人吆喝几声："向左！——向上！——再向上！……"我心里一直是兴奋的。就是天晚的时候，下祁连山，摔了跤，嘴脸填进了雪里，手掌被雪块划破了，我心里也觉得是愉快的。今天，他们又测了二十个点，又超额了！

夕阳西下。从山上向下看，连绵起伏的山峦，真似金黄色的海浪，向天边滚去。在荒滩里，溪水闪着光，小老鼠从无数个小洞钻出来，吱吱地叫着。看起来，伏在滩洼的帐篷，像六七个火笼一样，多暖和呵！

我们回到了家里。一会儿，徐旺和全队的人，也陆续回来了。这一顿，又吃牦牛面，越吃越香。徐旺吃完饭，和我往帐篷里走。职麟德跑来在背后嚷道："跳跳舞，行不？"徐旺转过身，扬起眉，挥动着双手，大声喊道："跳呵！"霎时，人们都围起来了。徐旺领头，一个抱一个地跳开了。我不知道这叫什么舞，反正，只见他们一对和一对，手拉着手，肩靠着肩，形成了一个大圈。每个人昂首阔步，跳得挺美气。我不会跳，也被拉着搅在里头乱蹦。你看，每个人的嘴里还哼着曲调哩："嘟嘟来，蜜嘟来，嘟发蜜来嗦嗦！"

天黑了，人们都睡了。徐旺还趴在桌上，填写着月度报表。我催他说："你也累啦，睡吧！明天再做。"他昂起头，微笑着说："睡，就睡！"我发现，他笑得多好看！这是一种很平常的笑。可是，我在睡梦中也会记起这种笑的。这天晚上，我也睡得很好。我作为挂职队长，都可以清楚地看出来：徐旺联合队，要完成任务，是有把握的。他们发动全体干部和工人寻找窍门，创造了很多方法。室内计算的落后状况改变了。地质和测量的配合上，克服了历来在其他勘探队里也同样存在着的脱节现象。同时，摸索出了先进的方法，创造了联合作战的范例。如今，他们已在半个月里，完成了两个多月的任务。再有半个月，他们就要回到西安，更细致地计算全年的工作成果了。我兴奋地想：当这些青年勘探者，这些穿着老羊皮大衣的英雄们，走在西安大街上，走在北京天安门广场，走在故乡的土地上，看见自己年长的和年少的朋友和乡亲们，看见自己的爱人、父母和兄弟姐妹们的时候，会毫不惭愧地说："我们在西北的祁连山里，做了我们应该做的事情。我们苦恼过。我们遇到过困难。但是，我们把它们都打倒了！"

我在马弥陀，待了四天。五天头上，我和地质技术员王庆华几个人，正在山峡里砍骆驼草烤馍馍吃，老方来了。他带来大队部的一封信。信上说局长和地质师们，要到酒泉盆地来，准备初步研究验收今年各野外勘探队的工作成果，并说首先准备验收徐旺地质测量联合队。还叫我立即返回。但我却实在舍不得离开徐旺他们一步。我每一次来，不管是他们苦恼的时候，或者是他们愉快的时候，都尝受着一种喜悦，一种自豪。这种喜悦和自豪的感觉，是这样深刻地潜入在心底里，以至什么时候回忆起来，都还强烈地使我激动。这时候，徐旺他们正分散在山里和滩上工作着。我来不及寻他们，得赶着回去。我想叫王庆华捎些话给同志们，可是，想了半天，不知怎么说。我只说了："你们克服了困难，还会克服困难的。向你们致敬！"

出了马弥陀，我们又奔驰在戈壁滩上了。

天气晴朗。微风缓缓地吹着。一群多色的鸟儿，忽而冲下，忽而跃上，飞行在天空里。我心里满怀喜悦。不知怎的，肚里好像涌着很多话，想痛快地吐出来。我看见老方，正紧握方向盘，注视着前方。我快活地问道：

"你说，徐旺他们能完成任务吗？"话音一落，就发觉问得太没有道理了。老方明明不知道徐旺队的工作任务。我正要给他说一下，他却目不转睛，用很自信的口吻说道：

"超额完成！"

"为什么？"我诧异了。

"你看，"他用手拍了一下方向盘，咧开嘴笑着说，"徐旺这群小伙子，都是些什么人嘛！"

这时候，我觉得吉普车跑得更快了。滩上仍然没有路。不过，这里已有我们地质勘探者踩下的足迹。顺着这些足迹走，我们就不像来时那样盲目了。我和老方畅心地谈着。我们想，过些时候，我们又要沿着徐旺他们走过的足迹，从荒滩向山里，修起好多大路来，运来好多钻机。因为，我们要在山里开发油田啊！

"祁连山也要变样了！"我说。

"说的是。"老方随声说，"过去，人说它是干山苦水。现在，咱的人，漫山遍野，山也美了，水也喝着是甜的了，连一根小草看着也挺逗人爱的！嘿嘿。"

"笑什么？"

"我说的是实在话呵！"

老方说得真好。祁连山在我们这一代人的手里，就要变得更美了。

一九五四年二月，酒泉

在严寒的季节里

辽阔的戈壁滩上，白雪皑皑，闪着银光，真像是银色的大海洋一般。那只雄鹰和一群小鸟儿，像飞翔在海洋上的海燕和鸽群，欢叫着，掠过雪滩，又昂然飞进了祁连山里。那祁连山，像海洋上的冰岛，威严地屹立着，凝视着飞翔的鸟儿。

这是祖国甘肃西部的戈壁滩。多好呵！

当你踏进了戈壁滩，会迷惑起来。你会觉得，在古老的长城沿线上，在嘉峪关内外，在千里冻结了的土地上，那银色海洋的深处，该会蕴藏着多少神秘的东西呢？

你会看见一个樵夫，他的眉毛、睫毛和胡须上，结着几道白花花的冰溜子。他戴着老羊皮毛帽，穿着老羊皮大衣，腰带上别着一把板斧。他穿在两只脚上的笨重毡靴，比两条驮着木柴的骆驼的腿，还要粗壮得多；像两棵粗树似的跟在骆驼后面，向前，一步一步地而且稳健地走动着。

你还会看见我们的地质勘探人员忙碌的身影。

在长城内外，你能隐约地看见，那南面一座深山里，地质队的人员，正在拿着榔头，敲打着砾岩砂石。那北边一条结冰的小河旁边，地质钻井队的工人们，围着四五个井架，在操作着钻机，远远传来隆隆的声音。那西面的滩洼里，地球物理队的人怎么站在仪器车旁一动也不动呢？

好啦，霎时，一股黄黑的烟雾升起，地震炮响了。

今天我要去的东面，三角测量队的人员，正在那边滩上，摆好经纬仪观测着地形。他们其中一个人笔直地立着尺子，一个人聚精会神地看着镜头，另一个人正在挥动着指挥旗。还有几个人正向前方滩上跑哩！仿佛，他们不晓得，雪滩上的天气，已是要冻裂石头的季节了。

这个测量队，除了队长和几个技术员，在野外跑惯了以外，其他三十多个人，都是刚从学校走出来的学生。还不知道野外生活是什么滋味哩。这里有陕西人、甘肃人、河南人、四川人、江苏人、浙江人等。他们很多人是第一次出门，是第一次参加工作。而且，第一次就要在严寒的冬季里施工；第一次就担负着极为重大的任务，——他们要在酒泉盆地上，为全面的地质勘探工作，开辟一条道路，创造控制点和工作的条件。他们的任务是这样重大，以致一个控制点有了错误，就会给以后各种地质工作，带来困难和难以弥补的损失。这是一种艰苦的工作。艰苦，确实是艰苦的呵！

可是，这些青年人是怎样的人呢？他们以能生活在社会主义时代，受教养在这个时代，感到自豪。当他们走出学校时，就自愿地拣着最艰苦的工作去做。不管他们是否想到了复杂的困难，想到了戈壁滩上多变的气候，反正，他们来了，勇敢地来了。

他们来了，就像那个樵夫一样，戴起了老羊皮毛帽，穿上了老羊皮大衣，蹬上了毡靴。虽然，他们腰里没有别着板斧；可是，他们却背着经纬仪，扛着标架和木桩……他们遇到了多少大雪的日子，多少风沙的天气！可是，他们滚在大雪里，搅在风沙里，没有一句怨言。最初，他们很多人，因为不习惯这里的气候饮食，都害过一次重感冒，或者一次肚痛病。可是，就这样，他们仍然脱了鞋，挽起裤腿蹚着戈壁滩上透心凉的北大河和红水坝河，勇敢地向前走着。

我看到他们是在清水堡。我和每个人握手的时候，看着他们被风雪吹打得紫红的脸，和刚强的姿态，诚实的笑容，使人激动。或者，会有人说，这些青年人，还应该在父母的眼皮下生活，享受更多的关爱。或者，会有人说，这些青年人，应该做"轰轰烈烈"的事业，怎么来到戈壁滩上，背石头，扛木桩，造标架呢？中学生、大学生嘛！但是，这些青年人怎么想呢？他们认为：一件伟大的事业，要一点一滴地去做。在他们看来每一件最细小最笨重的工作，都是一种创造性的劳动。每天背一块石头，造一支标架，都在加高着社会主义的大楼。一天，一天，他们越来越觉得充实，越来越觉得自己和人民的联系密切。一天，一天，他们越来越觉得感情丰满起来，爱情的范围扩展了，——这是对祖国的也是对人民的爱情，是最崇高的爱情。

我们这些地质勘探者，是不会忘记茹老太太的故事的。这里，每个人，只要到过茹家庄，都吃过她煮的山芋，睡过她烧的热炕。她一看见我们来了，就像喜逢亲人一样，说道："同志，辛苦啦！"然后，她就把山芋塞进你的怀里；又忙着给你腾房子，给你拿出小锅煮饭，给你抱着骆驼粪蛋烧炕。可是，谁愿意看着年迈的婆婆，那样艰难地跪在炕底下，掬着粪蛋生火烧炕呢？大家拦住她，抱着她，不叫她做，她却说："我生，我烧，你们不会生，不会烧的哟！"有一次，她多难过哩，她连声嚷道："这！怎么办？"原来，她在给同志们烤雪水渗湿了的鞋子的时候，不知是因为没有小心还是眼睛在火旁烤得时间长了，酸了，眨了一下呢，余队长的一只鞋子被烧焦了。她焦急地在火旁嚷着，老泪滚在眼眶里，就要流出来了。茹老太太，她是多好的一个婆婆呵！可是，她只是这里一个普通的贫苦老婆婆。她也像其他受苦人一样，共产党来了，才有了自己的一份土地，才能叫着自己的孩子，爬在自己的杏树上摘果子吃。她见了勘探者，像见了自己的孩子，急忙抓着杏干，喂进你的嘴里。我们要走的时候，她把小毛驴吆喝出来，给你驮着铺盖送行。当你转回头，想看她一眼，你就会望见，她仍然倚在门槛上，眼里含着泪花，声音沙哑地喊道："再来呵，孩子们！"这就是戈壁滩上的人民。人民给了我们地质勘探者最淳朴最动人的爱情。

这种爱情，每个人，都亲身尝受过。无论什么时候，都牢记心间。那是在瓷窑口，技术员杜云晖和造标组几个人，曾在几个黑夜里，互相挤在火堆旁边，受冻受寒，一夜不眠，坚持工作。可是，他们心里是温暖的。因为，他们晓得自己在做着什么。当队上工作进入新坝的时候：没有人家，没有水喝，没有锅煮饭，没有房子住；就是睡在雪滩上，连铺盖也没有，连一个避风的帐篷也没有，——因为驮着家具的骆驼，走得慢，还迷了路呢。狂风夹着雪粒，带着寒流扫荡来了。每个人的脸，好像被刀子割裂着，疼痛得很。每个人的手，冻僵了，活动一下，就觉得要掉了似的。这是一种什么鬼天气呵！可是，张墨田——这个有着一张瘦削的小脸，和谦逊笑容的队长，带着选站组，仍然向前奔跑着。造标组，仍然用心地造着标。观测组，仍然伸出冻僵的手测点。水准组、计算组，都仍然不歇气地工作着。他们是吃了很多的苦。他们不惭愧。他们很好地完成了新坝的工作，又向前推进了。前面，仍然是风雪，寒流……他们脚踏实地走着。每走一步，雪滩上就留下了一个深深的脚印。对于什么风雪，寒流，他们像失却了感觉似的，一直向前走着。谁给了他们力量？谁给了他们勇气？——他们在心底里默念着茹老太太，想望着戈壁滩上人民的生活快快好起来。

我们地质勘探者，怀里揣着理想。人要是有理想，走起路来也是攒劲的。可是，这不是一条平坦的路，而是一条崎岖的路。那是在台子山。台子山，陡峭险要。山上，有厚厚的积雪，有光滑的结冰地带。谁上过这山？谁又能上去呢？不说你背着仪器、木桩，就是空着手怎

42
山·湖·草原——李若冰散文选

么上去呢？除非，山上会吊下来一条绳子，你可以攀着绳子上去。可是，这是神话。山上怎么会飞下来一条绳子呢？共青团员毛祥韵哭了。他今年才十七岁，是江南地方长大的青年。他爬呵爬呵，连着爬了三次，都摔下来了。他是摔痛了，但是，不如说，他是为爬不上山，完不成任务在伤心哩！工作就这样安排了，他和他的观测组，应该爬上这架山。当然，他们没有畏缩，终于爬上去了。

在这个队里，你还会看见一个人，名字叫杨圣坤。他比小毛大一岁，今年十八岁。高中学生。浙江人。他是一个倔强的青年。平时，不爱说话。可是，做起工作来，简直像小老虎一般。人们说："在他面前，没有困难！"确实，天气很冷，他因为工作手臂受了寒，抬也抬不起来。可是，他不吭声，用劲摇摇手臂，双脚跳一会儿，始终坚持着测点。有一次，他从嘉峪关回来，毡靴烂了，脚趾磨破了，他就把毡靴脱掉，赤着脚，踩着冰雪跑了回来。第二天，他也不吭声，用棉花包着脚伤，仍然又跑出去测点了。就是他，曾经在严寒的雪滩上，创造了日测三个三角点的纪录。我们水准组的小伙子，原来工作差，返工多；经过他们苦心钻研，寻找发生返工的原因，不是也创造了日进九公里的新纪录吗？这些青年勘探者，在生活路上，总是向前扑着。他们遇到了困难，就推翻它，踩平它，继续前进了。

我们地质勘探者，就是这样工作着。

对于这些青年人，我还应该讲些什么呢？我讲得很少。只讲了一点。他们和酷寒的戈壁滩作战，和工作上的困难作战，他们是胜利了。他们完成和超额完成了国家和人民交给的勘探任务。当他们带着胜利的果实，转入室内计算，向西安进发的时候，每个人仍然戴着老羊皮毛帽，穿着老羊皮大衣，拖着像两棵粗树似的毡靴，踏实地走着。每个人的脸，虽然不像在学校时那么白净了，但是是黑红的，健康的。他们的身心，都受到了锻炼。他们变得壮实了。这白雪皑皑的戈壁滩和翱翔在滩上的鸟儿，他们爱上了。不久，他们还要来的。他们不会忘记自己踩下的脚印，不会忘记自己洒下的汗珠。而且，更不会忘记，还时刻在耳朵里作响着的茹老太太的沙哑的喊声："孩子们，再来呵！"

一九五四年冬，酒泉

在柴达木盆地

呵，柴达木

这是秋天一个特有的晴朗的日子。

我们从玉门油田出发到敦煌，只用了一天的时间。这条道路是平坦的，宽阔的，开车的人和坐车的人都喜欢这一条路。可是，从敦煌到柴达木盆地，道路却是艰难的。从敦煌走的那天，天上洁白的云朵连接成一条长长的银带，好像千佛洞里展翅翱翔的飞天壁画，又像一把秀长的利剑，穿过了祁连山，一直飞向西北方。

通往西北方的道路是荒凉的。一个人也看不见。前面是一望无际的戈壁。那被狂风吹起的小沙丘，和戈壁中孤独低矮的小树，时常会叫人迷惑一阵子。有时候，突然，眼前会闪过去一群惊慌的黄羊儿，它们飞跑着，白色的尾巴像小流星似的。有时候，一群野骆驼横立在大道上，痴呆地瞭望着，当人要接近的时候，它们才摇摆着头，拖起步子，向山野里迅速地却又笨拙地跑去了。每天，我们总是怀着美好的想望，行走在崎岖不平的道路上，憩息在空旷的荒滩里。我们走了一天又一天，什么时候才能到柴达木盆地呢？什么时候才能看见一个人哩？在这里，能看见一个人那该多好啊！

"呵，这就是柴达木，我们到了柴达木了！"当我们在第四天，翻过了一架沙山，穿出山峡，眼前显出了一片无边无际的大沙漠的时候，这句话就像电流般从一个车上传到了另一个车上。人们欢腾了。人们谈论着，喧嚷着，都贪婪地睁大眼睛向窗外瞭望着。那个甜睡的人，没等人去喊，不知道怎么就醒来了，嘴里还咕哝着："到啦？"就把头一下子伸到了车窗外面去了。

这就是柴达木，我们的勘探者日夜向往着的柴达木：她袒开胸膛把我们拥抱了。柴达木的天空是明亮的。万里茫茫似海的盆地里，笼罩着一层薄薄的云雾，像鹅绒般轻轻地飘流着。透过云雾，在盆地的南方，矗立着昆仑山，气势雄伟，戴着银盔，披着银铠，真像一个老当益壮的将军。在盆地的北方，屹立着阿尔金山，脸面清秀，俊俏英武，显得干练可爱，很像一个年轻有为的少年。这两座山是多么好，又是多么不同呵！

这时候，已是黄昏。金色的霞光，照耀着柴达木盆地。昆仑山和阿尔金山穿上了节日盛装似的，特别动人。在两山的中间，阿拉尔小草原青绿的花草，在微风中飒飒细语。雁儿迎着霞光，在草地里高傲地漫步。就在雁儿漫步的草原旁边，巍然突出着一座庄严的城堡。这座城堡呈四方形，约有四亩地大小。堡子里面的房屋，全用土砖块和细小的木材筑成，在寝室里盘着可以烧火的土炕，和长方形的土墩子写字台，而城堡的围墙全部都是由人工用沙土垒筑起来的。确实，这座城堡是粗糙的，简陋的。但是，它在柴达木盆地是破天荒的，是一个真正的奇迹。这个奇迹是由我们的人民战士们创造的。这些战士们，自从一九五〇年进入柴达木以后，在海拔三千多米的山路上，忍受着千辛万苦，忍受着饥饿严寒，迎着黄黑色的大风暴，消灭了乌斯满匪徒们，就驻守在边疆上，捍卫着这一片土地。这座城堡就是他们的营房。虽然，他们不是用钢骨铁筋浇筑的，但是，他们却是用着钢骨铁筋般的意志，给柴达木竖立起了一座闪亮的灯塔。那个以放牧和打猎为生的乌孜别克族老人，他是我们的向导；当他和我们一块看见了这座城堡，他的多纹的脸上出现了怎样惊讶的表情呵！他嘴里讷讷着。

雁群在霞光中抖擞着翅膀，悠扬地从草地中飞起。它们穿过了阿拉尔城堡，排着字儿升上了天空。它们呼唤着，歌唱着，为什么声音里充满了那么多欢乐？莫不是它们为着在盆地里有了我们勘探朋友做伴，生活就不再寂寞、单调？莫不是它们喜欢这个黄昏的时光，好去追恋那奔流在昆仑山下的尕斯库勒湖？呵，尕斯库勒湖有多美哩！她穿着银白色的衣裳，闪着珍珠似的光亮，在柴达木流转着。这是多么好的一个湖！在柴达木，尕斯库勒湖会唤起人们多么丰富的欢乐、力量和想象呵！

这就是柴达木，祖国的柴达木，这也就是世界驰名的柴达木。谁走到这辽阔的土地上不觉得骄傲，不觉得自豪呢？今天，也只有在今天，我们的人民，才真正赏识这丰饶的有待开垦的处女地。我们的人民，按照自己的意志，开始了柴达木盆地历史上从未有过的第一次大规模的地质勘探事业！

葛泰生和勘探伙伴们

我们和中央石油管理总局局长们，以及地质专家们，从阿拉尔城堡，走进一条漫长的山谷之中。

在山谷中，我们观察了一系列的地质现象，又向一座陡峭的高山上爬去。率领我们的是我早在酒泉盆地相识的青年地质专家，现在是柴达木地质大队小队长葛泰生和技术员们。本来，在海拔三千米左右的山谷中走的时候，气压很低，人的呼吸已觉得困难，再向山上爬，呼吸就更觉得困难了。可是，葛泰生却轻快机敏地向上爬着，一会儿就站在山冈上了。人们一个个爬上了山，就倒在山冈上，舒展开双腿，好让呼吸通畅一些。这座山，海拔三千八百多米。你站在山冈上，瞭望着远方，会再一次感觉到柴达木的广大和美丽。那尕斯库勒湖像玉带一般，和昆仑山间飞出来的云雾一起，围绕着整个盆地流转。那重重叠叠的山岭，真是山山不断，岭岭相连。每一座山岭上，都有着无数的小小的沟道；而无数的小小的沟道里，都有着勘探者踏下的脚印。我们的勘探者，自从一九五四年春天进入柴达木，不知爬过了多少山岭，走过了多少路程，尝受了多少艰难，挖掘了多少岩石，鉴定了多少良好的储油构造呵！

这天晚上，我们就歇息在高山下的一条沟道中。我和几个人睡在葛泰生队长的帐篷里。夜很静。间或，只能听得见风的呼啸声。人们都很疲劳，闲聊了一阵，就倒头呼噜噜地酣睡了。我也很累，可是却久久地不能入睡。在这静静的夜晚，我多么想和葛泰生谈谈呵。我们已有一年多没见面了，该会有多少话要说呵。可是，今天见了面，没说上几句话，就爬山，看储油构造，连一点空时间也没有。现在，他就紧紧地靠在我的身边。我发现他也没有睡着。我轻声问："你还没有睡着？"他也轻声说："没有。你也没有睡着？"

葛泰生是一个有作为的青年勘探者。我们睡在一起，虽然不能去惊扰别人，畅心地谈些什么，但是，他在我的心里是怎样清楚的一个小伙呵。他是江苏人，今年二十三岁，他的身材细长适中，脸庞清秀英俊，留着偏分头发。他很会吹口琴，也很会唱一些抒情的歌曲。他是北京清华大学学生。一九五二年，当他从清华园走出来的时候，在祖国的面前，选择了勘探大西北的工作。他在工作的历程上，从不畏惧困难，总是勇往直前。一九五三年，他率领着一个普查队，跑遍酒泉盆地西部的广大区域，出没在祁连山里和风沙弥漫的戈壁滩中；在一百五十七天中，普查面积达到一万六千八百多平方公里，工作质量合乎标准。而且，他和同志们共同研究，创造出用望远镜卡距离的方法，克服了因轮距仪损坏而影响工作质量的困境。他这么顽强地工作着，心里是怀有一种美好向往的。他希望着他和他的同行们的工作，会唤起戈壁滩的欢乐、微笑和神话般的变化。今年，他又离开了自己热恋着的爱人，虽然是依依不舍，但并没有哭泣，而是怀着为祖国开发油田的英勇气概，毅然跨进了柴达木盆地。同时，我也不会忘记，当他跨进柴达木的时候，又怀着怎样尊敬和激动的心情，向党递交了申请书。他希望做一名共产党员。在实际的生活中，在具体的斗争中，他越来越感到一种需要，一种力量，这就是党。他认为自己的成长，自己的思想，对生活的热望和勇气，都是党给予的。他要求党教育他，考验他。他说："我的缺点很多，需要党的教育！"

夜已深了。他睡熟了。在这个小帐篷里，我清楚地听得见他的平缓均匀的呼吸声。睡得多甜呵！我想，这个青年人，从他走出清华园那天起，就一直奔跑在荒山、草原、沙漠和戈壁里，该多辛苦呢！但是，他和我以往的谈话里，始终都是那么乐观、愉快和充满着真挚的感情。他在长年的地质勘探生活里，已经学会适应一切困难的环境。他能啃干馍，能喝苦水，会爬高山，会鉴定岩石，会独立地接受国家任务和独立地带领一个队到偏僻的地区开展工作。只两三年的光景，他的变化是令人惊异的，可爱的。今天，我看见他的时候，要不是他坚实的步伐和谦逊的笑容，都几乎认不出来了。他的脸面，完全变成了铁红色，真像刚从熔炉中炼出来似的，还闪闪发光呢。本来，他的眼睛是深凹的，长得挺漂亮，现在瘦了，陷得更深了，却放射着坚毅的逼人的青春火焰。

确实，柴达木的勘探生活是艰苦的。盆地纯属大陆性气候。一天内，冷热变化可以相差几十度。这块土地是干渴的，荒芜的。缺水缺柴，给工作造成了很大困难。在这里，人们吃喝的是苦水或咸水，即便苦水、咸水还是用骆驼从很远的地方运来。有时候，骆驼也因饥渴，倒毙在沙漠里。那么，勘探者就得挨饿，就得自己背水、背柴、背粮。柴达木的夏天和秋天之间，是大蚊虫和牛虻逞凶的季节。在这里，流传着大风暴把羊儿吹上天空的故事；也确有大蚱蜢咬得骆驼和马背上流血和嚎叫的故事。勘探者在这里生活着是要受煎熬的。但是，人正在征服着大自然，大自然会驯服下来的。葛泰生撇起嘴，做着手势，很有风趣地对我说："要在六七月呵，蚊虫多得一巴掌可以打到十几个哩！"但是，就在这种生活中，他还经常唱着他和他的爱人都喜欢的一首歌曲呢："你呵我的大地，辽阔的大地！你呵我的大地，辽阔的大地！……"

在葛泰生队停留的第二天，我还特意拜访了队上的警卫战士们。

中午，我被一片快乐的歌声吸引，走进一个小帐篷里。帐篷里有三个战士。两个人合捧着一个歌本唱着，一个人趴在铺上写着什么，嘴还随声哼着。帐篷沉浸在歌声里。他们唱得入迷了。我走进去站了一会儿，他们还没有发觉。我看着这种情景，心里很兴奋。他们的谈话是谦虚的。每个人都流露出对柴达木的依恋情绪。在谈话中，我偶尔在桌上发现一个日记本。日记本的封皮上端端正正地写着"刘守彬"三个字。我问："能看吗？"一个面庞黑红、穿着显然是被山石刺破的黄棉军装的战士含羞地说："能看。"我一翻开本子，就先看到一首诗。他写着：

英雄的部队驻在柴达木，恶劣的风暴挡不住英雄。没有战胜不了的困难，任何困难挡不住英雄。

我抬起头，不由得看了看这位战士。他的日记写得很真切。让我直接摘录下来一段：

　　前面有一个很深很狭的崖头，从哪里走都上不去。我穿着皮鞋，把大枪背上，两手抓住石壁，用皮鞋后跟蹬出窝窝。爬到山腰里，忽然一块石头从脚跟滑下去，手没抓紧，咕噜把我滚下山去了。我的腿上擦破了一层皮，流着血，一点也不觉得疼。枪也沾满了土和沙子。我向黄正芳要了个地质锤，爬一步，挖一个窝窝，再踏稳脚跟，手抓结实，用最大的力气才爬上去了。我到了山顶上，又用绳子把下面的人吊上去……

读着这段日记，我们作何感想呢？这是在柴达木的人民战士和勘探者的工作写实。柴达木的工作，磨炼着每一个人；在祖国的伟大建设中，他们用地质锤留下了深刻的印记。刘守彬在学习文化中，在作业造句里，还有着下面这样的句子："迷失——王进喜到葫芦沟迷失了方向，找不到帐篷了。""昏昏沉沉——我下山时，山上的石头把我绊倒了，摔得昏昏沉沉的什么都不知道。"战士们克服着困难，兢兢业业地担负着警卫工作。就在夜晚下哨后，他们还很关心伙伴们，看见哪一个帐篷里，哪一个人被子没盖好，便给拉着盖上；哪一个人铺盖薄，便把自己的被子给盖上。就在早晨出工前，他们把每个水壶给灌满开水，还给上山的人把馒头都烤好了。在山上工作的时候，他们自动帮助背仪器，扛标杆，还自动去背水背饭送给山里工作的人。刘守彬在八月十七日的日记上，又有这么一段话：

我们背水时，遇到很多困难。爬陡山，脚爬，手也爬。爬上山，浑身是汗，心窝都挣的疼，腿也酸痛。但丝毫没讲二话，我们克服了困难，完成了任务。

这是一些怎样的人？这是多么值得我们自豪的人民战士呀！战士们是最先把五星红旗插在柴达木的。接着，他们没有休息，又以英雄的姿态，参加了柴达木的地质勘探工作。我对战士们说："你们辛苦了！"他们齐声庄严地说："为人民服务！"刘守彬还攒劲地补充说："柴达木没啥苦的。就苦吧，也没啥。只要柴达木开发了油田，这比什么都好。现在，咱们的国家，就是要把苦焦的地方变成人民的乐园嘛！"

我从帐篷走出来，心里怀着尊敬的感觉。这时候，我又看见一位年轻的炊事员，他正在从帐篷里把每个人的铺盖抱出来，迎着阳光，打开搭在帐篷的绳子上。这位炊事员的行动，马上使我联想到昨天晚上睡在帐篷里，底下铺着厚褥子、毯子和床单，还觉得潮湿、渗凉的情形。他的举动很自然，很安详，好像把每个人的铺盖抱出来晒太阳，是他应该做的本分的事情。柴达木的生活，把人们的感情紧紧地连在了一起，人是多么友爱呵！我看着，正准备帮着抱铺盖晒太阳，炊事员却端来满满的一茶缸开水，递在了我的手中。我端着开水，手觉得是暖和的，心也觉得是暖和的。这是多么珍贵的一杯开水呵！它不知道经过了多少路程，又不知道是哪位同志从阿拉尔背来的。我想起了这里的勘探者，为了节省水，用沙子洗碗洗筷子的事情。我也想起了一缸水，怎么使一个干渴得昏倒的人苏醒的故事。现在，我很渴了，端着水一口一口慢慢地喝着，想着。

葛泰生和他的伙伴们，正像青年战士刘守彬说的，克服了很多困难，同时也做出了很大的成绩。我还听到这样一个故事：有一次，葛泰生和几个技术员，去普查盆地一个偏远的地区。他们啃干馍，喝冷水，在大荒漠里走了几天，才摸索着找到了目的地。他们工作完结以后，吃食和水都快用完了。当他们往回走的时候，骆驼忍受不住沙漠的饥寒，已经有好几峰困死了。在大荒漠里，连乌孜别克族向导依斯阿吉都转了向，迷失了路。其实，哪来的路呢？就是有路，还不是我们勘探者踩踏出来的吗？他们怅惘、饥饿、寒冷、困倦，该向哪里走好呵！要是再耽搁几天，人就会支持不住的。但是，他们没有失望，仍然不分昼夜地走着、摸索着。终于，他们回来了，还带回来使人振奋的大块的油苗、沥青和寻找到一个储油构造的消息。

他们就是这样工作着。就是这样在和大自然的斗争中寻找着快乐、安慰。在柴达木，只葛泰生和他的队已勘探了三四个储油构造了。可是，你要问葛泰生，他会谦虚地说："我们做得还太少了！"你再要对他们说："你们可够辛苦了！"他们会摇着头说："不。不苦！很好，很有价值！"你看，我们时代培养出来的青年勘探者，就是这样的人：他们热爱劳动，把劳动看作最荣誉最光彩的事情！他们不畏艰苦，把承担艰苦的工作，看作最豪迈最壮丽的事业！

再见，柴达木

我们爬高山，走沙漠，看一个构造，又看一个构造，心情一直是振奋的。但是，当我们离开葛泰生队，跨入一座深山里，迎面吹过来一阵浓浓的油味时，我们的心情已不是振奋所能表达得了的，而是完全被极度的欢乐溶化了。我们已跨入柴达木最出名的油砂山里了。

抬头看，你的眼前显出的是一座峻峭的高山。山岭突出险要，像钢刀般插入天空。山呈黑红色和紫黑色。你无论走到哪个地方，都可以顺手取得油砂。每一块油砂，都可以闻到甜美钻心的酥香。在它的南前方，可以瞭望到白雪皑皑的昆仑山，和娴静的尕斯库勒湖。在油砂山脚下，整齐地排列着一行一行的帐篷和蒙古包，好像一大群小绵羊似的，又像一处白色的市镇，这就是勘探柴达木的人们的大本营。自从有了这个大本营，柴达木仿佛得到了最纯洁最动人的爱情，变得年轻、豪放、快乐，油砂山获得了新的生命，不再那么拘谨，那么羞涩，敞开胸怀放射出动人心魄的芳香。

呵，油砂山，你多可爱呀！你给我们勘探者灌注着甜蜜的奶汁，你使我们更深地了解了勇敢的意义。就在你的周围，我们勘探者不知洒下了多少汗珠，留下了多少脚印。我们向上爬啊爬啊，你好高哟！我走到山腰，憩息在你的怀中，尽情地享受着你的芳香。我极目眺望着远方，想把你的美丽和我尝受到的幸福，传达给我的亲人和朋友们。我在手掌中搓揉着紫黑的泥土，仔细地观察着那险峻的山岭，又不能不想起那个英勇的故事：就在那最高的山岭上，曾经爬上去过我们的一队人。这一队人中有我的老相识测量技术员刘承昌，他虽然见了女同志就脸红，爬起山来却是勇猛的。但是，这座高山却不是好爬的。就因为它又高又陡，太不好爬，人们给它取了个名字叫：英雄岭。意思是说，谁能爬到岭上去，谁就是英雄。这一队人，为了给地质详查工作创造条件，担任着调查地理环境和交通情况的任务，开始往岭上爬了。一清早，他们穿过又黑又狭窄得只能钻过去一个人的长长的峡谷，就一直向着没有路的陡崖爬，一会踩着尖刀似的砾石，一会踏进松软的砂石。他们被大蚊虫咬着，被大风刮过来的碎石打着，手爬，脚爬，用脚蹬着小窝窝爬。有时被顽石绊倒了，有时从山上摔下来，总是不回头，向上爬着。谁能摧折他们的意志，谁能阻挡得住他们的脚步呢？他们爬上去了。他们站到最高的山上了。傍晚，当金色的霞光辉映着山岭的时候，他们在岭上吹起口琴，唱着歌，庆贺自己的胜利。夜晚，他们用老羊皮裹着身子，窝在山峡里。第二天，他们开始工作了。可是，谁知道，下午，山野怒吼了。人们上来了，就不能下去。这一队人围坐在一起，抵抗着风暴。不一会儿，山岭上又落雨了。雨呵，下着，下着，你要把勘探者怎么样呢？几个人用一张油布顶在头上，这管什么事！一张油布能顶得一昼夜的暴雨吗？大雨下了一昼夜，人们只能背靠背坐了一夜。刘承昌和他的伙伴们，因为疲劳的缘故，不管衣服已淋透了都还饱饱地睡了一觉哩！天亮了。人们醒了。太阳出来了。可是，大家都成了泥人，脸上五光十色的，多好笑哟！他们是英雄。他们多好呵。他们完成了任务，为以后上岭的人做详查工作创造了很好的条件。

　　整一天，我们忘记了疲劳，一直在油砂山里周旋着。黄昏，人们才怀着满足的心情向山下走来。在山腰间，有一架手摇钻机，发出隆隆的吼声，和工人的喧嚷声交织在一起。工人们忙碌着，拉着纤，操作着钻机，好像一下子就会把地壳打开，拿出宝贝来似的。虽然，因为柴达木交通不便，用水困难，水源正在勘探中，只能暂时使用这种原始的落后的手摇钻机。但是，就是这台手摇钻机，第一次冲破了柴达木的沉寂。它的声音使山岭苏醒，使大地复活。要是再过些天，用载重卡车运来许多大型钻机，那时候，柴达木不知道会怎样狂欢哩！

　　我们向山下走时，还看见一伙人，他们是两个背水组。这些背水的青年，肩膀上都搭着一块厚垫子。有的人垫子磨烂了，肩膀上都暴出了棉絮。每天，他们要从山下一个名叫棕扎哈苦泉水的地方，往山上来回背三四次水，供给钻机使用。自然，这种工作是艰难的。我问一个青年："哪里人？"他说："敦煌。""读过书吗？""中学。""工作得怎么样？""好。很快活。我们还和钻井组挑战哩！我们保证一定把钻机用水供上，他们保证一定要进尺快，争取早日完成钻探任务！"你看，在柴达木，不管做什么工作的人，都是这个样子：他们热爱自己的工作，并在不断改进自己的工作，尽量地在开发柴达木的油田事业中，贡献出自己的一份力量。

我们下了山，憩在勘探者的大本营里。这是个勘探指挥部，各工种队就从这里接受指示、任务，向柴达木四面八方进军。大本营里还有敦煌贸易公司运来的各种货物：你要手巾，香皂？还是要牙刷，衣裳？你愿意吃鸡肉罐头，还是喜欢吃红烧猪肉罐头？都有。我转着看了一阵，觉得身上渗凉渗凉的，就走进帐篷里去了。

这时候，突然，帐篷外面，人声嚷嚷，有人喊道："快，看野马！"我又转身走出去，外面已有一大群人围了一个圈，看着从骆驼身上拉下来的两匹野马。原来，就在我们看油砂山构造的时候，那个作向导的哈萨克族青年木斯达法，骑着骆驼到昆仑山里打野马去了。他打野马是为着自己吃，也是为了让局长、专家们和勘探者尝尝野味。野马肉很鲜，很香，吃着和炖的牛肉一个味。只是肉粗些，肥得厉害，吃多了，一天不饿，净想喝水。哈萨克族兄弟是很热情的，只要做好了肉，你不吃，他们是不乐意的。你吃了，他们很高兴。而且在你吃饱了以后，最后还用手抓起一大块瘦肉和一大块肥肉，亲自塞进你的嘴里才完。他们说："这是我们的礼节！"勘探者不知道吃了多少次野味了哩！在柴达木当向导的和做运输工作的人，有蒙古族、哈萨克族和乌孜别克族的老人和青年们，他们都擅长打猎，常打黄羊和野马慰劳勘探者。在食物遭遇困难的时候，野味就成为主食了。现在，他们有的人还正在山里和勘探者一起奔跑；有的人就住在大本营，准备接受任务出发。他们和勘探者生活得很热火，很融洽。他们都懂得勘探者的活动会给自己和各族人民带来美好的生活。因此，他们离开了妻子儿女，整年不辞劳苦地随勘探人们一起奔波着。

夜。一个多么美丽的夜晚呵！柴达木各工种的队长们聚会了。我看见了青年重力专家张得经，他的身材高大，说话声音低哑而风趣。他的脸面仿佛总是盖着一层厚厚的灰尘。由于他和全队的努力，重力勘探以提早超额完成任务出名。我也看见了有着一副黧黑长脸的青年队长朱儒勋，他在陕北就工作得很好，因此，今天又在柴达木担任艰巨的细测工作，提供深探井井位的资料。那个身材瘦长的王吉庆队长，他很少说话，做事干练。就是他曾经和几个人寻找到一个大的储油构造，因为迷恋构造而忘却了返回，结果在黑夜返回中饥渴得昏倒，迷失了方向。我很喜欢那个纯洁热情的大队技术员王福林，他说话是憨直的，做工作是埋头苦干的。人们都愿意和他一起工作，喜欢他。最近，他爱上了一个四川姑娘，他常想她，给她写信，还答应了请勘探朋友们吃糖吃罐头哩。还有……不多说了。我看着这伙青年勘探者，心里是有很多话想说的。我在他们身上，看到青春闪烁着的光彩，看到地质勘探事业的远大前程。他们为了祖国，献出了自己的聪明才华。他们的青春、生命，才是值得赞美的。

今天晚上这个聚会，就是总结他们的工作，是一个重要的不平常的会。会上，石油管理总局的地质师们，做了柴达木工作的评价和今后勘探方向的报告，对柴达木的工作作了宝贵的指示。最后讲话的是总局局长们。从这些报告和讲话里，你会感到一种力量，你会清楚地看到：担负着勘探柴达木任务的人们，付出了如何巨大的代价，进行了怎样有成效的劳动，已经寻找到了众多的适宜于储油的构造，获得了惊人的、贵重的和大量的地质资料！这些为国家提供出来的地质资料，给柴达木开辟了令人振奋的前景。而同时，勘探者还正在继续勇猛地向柴达木的最深处挺进着，冲击着。呵，来吧，我的朋友们，在这个聚会上，让我们举起这杯酒，为了柴达木，为了勘探柴达木的人们干杯，干杯呵！我还想告诉我的国家，告诉远离柴达木的兄弟姐妹们：在柴达木工作的人，是完全可以被信任的人。他们从事着一桩惊心动魄的事业，并且，也一定会完成这桩事业的！

我们得离开柴达木了。黎明。晨光穿过了昆仑山巅，披在尕斯库勒湖上闪着妖媚耀眼的光亮。油砂山挺起胸膛，迎接着黎明。一群雁儿飞起，乘着风浪，唱着温婉的歌，奔向了黎明。柴达木的早晨多好呵！我紧紧地握着勘探朋友的手，怎么也想不起就要离开了。呵，再见了，可亲可敬的勘探伙伴们！再见了，柴达木，你这正在被开垦的处女地！再见了，你微笑着的昆仑山、阿尔金山和油砂山！再见了，尕斯库勒湖，你发源于铁木里克，无数的支流汇集成你这个大湖，你才能放任自由地向东方奔流；可是，当雁儿歌唱你的时候，当你觉得骄傲的时候，你可曾晓得，不久，勘探柴达木的人们，就会在你的身旁开拓出来一条更宽长更壮丽的河流；这条河流以黑色的金光，黑色的奶汁，可以和大江大湖媲美！

再见了。我还要来的。当我在归途上，又看见了敦煌，又看见了玉门油田的时候，我心里就想：我们的祖先能够创造出来世界驰名的千佛洞的飞天壁画，我们的祖国已有了玉门这个辉煌灿烂的黑金都市，在柴达木盆地里，我们的人民就不能够再创造出来伟大的奇迹，再拥抱起一座辉煌灿烂的黑金都市吗？能够的。一定能够的！

一九五四年十一月，酒泉

祁连雪纷纷

多少万年以来，祁连山以怎样威武的姿态，挺立在大西北的高原上呵！

沿着狭长的河西走廊，祁连山蜿蜒曲折，形成了天然屏障，好像一条飞龙似的，向西迤逦而去。然而，在古长城的嘉峪关外，祁连山最触目的托勒高峰，却像一个银发苍苍的将军，他仪表堂堂，头戴着银盔，身挂着银枪，手执着银剑，俯视着辽阔的大地，守护着祖国无限的大戈壁滩。

多少万年以来，祁连山是悄悄地长成了，壮大了。它默默地创造着岩石、飞泉、冰川和雪线，创造着森林、草场和花朵。于是，各色的鹰鹤、雀鸟出生了，飞跃了；各种的野骆驼、野马、牦牛、狗熊、麝和黄羊诞生了，飞奔了。不只如此，祁连山还尽情地揉挤出自己的奶汁，汇成了无数的小河，从山巅飞流而下，灌溉着戈壁滩的农田，抚育着河西走廊的子孙，一代又一代。

同时，猎人们来了，藏族、蒙古族和哈萨克族兄弟来了。他们背着杈子枪，爬上了祁连山，在草场上游牧，在山峡里狩取着珍贵的走兽、皮毛和药材。于是，手工艺匠们也来了，他们在祁连山里，挖掘最透明的白玉，最华丽的岩石，拿回酒泉城中，以精心的劳动，磨制成了驰名古今的夜光杯。不要忘记唐朝诗人王翰的绝句："葡萄美酒夜光杯。"那被称颂的夜光杯的原始材料是出自祁连山的。

人民爱着祁连山，也越来越懂得它的丰饶和美丽了。

今天，我们的地质勘探者来了，迎着风暴、炎夏和严寒来了。

勘探者背着行囊，吃着牦牛，喝着祁连雪水，一步一步地向高山深处挺进着。在羊肠小道上，在悬崖绝壁上，在海拔四千多米的雪线上，勘探者经历了多少风险，遇到了多少艰难？然而，勘探者心中满怀着爱，对岩石的爱，对祁连山的爱。这里的每一棵草木，每一条小河，每一块石头，对于勘探者都是亲近的，可以理解的。人们挖掘着岩石，抚摸它，观察它，要在这里寻找出矿藏，开辟出道路，闯出江山。正是这样，我们的勘探者正在祁连山里为祖国闯着江山呵！

几年来，勘探者勤苦的作为，使得祁连山高高地昂起了头，这里并不是穷山恶水的去处，而是蕴藏着丰富的矿产的宝山。而人们的感情也越来越向它靠拢了，人们更加乐观地眺望着它了，更加英勇地向山上攀登了。

雄鹰飞翔着。我们披着晨光上山。

这时候，我觉得，有一股喜悦的感情从心中跃起。以往，和勘探者一起，我们曾经在祁连山下奔走，曾经在山峡里度过了许多疲劳的而又快乐的夜晚。我们在这里迷过路，摔过跤，尝受过斗争的乐趣，在饥渴的时候我们也曾经昏倒过。可是，祁连雪是怎样充实着人的心房，那骆驼草烤馍馍又给人以怎样香甜的享受。

以往，祁连山只有勘探者的脚印，和狗熊、黄羊的脚印搅混在一起，哪里有什么道路？然而，现在，展开在我们面前的是一条多彩的大路；由于岩石的颜色不同，路面有红色的、银色的和墨色的。走在这样的大路上，人怎么能使自己平静。而且，这条大路通向了祁连山的深处，通向了驰名的大西北钢铁基地——镜铁山里呵！

我们乘着嘎斯车，驶过了戈壁滩，就径直地进山了。迎面，遇见了三只小黄羊，它们翘起了白尾巴，一动不动地站着，还侧头望着我们。呵，小黄羊，你等待着什么呢？莫非想和我们一起进山吗？可是，当车走近了的时候，它们却翘着白尾巴跑了。山里，看不到人家，间或只能遇见一顶帐篷，和几个修路工人。再往里走，山高了，更难看到人了。而且越走越深，越觉得沉寂、阴森，好像进入了一个和外界相隔的境地。然而，山里的草比山外茂盛，山里的风景也比山外更壮丽了。

我们转了一个弯，又一个弯，一会儿直冲而上，一会儿直冲而下。遇到的不是深沟悬崖，便是陡壁尖山，小车好像一条小舟在高深莫测的海洋中浮行。

这时候，当车子驶过了一段墨色的路面，爬上一座大山的时候，我们看见了雪线，看见了托勒高峰。

"多好呀！"同行的黄桂生地质师兴奋地说。

我们跳下了车。可是，没想到，车里那么暖和，一下车，就碰上了一阵刺骨的寒风，使人一下子就觉得身子变成冰凉的了。

但是，昂起头看吧，这海拔四千五百多米的托勒高峰有多么峻峭，多么威武。山巅上有蔚蓝色的天空，有金色的太阳，有闪光的冰川，有晶亮的银雪；这一切这地迷惑人，这么地气势磅礴！再从山巅望远去，波浪汹涌的雪线，好像一条银色的长河，浩浩荡荡地穿过了群山，向天边飞了过去。多么动人心怀呵！

这一阵，我心里感动极了。

以往，在酒泉盆地里，在嘉峪关上，和勘探者一起，我们曾经有多少次地仰望着这条雪线，欣赏过这托勒高峰的美景！而雪线、高峰又有多少次地给了我们勘探者以力量，以幻想！一群山鸽飞了过来，它们的羽翼披着阳光，以欢快而又自豪的风姿，在冰川里飞行，在雪线上鸣叫。瞬间，我觉得，蓝天、雪线、阳光和山鸽，还有比这更好的山景吗！

这一切山景，使我惦念起那些寻找钢铁的伙伴们。

中央地质部祁连山普查大队不是出没在这一带的山林里吗？他们不是在这里劈山倒海地生活过、斗争过吗？

那是一九五五年八月，严济南工程师，陈鸿玉、鄢少华技术员和几个警卫战士们，曾经在这一带山林里，遇到了多少苦恼的日子，经受了多少难熬的夜晚？秋天来了，快一年了，他们还没有寻找到钢铁，甚至连一点矿苗的线索也没有找到呢。

一天晚上，严工程师和两个警卫战士，带着焦灼的心情进山了。他是一个性急的人，有一副清秀的面孔，一对热情的眼睛，说起话来，总是带着一种激动的神情；做起事来，干脆利索，显然是一个有干劲的人。夜里，他们为了赶路，探入了深山，可是，要休息的时候，却找不到人家。他们没法子，就学狗叫，渴望能在荒山中唤来回声。幸好，他们没有失望，远处，传来了狗的回声。于是，他们追踪着狗的叫声，找到了几座藏族的帐房。这天晚上，他们得到了藏族的热情款待，有的吃，有的住。而且，当严工程师向藏族诉说他们的来历，和谈起寻找钢铁的迫切心情的时候，从藏族余老大嘴里还得到了一条可贵的线索。可是，余老大忘记了具体地方，只能约莫指出一个方向，只是说："九年以前，我给一个先生带路，在山里看见了一块又黑又重又硬的石头！……"

不久，严工程师和陈鸿玉分队的人，在余老大所指的那个方向，果然发现了那种又黑又重又硬的石头。可是，这只是一种超基岩石，还没有进一步发现烙铁矿床。然而，它却大大地增强了人们的希望和信心。

于是，他们吆着牦牛，驮着铁锅和行李，继续向祁连深谷追寻了。

每天，他们提着地质锤，拿着记录簿，有时候在深崖底下，有时候在险山腰上，选择地层，打开石头，观察呵，研究呵，描述呵。这险峻的祁连雪线，他们也曾经不止一次地攀登过呢！

这一天，他们走进了一条深谷河道里。

当他们观察着山上和山下地层的时候，猛然，一低头，有一种奇异的光彩，在眼前闪烁。严工程师迅速地蹲下去，扒起一层浮土，拿起了一块石头。他举到眼前，定睛一看，好像不相信自己的眼睛似的，又抢起地质锤，把石头打开来看。呵，赤黑色的石头，闪光的石头，这不是一块真正的镜铁矿石吗？他们抢着，看着，大声吆喝着，多么可爱的石头！这块石头说明，深山里有了镜铁矿苗。于是，他们向前追踪，果然，又发现了一块。向前追，又是一块，又是一块……越来越多，越来越叫人喜欢。当他们追呵追呵，追上了山的时候，一条赤黑色的镜铁矿床，就以震撼人心的力量在山崖上露面了。多么快活的时刻！吼叫吧，歌唱吧，赶快抢起地质锤敲打吧，拿出记录簿描述吧！

天晚了。他们兴奋地从山上走下来。可是，走了不几步，却意外地发现了新鲜的狗熊的脚印，真使人吃惊。他们快步地翻山，向宿营地走。这时候，又出人意料，当他们翻过一架山的时候，在山崖上又发现了一条镜铁矿床的露头。随即，刚才那种惊恐的心情又被惊喜的心情代替了。一个警卫战士，他简直快活得要求举枪鸣放，可是，这怎么行呢？于是，他们又吼叫着，歌唱着，敲打着，描述着。

天黑了。当他们摸着黑下山的时候，才发现饿得很，肚里慌得咕咕叫唤了。可是，今天，遇到的意外事太多了。他们一下山，炊事员却垂头丧气地说："吃啥饭，铁锅砸了！"真糟糕，偏偏在人们饿慌了的时候砸锅了。原来，铁锅驮在牦牛背上，到了山峡里，选好了住地，炊事员忙着收拾东西，先把牦牛拴在树干上，这不知怎么犯了牦牛的野性，它发了脾气，连蹦带跳，几下子，就把铁锅从背上摔了下来。而且扬起蹄子，狠狠地在铁锅上乱砸，砸碎了，又发疯似的跑了。炊事员恼怒地说着，严工程师几个人反而大笑起来了："这有啥，砸了个铁锅，咱们可找到了铁矿呀！"炊事员一听，兴奋极了，不由分说，一下子心窍也开了："嗨，你们等着瞧，我一定给你们吃上。"不一会儿，他就用挑水的铅皮桶子，做了一桶黏糊糊的面条，还外加了一点葱花，让大家香喷喷地吃了一顿。第二天,他还专意在山里挖回来什么野蒜呵，野蘑菇呵……

自此以后，严工程师和陈鸿玉分队的人，干劲更大了。虽然，他们奔跑在深山野谷里，还遇到过许多次狗熊的脚印，一次，狗熊竟然窥视着他们，从他们身边跳过，给他们带来了很大惊恐；可是，他们仍然坚强地攀登在险山上，雪线上，勤苦地寻觅着。果然，他们又寻找到了比前些日子大三倍以上的镜铁矿床。

这一连串的喜讯，带给了勘探钢铁的人们以欢乐，以鼓舞！当然，这还不够，只是一个开始，人们并不满足这些成绩。人们在祁连山里为祖国开发钢铁的理想已在实现着，但是，人们要实现得更好更称心呵！

这时候，我们跨过了托勒高峰，向深山沟底驶去了。

这条沟又深又长，四面迎着高山，看上去，蓝天也变得细长了。沟底淌着一条小河，河水清朗如镜，在细长的曲柳丛中，穿来穿去，流向远处。当年，严工程师和陈鸿玉分队的人，不是翻过了托勒高峰，喝着这条小河的水，向深山里挺进的吗？

我们沿着小河，走出了狭长的深沟。

前面，突然，迎过来一座巍峨的黑色的尖山。山上的岩石呈铁红色。没有想到，这样高不可攀的尖山，从下到上，还有一条弯弯曲曲的小路，好像一条大蟒似的盘旋了上去。而且，在小路旁，山腰上，显然有被挖掘的形迹，铁红色的石块和粉末，顺着陡崖淌了下来。呵，莫非这就是镜铁矿山吧，莫非我们已经来到勘探者的住地了？

果然，不阵，穿过一条大河，我们看见了镜铁山地质队的房屋。

这些勘探者沿河畔住着。这条河就是河西走廊里驰名的北大河。在山里看起来，河水特别清，特别蓝，和天色相辉映，它掀起透明的波浪，向山下滚滚而去，美极了。可是，河畔的勘探者，却住着低矮的土屋，是用几根木条和泥巴搭起来的。看起来简陋，单薄；有些墙上的泥巴都裂缝了，好像经不起一动，一动就会倒下来的样子。但是，这在祁连山里是破天荒的，是出现在荒谷里的第一批土屋。看见了这些土屋，人怎么不觉得动心！

我们走进一个小院子，遇上了卢队长和陈工程师。

卢队长是细高个子，说话简短，和蔼。他从部队上转业下来，做地质工作已经四年多了。陈工程师是中等个子，人很朴实，说话也很简练，只是圆润的脸上涂着一层灰尘，好像刚从工地上回来。

我问："北大河对岸那座黑山是铁矿山吗？"

陈工程师微笑着说："那只是一个，后沟还有一个大的呢！"

经他们一说，我们才晓得，严工程师和陈鸿玉分队，发现的那几个镜铁矿床，就在我们走过的那一条狭长深沟的山里头。随着他们后面不久，一九五五年十月，一支由秦士伟率领的小队，也同时吆着几头牦牛，驮着铁锅和行李进山了。他们翻山越岭，走了几天，当蹚过了北大河的时候，就在后沟发现了一个最大最珍贵的镜铁矿床。随即，第二天，秦士伟和陈工程师一起，又发现了北大河对岸这座大铁矿山。不过，他们的牦牛没有发野性，也没有砸烂铁锅。

可是，陈工程师说："秦士伟发现了矿床以后，高兴得不得了，上了山，简直不想下来。半夜，下来了，河上没有桥，他也不晓得冷，就连人带衣服跳进河里，等上来，人都冻成个冰棍了！"

陈工程师说这些话的时候，那个曾经被冻成冰棍的秦士伟，就站在我们身子后面。他听着，涨红了脸，绞着双手，瞅了我们一眼，不好意思地低下了头。

看样子，他很年轻。二十来岁，个子不高。有一张好像被冻着了的紫红色的面孔，说话快得叫人一下子难以听懂。但是，很恳切，而且始终带着一种逗人喜欢的腼腆的样子。

我问他："哪个学校出来的？"

他说："西北大学，一九五四年毕业。"

他从大学里出来还不及三年。但是，他已有了怎样好的开始呵！近三年的勘探生活，把他磨炼得那么朴实，那么刚强。他不但能吃得了苦，爬得了山，而且，还能率领一个小队，出没在荒山里，找到了一个珍贵的铁矿床，出色地完成了上级的委托。

我们谈了一会儿，就顺着北大河到后沟去了。

这时候，我们遇上了一阵暴烈的寒风，拼命地向身上扑打过来。当我们窝着头，到了后沟，走过了一道便桥，向山上爬去的时候，寒风就卷起了砂石，更加蛮横地从山上锤打下来了。寒风好像专意和我们作对似的，想阻挡我们上铁矿山。可是，这怎么阻挡得住呢？我们硬着头皮顶风向前走，一会儿，又背转身子向前走。终于，我们上来了。

"你看。"秦士伟靠近我的身边说。

我抬起头，从他手指的方向望上去，好一座赤黑色的险山；它不比北大河对岸的尖山差，而且显得更其雄伟，更其壮大，笔直地插上了天空。我们被它挤在脚下，显得可怜，有一种透不过气的劲儿。这就是钢铁的诞生地点吗？这就是我向往久已的镜铁山吗？多么使人惊心动魄呵！

可是，这山上哪一层是铁矿床呢？

秦士伟指着山上说："顶上一层，往下看，那两层都是矿床。"

这三层铁矿出现在陡壁悬崖上，显得又粗又壮，而且，长长地从山这头伸到了山那头。他们好像三条赤黑色的大腰带，把一架大山从脖子一直捆到了腰上。

可是，这样陡的铁矿床，怎么能爬得上去呢？

我转回头，望着这个短小精悍的秦士伟，他不是爬上去过吗？而且还在上面描述过矿床性质呢。

他绞着双手，低声地而又坚决地说："慢慢爬，能爬上去！"

这时候，从山峡斜坡上，走下来三个穿着油污衣服的钻井工人。我有些奇怪了，他们在山上什么地方钻井，又从什么地方上山和下山呢？我仔细望上去，这才发现了，在山腰的峭壁间，竖立着两座井架。从正面看上去，井架好像镶进了山壁里面似的；从侧面看上去，才可以看见有一条窄细的小路，通上了井场。在这样的悬崖上钻井，有多么艰险，多么神奇！为了开发钢铁，人们是在怎样险恶的境界上奋战着！

我们继续向前走。其实，不如说，我们只是在山峡里爬着，仍然处在山的脚下。而且，越往上走，越觉得山高了。山峡的小路两旁，堆集着无数的从山上滚落下来的乱石，乱石有红色的、黑色的和混合色的。这里的乱石也是多彩的，闪光的哩！

前面，陈工程师顺手捡起一块石头，举起来说："这一块镜铁矿石，含量很富。"

我拿过来一看，矿石虽小，可是很重，镜铁闪着光，中间夹着一层薄薄的红色的碧玉。这样的石头，在这里多得数不清。可是我想起严工程师和陈鸿玉分队的人，曾经为了寻找这样的一块石头，真是费了九牛二虎之力呀！站在我们身边的陈工程师和秦士伟以及小队的人，不是也为寻找这样的一块石头，经历了许多风险吗？一块矿石和一支矿床的发现有多么不易，多么艰难！

寒风仍然吹着。可是，它动摇不了镜铁山。在寒风中，我觉得，镜铁山不但是庄严的，而且带着一种傲慢的神情，轻蔑地望着寒风，好像还用手拨弄着，使寒风驯服地在山峡里打转转。

我们饱尝了镜铁山的壮丽，从山峡里走了出来。

在山峡的出口处，北大河岸上，我意外地看到了一些白桦树。在祁连山里，这是我第一次看到白桦树。它们有的长得弯曲瘦小，有的长得壮实高大。然而，它们都是在祁连风雪中成长起来的。它们被长年的风雪剥蚀着，使得树皮干裂了，树根也露出了地面。但是，它们充满着生命的活力，即使树根露出了地面，也顽强地施展着根须，而且，它们的根扎得多么深！

这时候，白桦树正在和寒风搏斗。寒风吹落了它们的叶儿，被北大河水冲走了。寒风折断了它们的枝条，被粗暴地摔在了沟里。但是，它们仍然挺着腰杆，显出一种有信念地抵抗、挣扎，始终保持着英勇的不可屈服的气度。白桦树呵白桦树，你多么值得人们赞美！

我问秦士伟："这里白桦树多吗？"

他抿了抿嘴，若有所思地说："多！往沟里走，还有。"

这时候，走过了北大河便桥，站在滚滚的河水面前，我又回望着雄伟的赤黑色的镜铁山，望着河岸上精神抖擞的白桦树，心里感到一阵强烈的激动。这些钢铁的勘探者，他们在祁连山里做了些什么，和正在做着些什么；他们是怎样创造着生活，和怎样建设着生活！他们的劳动使人尊敬，又使人自豪。多少万年以来，祁连山只是悄悄地成长着，默默地创造着一切。然而，当勘探者经过千难万苦地寻觅，跋涉到它身边以后，这里就出现了大路，出现了土屋，这里就有了欢笑、快乐和爱情。于是，祁连山就献出了它的一切宝藏，和勘探者一起生活了，创造了。勘探者寻觅到了钢铁，现在，又为开发钢铁准备着条件。不久，在这一簇簇土屋旁边，在北大河岸上，在这荒山深峡里和那些白桦树的周围，将要发生怎样劈山倒海的变化；祁连山将要成为一个驰名的钢铁基地哩！这样的日子不远了，就要实现了。

天黑了。祁连山的面目模糊了。

可是，我却更深地感到了祁连山的壮美。当小车又爬上托勒高峰的时候，我看见，在这墨黑的夜晚里，冰川仍然闪烁着，好像夜空中的闪电。而雪线迅速地穿过了黑夜，在天际自由地遨行。同时，雪花也飘来了。这时候，山外却是晴天，这是祁连山上的一种奇观呵！雪花缤纷，雪花在黑夜里眨着眼睛，画出了一幅奇异炫目的幻境。在这幻境里，我好像看见了高楼、大厦，看见了一排排冲天的烟囱，一座座怒吼着的炼钢炉。那棵挺拔的白桦树，不是也站在炼钢炉的身边吗？我也好像听见了一种金属的声响，钢水沸腾的声响；看见了生活在河西走廊和酒泉盆地的人民，以多么欢欣的笑容，迎接着那些祁连雪水汇成的河流，又迎接着祁连山上飞滚下来的钢水的河流呵！

雪花飞舞着，越下越大，越下越厚了。雪花迷惑了视线，我怎么也摆脱不掉这种迷惑。然而，我却清楚地晓得，祁连雪下蕴藏着火种。这火种是雪线、冰川和这缤纷的雪花埋藏不了的。这火种就要以无与伦比的力量，在大西北迸射出灿烂的火花来！

那么，雪花，飞舞吧，尽情地飞舞吧！

我低吟着：祁连雪纷纷、雪纷纷！

一九五七年十二月十七日夜，西安

玉门，温馨的摇篮

一

我每次到河西走廊来，都要朝拜老君庙。

这好像成了不是规矩的规矩，如果不去，就觉得缺点什么，心里空荡荡的。只有爬上那倾斜度不大却是长长的坡头，顺着峡谷里的石油河，眺见了那小不点儿的庙堂，才不由得舒口气。

这时，我又站在了那倾斜度不大却是长长的坡头上，不由得一阵惊异，镶嵌在半坡上小小的庙堂，竟然一改昔日的色彩，门楣已经浓妆艳抹，太上老君衣冠楚楚地打坐其中，虽然不是金面玉身，却也增添了不少的神气。记得，我前几年到这儿来，看见太上老君破败潦倒，缺胳膊短腿的，显出一副可怜相。而今天太上老君却是面带春色，喜气可人，慈祥地俯视着众生。小庙里飘浮着香火味，一缕淡淡的香烟绕梁而过，从窗孔窜出去了。

在我的心目中，老君庙占有一个神圣的位置。

早在二十世纪五十年代初期，我就和石油地质勘探者一道，在老君庙周围找油，经常出没于高寒的祁连山内外，奔波在白杨河、马弥陀、青草湾和嘉峪关一带。那时，我和勘探者在戈壁滩野宿的时候，很喜

山·湖·草原——李若冰散文选

欢做梦，做各种各样的梦，老梦见老君庙——这个赫赫有名的油田灯火闪闪，于是火光在延伸，火舌在跳跃，火花在幻梦中飘洒了，喷油了。不知为什么，我本来是不信鬼神的人，但总盼望太上老君显灵，也不知道为什么。从那时起我就时常到小庙上来，即使后来小庙被捣毁，没有了神像，还是照来不误。

我想对老君庙的怀恋，也许其中含有迷信味道，然而毋宁说是一种象征，一种感情寄托，一种深深的期望。听说古时候，有人在这儿发现了"赤金""火漆"，淘金者自然见金眼开，便修起了这座小庙，恭请太上老君上坐，以祈求神灵保佑发财。这当然是一种迷信崇拜，但也不无寄托之意，图个吉利嘛。

我在玉门得知，一九三九年三月二十七日，老君庙第一口井打到二十三米处，突然从沙层里涌出了一股油流。黑乎乎的油流，逗得著名地质家孙健初、严爽、靳锡庚等笑逐颜开，负责钻井的专家董尉翘和油娃子们高兴极了。为了欢庆这口井破大荒地出油，大家破例做了顿面条吃。

孙健初喜滋滋地端起一碗面条，顺手撒了一把盐，大口大口地吃了起来。此刻，即使没有上等炒菜佐餐，吃起来也是香喷喷的。经过孙健初鉴定，这一油层和甘油泉是同一层位，便按照英文第一个字母，起了个名儿叫：K油层。自此，老君庙油田在中国西部呱呱诞生了！

我还得知：一九四一年四月二十一日拂晓，当老君庙第四口井打到四百三十九米时，突然发生了强烈井喷。随着一阵巨响，霎时火焰冲天，凶猛异常，整个井场变成了火海。孙健初望着火海很痛心，却也很兴奋。井喷说明K油层下面，还有一个储量富集的主力油层。他又给起了名儿叫：L油层。

"这里将成为中国最大最重要的产油地！"孙健初默默地流下了热泪。

人们激动了，欢腾了，以难以言传的喜悦泪水，迎接老君庙油田的勃兴。哦，老君庙油田以前所未有的威武的雄姿，挺立在了华夏大地上！

我听人说，那时老君爷也显灵了，他老人家捋着长长的胡子，活灵活现地站在庙中，而且笑容可掬。也不知是哪些好心的人，把小庙装修得小巧玲珑，周围还栽上了青松绿柏。一时间香火茂盛，朝拜者络绎不绝……

中国第一个最大的天然石油矿藏——老君庙油田的崛起，给中国石油史上增添了壮丽的篇章。自古荒僻之地变成了名胜之地，戈壁滩失去了平静，石油河快乐地喧响着，祁连山高高地昂起了头。

孙健初把怀孕的妻子张芳晨女士，远道从重庆接来了，有个年轻的地质家，名字叫阿贲，也自告奋勇到老君庙油田来，陪同孙健初一起，继续在祁连山一带做地质调查。哦，地质家们并不满足于一个老君庙油田呀！

五十年代初，我和酒泉石油地质勘探大队的伙伴们，继续沿着孙健初曾经走过的路，在河西走廊和酒泉盆地进行勘探，正是为了寻找第二个、第三个老君庙油田呀！

二

噢，掐指算来，老君庙——玉门油田从创业至今，差不多已有五十个年头了。我们曾经进行过地质勘探的青草湾、石油沟、鸭儿峡和白杨河早已出油了。真让人感到快慰呵！

如今，每一次走进矿区里，望着原来长得很细很小的现在已是高高大大的白杨树，随风发出飒飒的声音，像奇妙的手在弹奏一支抒情的曲儿。过去一眼就能看穿的几栋简陋的建筑物，现在显得繁华多了，庞大多了，说不准走上一阵，会迷了路。

爬上高入云天的现代化通讯大楼顶端眺望，祁连山也显得矮小了。老君庙小得像只小甲虫似的。郁郁葱葱的公园里，为发现老君庙油田作出突出贡献的孙健初纪念碑矗立其中。远处，是炼油厂耸立的烟囱，山上山下是座座钻塔。近处，是崭新的粉白色的卫星地面站，和熙熙攘攘的街市。和昔日相比，壮观极了。

视线所及，方圆百十里，全是玉门的天下！

我曾不止一次地倾听玉门人讲述以往的故事，也曾不止一次地为那些英雄豪杰所感动。

玉门是出名的石油城，也是出名的英雄城，她有着像郭孟和这样的"祁连山下的冬青树"呢。谁说高寒天气不能打井？他率领自己的钻井队，在海拔两千五百米的青草湾开钻，开创了冬季施工的先例。

闻名于世的"铁人"王进喜率领的一二零五队，在白杨河探区首创月上五千米的纪录。在大庆会战中，他的队在困难重重的情况下，人拉肩扛，屡战屡捷，竟然五天打一口井，充分体现了中国工人的志气，赢得了全社会的尊敬！

和王铁人一起成长起来的修井技师刘公之，从部队转业当采油工的赵和元，不图名利，埋头苦干，几十年如一日，是闻名油城的两头老黄牛。

配得上这个称号的人，岂止一个两个，像他们这样的人已遍及油城！

我认识的那位女中豪杰黄金洪，本来是个弱女子，小小的个儿，柔情的风姿。谁想她和她的女子测量队，竟然长年在戈壁上风餐露宿，真个测出了水平，杀出了威风，显示了一种非凡的风采！

老君庙油矿的一位采油女工，为了一口井没通上蒸气，竟然吃不下饭，睡不着觉，深更半夜跑到井场，直到凌晨通上蒸气为止。这仅仅是为了一口井不受冻么？不，这里深藏着一种爱，一种对油田的爱。

只有对自己的岗位产生了爱的人，才会爆发出强烈的责任心，和无限的创造力。

我每次到玉门油城来，心里都有一种温馨的感觉。

这里虽然不是我的家，却像回到家里一样。我熟识这里许许多多的人，我曾和他们共过甘苦，我是他们中间的一个。但是，我在这座油城碰到的熟人越来越少了，这次来，几乎没遇上几个熟悉的面孔。我有些纳闷，难道他们都远走高飞了么？转念一想，这有什么好奇怪的，也许这是一种规律，都过去二三十年了，石油队伍又是一支庞大的野战军，现在油田遍及全国，他们哪里不好去呢？于是，我在油城的街道上，就很难碰上熟人了。我寻思，现在油城工作的一些人，大约是石油第二代，第三四代了吧！

想到这种时势变迁，真叫人由衷地喜悦！

我深深地感到，作为中国最早的石油基地，玉门油田是个培养人才的摇篮。摇篮，大大的温馨的摇篮！我在这个摇篮里生活过，深感这个摇篮的抚爱。这里是个出发点，人们从这里走向四面八方。玉门油城不断地出生，不断地输出，一批接着一批，源源不绝。

一个统计数字跳进我的眼底，使我大为吃惊。从一九五三年开始，截至一九八六年底，玉门向全国各大探区输送各种人才达七万人之多。七万人哪，这可真是一个惊心动魄的数字！而从一九五八年以后，光是上千人的大调动就有十五次。想想发现老君庙油田时，才有几十号人马，短短几十年，竟输出了成千累万的人才，这不能不说是玉门油城一个罕见的现象，一项特殊的贡献！

从新疆的克拉玛依，到青海的柴达木，从华北的任丘油田，到山东的胜利油田，从大庆到庆阳、四川、辽河和渤海湾的各个油田上，哪里没有玉门人？我去过一些油田，每次碰见玉门人，看到他们那黧黑敦厚的面容，那充满活力的姿影，心里总怀有一种亲切感。毫不夸张地说，凡是华夏大地出油的地方，都洒下了玉门人的汗珠！

人们说，玉门人爱油如命，此话一点不假。想油、爱油，只要听见哪里出了油，就不由得欢喜如狂，摩拳擦掌。我也爱油，也完全能体味到这种感情。玉门人的身姿和风采，闪现在中国的各个油田上，闪现在人们的眼睛里和人们的记忆中。

哦，玉门油城堪称是个大大的摇篮，温馨的摇篮！

多么叫人怀念的摇篮，多么引人爱恋的摇篮！

我每次到河西走廊来，都要朝拜老君庙，一次也不例外。

难道老君庙对我有这么大的诱惑力么？不，诱惑我的是油，是闹油的人！

一九八八年九月二十六日，长安

冬夜情思

冬夜。冬夜深了。

我在桌旁坐了许久，又在房内走动了许久。房内是安静的，可是我的心却是这样怅惘。在这漫长的冬夜里，是什么扰乱着我的心，而使我这样不安呢？窗外，传来了树枝摇晃的声音，一阵冷飕飕的风，拍打着我的房门。我觉得，有什么呼唤着我似的。房内是多么闷热，我推开门走出去了。

我一走出房门，凛冽的风就袭来了。可是，我反而得到了舒畅、愉快。我迎着风，仰望着夜空。呵，冬夜！冬夜的天空湛蓝，深沉，笼罩着一层淡淡的银色的薄雾。那遥远的天边，挂着无数晶亮的星星，它们在眨眼，在微笑，满含着动人的光芒！

这时候，我又突然发现了什么，清醒了似的，心里感到一阵强烈的颤动。风催促着我的回忆，把我的思绪引向了远方。呵，不正是这样的冬夜，在祖国西北的大戈壁滩上，我们可爱的勘探者，拔着骆驼草，燃起了篝火，在烧烤着干馍馍吃吗？不正是这样的冬夜，在柴达木盆地的大沙漠里，我们可敬的钻探工人们紧张地接换着钻杆，又开动了钻机，在探寻着地下油海吗？这时候，勘探朋友们在做着什么呢？或者，那些搭在戈壁的帐篷里，仍然闪着光亮，勘探者正在用细巧的笔，勾画着一年的工作成果？或者，他们正在为图幅上的一个点一条线，在争吵，在苦恼？或者，他们已经画完了最后一笔，在快乐，在歌唱吧？或者，他们又在举行帐篷舞会，欢度除夕？而有的伙伴们，相挽着手，还在冬夜里谈笑，漫步？呵，我不也曾经和他们一起，站在嘉峪关的城楼上，眺望过这冬夜的晶亮的星群；我不也曾经和他们一起，漫步在尕斯库勒湖畔，探索过这笼罩着淡淡的银色薄雾的夜空么？

可是，现在，我只有怅惘不安。冷飕飕的风，仍然扑打着我。然而，我觉得，这风对我不是陌生的，我在呼吸里能够尝出来那种亲切的甜蜜的滋味。这已经很久了，我远离了朋友们。虽然，我并没有放慢自己的步子；可是，每一步都留下了怀念的印记。一年过去了，新的一年又来到了，我却迟迟地没有走回来。

呵，冬夜，冬夜黑暗而深广。可是，我能够清楚地看见被风吹得摇晃的玉兰树。不知什么时候，它就生长在我的窗外。我喜欢它，因为它是知春的花树。春天来了，它开的花是那么洁白，香甜。那时候，它将激励着我，使我走上西北的大戈壁滩，走到勘探朋友们的身边。

我在冬夜里走着，走了许久许久。我不再回顾什么，想着什么。只是我的心呵，被怀念咬嚼得疼痛。我觉得，怀念像海……

一九五六年除夕，西安

怀念你呵，柴达木

黎明的晨曦，呼唤着我。

我爬上披篷卡车，从兰州起程了。我挤在旅客们中间，坐在一个老婆婆的面前。她到哪里去呢？她那堆满着皱纹的面庞，每一条纹道里都蕴藏着善良和慈爱；她那银色的发丝，在晨风里飘动，闪着多么可敬的感人的光芒。在她的身旁，这边依偎着一个胖乎乎的男孩，那边依偎着一个翘起两根小辫子的女孩；女孩的身旁又挤着一个戴着红领巾的女孩，她怀里抱着一个白兰瓜，眼睛睁得又圆又亮，带着一股顽皮的神气，瞅着周围的旅客。人们一看见她瞪着圆亮亮眼睛的样子，都不由得笑着，逗着她玩。在她们的对面，有一对中年夫妇，坐在两大捆行李卷上，男的膝头上还放着文件皮包和一个装得鼓鼓的大包，两腿中间还夹着大皮箱和两三个小袋子。他转过头，对妻子说了句什么，妻子就把头上的花纱巾扯下来，盖住钻在怀里的婴儿的小脸，又轻轻地拍着，摇着。婴儿睡着了。

我的同车旅伴们，有年长的，年少的。两个五十多岁的老人，面对面坐着，刚认识似的，互相询问着什么。五六个男女学生，他们不时地向车外望着，不停地嚷叫着，好像他们身上有一团火燃烧着，最不安宁。两个穿黄军装夏衣的战士，不声不响地坐着，一个递给一个饼子，啃了起来；他们是回家去呢，还是去参加一种新的劳动？一个戴近视眼镜的人，他默默地窝在车厢前头，手里捧着一本书，尽管车子颠簸得厉害，可是书里好像有特别吸引人的东西，他把书盖在脸面上，艰苦地读着……

这些旅伴们，他们都是到哪里去呢？年老的是探望儿女去的吧？年少的是参加垦荒队的吧？不，或者他们是到地质勘探队去的，修筑青藏公路去的，到柴达木石油探区去的，到祁连山煤田去的吧？……虽然，我还不认识他们，但是，我们是同车到青海去的，我觉得和他们是亲近的。我问这个戴近视眼镜的工程师模样的人："你到哪里？"他把书本从脸上移开一点说："回盆地。"我忙说："柴达木？"他瞟了我一眼，点了点头，仍然用书本盖住了脸面。

呵，我也是到柴达木盆地呵！

迎着高原的晨风，眼望着东方投射出来的第一片朝霞，我心里感到了莫大的欢喜。一九五四年，也是这样清爽的秋天，我曾经从敦煌走入柴达木，和第一批开辟柴达木的勘探者一起，度过了许多艰难的极其珍贵的日子。……那些可爱的勘探者，他们使人多么怀念呵！我不由得站起来，靠在车头上，眺望着高原的黄山，高原的白杨，高原的风尘。呵，黄色的风尘，吹吧，卷起砂石吹吧，吹得更猛烈些吧！或者，这正是来自柴达木的风尘，它和柴达木的风尘有多么相像！那高空的雄鹰，欢舞的鸽群，随我一起飞吧，你看，我不又踏上柴达木的征途了吗？

有着一对顽皮眼睛的小女孩，也站起来了；她把头昂得高高的，一任霞光扫洗着头面，一任黄风吹拂着红领巾。她快乐得直喊叫："哎哟，大山，大风，多高的白杨树，头一回看见哩！"

她的喊声，惊动了旅客们。那个头上翘着两根小辫子的女孩，一下子跳了起来。那个胖乎乎的小男孩，也一下子蹦了起来，又特意抓起老婆婆的胳膊，央求地说："婆婆，你也看一看，看一看嘛。"婆婆拗不过孙子，站起来，笑了笑说："看见了。"小男孩也随着坐下来，还傲气地噘起嘴："这有什么稀罕！"

"哼，你知道啥，这就是老师说的，祖国的大好山河！"

"就是。"翘着小辫子的女孩也说。

孩子们的话语，多么动听。

我问戴红领巾的女孩："多大了？"

她瞪起眼睛，说："十岁。"

"你呢？"

"十三。"翘着小辫子的女孩说。

"我给你说吧。"戴红领巾的女孩抢着说："她是我姐姐，老大，我是老二。"指着胖乎乎的男孩说："他是老三。"又指着老婆婆和对面一对中年夫妇说："我婆婆，我爸爸，我妈妈，怀里是小弟弟，老四，最爱哭啦！……"她一连串介绍完了，又向妈妈伸了伸舌头，坐下来了。妈妈佯怒地说："就你话多。"她满不在乎，又悄声对我说："爸爸、妈妈在煤田局工作，调青海了。"

"是吗，那你也来青海了？"

"爸爸说叫我在青海念书。妈妈说青海煤可多啦！"

"你还知道什么？"

"妈妈说啦，青海宝贝多哩，还有石油！"

"石油在哪里？"

"哼，你当我不知道，柴达木，柴达木！"

胖乎乎的老三搭腔了："石油什么样，白的吗？"

老大鼓起嘴说："谁给你说白的？黑的。"

"就你知道。"做妹妹的不满了，"为啥是黑的，为啥不是白的呢？"

车颠了一下，妈妈怀里的婴儿哭了："快别吵了，弟弟都叫你们吵醒啦。"

中午的时候，车子在享堂站憩了一阵。人们说这里有驰名的青海西瓜和"软儿"——一种吃起来喷香软和的果子。旅客们下了车，就寻着买去了。我吃到了西瓜，香甜多汁，真解渴。只是没有找到"软儿"。

天热起来了。旅客们上了车，走了一会儿，都闭起眼睛，憩着；有的很快地打起鼾，睡着了。我想憩一下，可是，不知是车子颠得厉害，还是心里不安静，闭起眼睛，又睁开了。当车子驶过一座少见的公路吊桥的时候，我干脆揉了揉眼睛，站起来了。

车子迅速地向前驶行着。

虽然，这已是炎热的夏天，可是，高原的风是清凉的，吹在人身上，觉得爽快，适意。眼前，一座座山峰，好像黄河的波浪，一个推一个，滚滚而去。公路两旁，挺拔的白杨树，一排又一排，好像风尘仆仆的战士，一面飞跑着，一面歌唱着。望上去，高原的天空纯净，碧蓝，飘着白绵绵的云朵。这一切，雄壮，美丽，而又动人。这一切，唤起了我内心一阵激动，把我的思绪引向久已向往的柴达木去了。

呵，这已是第几个夏天，第几个炎热的日子了，我远远地离开了柴达木。柴达木呵柴达木，在四川的圣灯山上，在那些勘探着气田和生产着炭黑的人们中间，我怀念着你。在松花江畔，在那些熙熙攘攘的欢乐的人群中，我怀念着你。在渤海的胸膛上航行，眺望着汹涌澎湃的海浪，我怀念着你。在祖国的首都，沿着中南海的红墙行走，我怀念着你，怀念着你呵！我忘记不了一个酷寒的冬夜，那个刮着刺骨的寒风的冬夜，我怎么从房里走出来，徘徊在大街上，寻找着柴达木的星空。我走着，走着，我的心是怎样急切地探索着通往柴达木的道路呵！正是这个冬夜，我更多地了解了，怀念意味着什么，怀念给人以什么。

今天，我终于迈开了步子，又踏上柴达木的征途了。

那些可尊敬的勘探者，我的朋友们，那来自昆仑山上的风暴，可曾使你们摔跤？那大戈壁滩上的严寒，可曾冻坏了你们的手脚？那沙漠中的骆驼的脚印，是否又失踪了，你们又要迷路了？或者，这时候，你们正在险山上，快活地抓起雪粒，塞进嘴里，然后又啃着干馍馍呢？或者，这时候，你们又寻找到了一些矿苗，一块沥青，一块地蜡，一块铬铁，一块煤，在争论，在吵闹不休呢？也许，这时候，你们正迎着漫天的风沙，走入了柴达木的腹地，又开辟了一个新的探区，而一个新的油田又在你们手中举起来了吧？可爱的勘探者，你们给人以多少信赖，多么珍贵的怀念呵！

披篷卡车，飞吧，载着我飞吧。虽然，我已经在旅途中，可是，我的心早已在柴达木转悠开了。

这时候，我的小旅伴们又吵闹了。

那个做姐姐的掀着妹妹，喊道："不要挤我了，不要挤我了！"

顽皮的妹妹笑着，嚷着："我没有挤呀！"

胖乎乎的小弟弟，特别对妈妈说："妈妈，我没有挤！"接着，他把头靠在婆婆怀里，乖巧地说："婆婆，你往过坐，挤挤我。""哟，你瞌睡啦？来，来，枕在我身上。"小孙子伸出小手，扳过婆婆的头，放在自己肩膀上。婆婆枕着孙子的肩膀入睡了。

这些孩子多么天真，可爱。现在，他们跟着婆婆、妈妈、爸爸到青海来了；他们带着自己的微笑、顽皮和纯洁的小心灵到青海来了。不久，他们就要背着小书包，在青海上学；不久，他们就要张开小喉咙，在高原上放歌，舒展起小手脚，在高原上舞之蹈之了。

高原的白杨，一定会扶持他们成才的。

高原的风尘，一定会把他们锻炼成钢的。

我们的披篷车，转过一座山，又一座山；爬过一条沟，又一条沟，地势越来越高了，树木也越来越多了。

这时候，我们在一条又深又长的林荫道上驶行着，满眼葱绿葱绿的，上面只露出一线天。在公路两旁，有金色的麦田，有茂盛的果木园；而那条驰名的湟水，好像高原上一匹驯良的马儿，在农庄边上流过，在丛林里穿梭而行。农民们挥起镰刀，割着成熟了的麦子；农妇们洗着衣裳，在湟水岸上唱出了一声柔和而又动人的青海"花儿"，听起来深远，豪放！

车子飞也似的驶行着。高山、湟水、树林、麦田、农人，一切的一切，仿佛电般闪过去了。瞬间，丛林里现出了平屋，冒出了高楼；看那红墙绿瓦的寺院，看那金色的塔尖……

旅客们都站了起来，向车外望着，眼睛里含着欢欣，喜悦。只有那个戴着近视眼镜的工程师，好像已经习惯了这里的一切，不再惊奇，低头整理着行装。老婆婆微笑了。孩子们兴高采烈，在车上乱跳，乱嚷："爸爸、妈妈、婆婆，快看呀，那么多人，那么多房子！哎呀，树这么多，把人都挡得看不清了！"

确实，这里的树很多，而且多是白杨树，都长得挺拔、强劲、俊美。

我们好像走进了一层层绿色的帷幕里。

绿色的帷幕里，卧伏着西宁。

一九五七年八月五日，西宁

山·湖·草原

夜幕里，西宁仍然酣睡着。

这正是黎明前的时刻，天特别黑暗，我和旅伴们互相呼应着，黑摸地攀上了卡车，出发了。

可爱的司机，他把车灯打得特别亮。虽然，车里是黑乎乎的，可是，我们有着这一道明亮的灯光，心里就觉得舒畅多了。

车灯划出了一条银色的道路。我们看得见前进的方向，听得见白杨的细语声。呵，高原的白杨，你难道没有睡眠吗？你这么早醒来，就在低唱，莫非喜欢远征的司机和旅客们？你这么早醒来，就在低吟，莫非召唤着黎明，好在黎明升起的时候，唱起更豪壮的歌？

处在黎明的前夜，倾听着白杨的细语声，我的心里涌起了一阵海潮。这已经多久多久了，我总算怀着渴望，今天就要踏进柴达木盆地了。我晓得，这时候，车灯向前探索的道路，是一条充满着美丽、奇趣和英雄的道路。可是，为什么当黎明在高原的天际升起的时候，我的眼睛觉得潮湿，我在想望些什么，希冀些什么？这不是祖国的黎明吗，多好的高原的黎明呵！

黎明迎着高原的寒风来到了。

山·湖·草原——李若冰散文选

黎明沿着青藏公路奔走着。黎明披着曙色彩衣，迈开了大步，唤醒了雄鹰、雀鸟，唤醒了高山、大地。于是，高原的一切昂起了头，活跃起来了。

八月，高原的麦子黄了，油菜花儿开了，青稞随着晨风，掀起一条条波纹，向远山飘然而去。在曙色里，高原是一个金黄的天地。

卡车冲着晨风驶行着。

旅伴们在清爽的早晨，精神焕发，挤在一起，开始了询问，谈乐。这一行旅伴，多色多样，有穿着虎皮贴边的紫红色皮衣的藏族兄弟，有戴着白帽穿着黑色长袍的回族兄弟。这几个淳朴的农民，是到察汗乌苏农场去的；这几个身强力壮的工匠，是到茶卡做木工活的；这里有挖盐的、掏炭的、修路的和放牧的，这里有到格尔木、大柴旦、茫崖和昆仑山去的……这里，不要太多的询问，除了四个回拉萨的藏族，大伙都是到柴达木盆地去的，只是工作岗位不同而已。和这些旅伴们在一起，我觉得格外贴近。

太阳出来了。天气变得暖和了。

我们的卡车驶过了湟源县城，向海藏咽喉——日月山奔去了。

这是一座真正巍峨、峻峭的山，多么难以攀登的山呵！向上爬，险要极了。在山腰间，车子好像直立起来似的，头朝着天，鼓着全身的力气，一面吼叫着，一面向上冲去。从下到上，大约有一个钟头，车子才爬上了山顶。

我看见，山顶路边上，竖立着一根长方形的石碑，上面刻着三个红色大字：日月山。呵，日月山，多么雄壮炫目的名字！抬头望去，天空湛蓝、低矮，给人以奇异的感觉。而飘浮在山顶上的白云，好像一条条银色的小河，又好像一团团纯白的花朵，只要伸出手去，就可以摘过来似的。一座峻峭、奇特的山，真不愧日月山的称号。

日月山是海藏咽喉，又是农牧区的分水线。向东看，眼前是农舍、湟水、麦田、青稞和油菜花；向西看，眼前是崇山峻岭，是绿色一片，是茫茫无边的草原。在这八月的高原上，远望起来，一边是金色的天地，一边是绿色的天地，绘成了一幅奇观的画面。千百年来，青藏高原上的各族人民，就在日月山上出入；就在日月山两面，以不同的生活方式，耕田种地，打猎放牧，和大自然进行着斗争，创造着财富、奇迹。千百年来，这日月山上曾经走过了多少虔诚的教徒、喇嘛和善歌善舞的各族男女，又曾流传着多少英雄的故事和美丽的传说呢！

日月山上有着唐朝文成公主的传说。人们说，她接受了西藏赞普的婚约，从长安乘轿出嫁，西行千里，来到了这座山。她在这峻峭难行的山上，看见太阳和长安的不一样，月亮也和长安的不一样，引起了无限相思。于是，唐太宗为了给女儿消愁，特意铸造了一轮金日，一轮金月，送上了此山……

这时候，卡车翻过了山顶，向山下走去。转回头，再看看日月山，仿佛它昂起了头面，正在和蓝天攀谈着什么；一阵，它又好像乘坐着白云，在天空中遨游。在这种绮丽的山景里，人们自然会想起家乡，家乡的山和这里的山是不同的。人们也自然会称赞不已，为这座山想象着动听的传说了。

下山路，曲转漫长。不知拐了多少弯，才下去了。

山下，有一条小河，叫做倒淌河。一般河水都是从西向东流的，这条河水却是从东向西流的。据说，文成公主从日月山下来的时候，换下坐轿，改乘坐骑，向西走去了。她看见前面是荒山旷野，是茫茫无边的草原，觉得凄凉，孤寂，又引起了无限怀念，哭了。她的哭声感动了上天，唤起了小河的共鸣。于是，河水倒流了，顺着公主西行的方向流了。又有人说，倒淌河的水是公主的眼泪汇成的呢……

唐代，文成公主出嫁西藏的路，确实是艰难的，荒凉的。她在草原上落泪，也是自然的了。但是，现在，山上有路，草原上有路，通往西藏的路，又宽大，又抄近。一辆一辆的载重卡车，一队一队的载重卡车，把各族人民寄托在传说里的幸福和幻想运来了，送到身边来了。日月山上出现了新的修筑公路的英雄故事，倒淌河畔出现了草原上第一座小市镇。这里有旅舍、食堂、商店，过路的藏族旅客，把牦牛放入草地，在这里憩憩脚吧。过路的地质勘探者，在进盆地以前，也在这里用碗热饭吧。

河水仍然倒流着，可是生活却向西面无限正常而又豪迈地行进了。

我们在倒淌河憩了一会儿，又向前走了。

眼前，展开了一片草原，一片辽阔健美的草原！

在绿色的大地上，绿色的风浪里，这边是一群棕黑色的牦牛，一个黑红色脸面的老人，骑在牦牛背上，一晃一晃，悠闲地走着。这边是一群灰白色和枣红色的马儿，一个戴着毡帽的小伙，又英俊，又威武，一阵，他高叫了几声，一阵，他又拍起马向马群冲去了。向前走，又遇上了一大群羊儿，它们活蹦乱跳，调皮得很；一只羊儿咬住一根草，不住地扇动着耳朵，还不停地摇摆着尾巴。一个穿着花边长袍的牧羊姑娘，看起来黑壮，潇洒，甩着又粗又长的发辫，挥着手中的鞭子；她把微笑投向了羊群，又拉开了嗓子，把柔情的青海"花儿"送上了草原的上空。

草原向前伸展着，牧羊姑娘的歌声在上面荡漾着。多么辽阔的草原，多么迷人的草原呵！

沿着草原驶行，人的心情再舒畅不过了。

这时候，蓦然，草原的西北方向，浮现起一条拱形的光带，仿佛晴空里突然飞过来一道闪电似的。

旅伴们嚷叫起来了："青海湖，青海湖呀！"

那个腰里别着金色腰刀的藏族青年，快乐得扯下了黑礼帽扬着，又伸长脖子，出人意外地高喊起来："嘎——来来来——"他是在向青海湖致敬呵！

青海湖穿行在草原上，闪着碧绿的光彩。她微微地洋溢着，闪动着，好像草原上升起了一架碧绿的竖琴。那一个接一个的纤细的波纹，不是竖琴上的弦丝吗？她伴随着微风，又好像送过来了一阵抒情的动人心怀的乐曲。

卡车，你怎么跑得缓慢了？快些吧，快些送我们到青海湖边去吧。

当车子刚在大喇嘛河站停稳的时候，人们就跳了下来，不约而同地向青海湖跑去了。

我跑着，在野花丛生的草地上跑着。

我来到青海湖畔了。

刚才，远山眺望，青海湖是那样的轻波、细流，那样的温柔、多姿。现在，湖畔观望，她却鼓动着丰满的胸膛，以神异的力量，掀起了碧波大浪，排上天空，拍击着湖岸。她发出了激昂的歌声，好像有着无穷的热情，任性地向草原倾泻，向天空抛洒！

一群水鸭子飞过来了，它们仿佛是湖的宠儿，扑打着翅膀，嬉戏着浪花，亲着湖面，然后又在湖空翱翔。雄鹰，一只只雄鹰，它们伫立在湖畔岩石上，威严地凝视着什么。当人们在湖畔走过的时候，它们就扇起了大翅，从人们的头顶掠过，然后又转动着威胁的眼睛，噘起钩形的尖嘴，在湖空盘旋。呵，雄鹰，多么森严的青海湖的守护者呵！

青海湖是高原上一个巨大的湖泊，驰名的湖泊，青海以她命名。千百年来，她被人们称颂着，是人们欢乐、理想、幸福和美的化身。我想起了《西宁府新志》的一些记述：人们称青海湖为"仙海"。据载：

"海面有七百余里，为众水会归之所。故海岸东、西、南、北，皆有水泉。厥草丰美，宜畜牧，素号乐土。……"湖中央，有一座"海心山"，又称"龙驹岛"，据载："每冬冰合后，以良牝马置此山，至来春收之，马皆有孕。所生得驹，号为龙种，必多骏异。……"又据载："蒙古见海中有物，牛身豹首，白质黑文，毛杂赤、绿，跃浪腾波，迅如惊鹊。近岸见人，即潜入水中，不知何兽也？"多么神秘、美丽的记载。

这里盛产闻名的"青海冰鱼（湟鱼）"。每冬冰合后，渔民在冰湖上打洞穿孔，借着月亮星光，打起灯笼，燃起篝火，鱼儿就成群结队地游来，踊跃地从洞孔跳上来，捉吧，捕吧，可多哩！人们说，"青海冰鱼"在青藏高原和柴达木盆地，销路好极了。但是，自唐以来，青海湖曾经是封建统治阶级和吐蕃部族的争夺地，湖畔洒下了无数鲜血，埋下了无数白骨。伟大诗人杜甫写下了这样凄惨的诗句："君不见，青海头，古来白骨无人收，新鬼烦冤旧鬼哭，天阴雨湿声啾啾。"

这时候，青海湖在高原上欢腾着。看看吧，青海湖脚立在草原上，扬头吻着蔚蓝的天，显出一种多么豪放美丽的风姿。她好像伸出了强大的手臂，一只手托起蓝天、白云、高山；一只手牵着草原和牛儿、马儿、羊儿。千百年来，在她的胸怀里，抚育了多少子孙后代，多少英雄儿女！草原多么葱绿，茂盛；牲灵多么繁荣，健美。青海湖，母亲般的青海湖呵！

我又回望着草原。两头牦牛窝着头，正在舞着犄角斗架。一只羊羔跪在母羊脚下，正在一拱一拱地吃奶。那个戴着毡帽的牧马小伙，骑着马，又弓起腰，勇猛地追赶着飞跑的马群。这个粗发辫的牧羊姑娘，她再次挥起鞭子，拉长了嗓子，唱起来了，好像她有着永远唱不完的歌似的。这是爱情的歌，还是赞美山湖的歌？随着她的歌声，那个小伙子拉住了马，白云低头了，鸟儿飞来了，山湖微笑了。

呵，生活是这样的豪迈，这样的美好，为什么不歌唱呢！

我歌唱高原上的山、湖、草原。

我歌唱高原上朴实、勤劳、强悍的人民。

让过路的旅客们，让开垦柴达木盆地的人们，从山、湖、草原汲取力量，更好地创造生活吧！

我不能再停留了。青海湖呵，前面，还有着更豪壮的生活等待着我。

我双手掬起湖水，饱尝了一口，向西行进了……

一九五七年八月十七日，茶卡

茶卡行

一

在柴达木盆地东南边缘，北依完言通布山，南依旺尕秀山，有一个狭长美丽的盐海，终年闪烁着晶亮的光彩，浮游在大西北的青海高原上。

当我们从西宁出发，翻过了日月山，穿过了青海湖，再爬上橡皮山的时候，盐海就以一种惊人的光亮，迷惑了人的眼睛。前面旺尕秀山之下，哪里是什么盐海，简直像一只银色的大鹤，正在乘着夏日的晚霞飞行。白的海和山巅的白雪，和天上的白云，相连在一起，使人分辨不出是白雪从天空降落，还是白云在地面飘流。多么奇异的幻景，多么可爱的盐海！

"茶卡呀！"我身边一个蒙古族旅客，快乐地打起了呼哨。

茶卡，蒙古语即盐海之意。人们说柴达木是一个盐的海洋，我们刚一踏进柴达木的门槛，就看到了茶卡。茶卡出现在海拔三千多米以上，出现在荒僻的戈壁滩里，而且，又被誉为是祖国的池盐之库，就更使人向往了。

我们下了山，来到茶卡小镇。前两年，这里很荒凉，只有几间破土屋，现在有旅馆、食堂，人来人往，非常热闹，成了通往盆地的一个大站口。镇子北面，茫茫一片，看不出什么东西。可是，走上一阵，仿佛平地闪出一道电光，盐海出现了。许多排土屋子又似一群海鸥，停落在海边上。这就是茶卡盐场住地。

我们遇到盐场场长杨良云的时候，他正和职工们一起，在一排土屋背后，搬土块垒墙。他穿着麻袋似的蓝粗呢衣裳，满身沾着泥土，瘦削的脸颊上，刻着几道深深的皱纹，额头上掉落着汗珠。他拍打着手上的泥土，愉快地说："你们是来看我们的盐场吗？好极了。"

他顺手指着离住地不远处的两座小山说："你们看，那就是我们工人挖出来的盐！"

原来，这两座山是盐山呀！盐山又壮又尖，似两座金字塔，射着万道银光。通往盐山的大路上，一辆辆大卡车，滚滚而来，又滚滚而去。在盐山脚下，许多工人正在铲盐，装包，过秤，然后又把一袋袋盐，装进了大卡车里。人们是这样忙碌地运盐，可是，盐山依然稳如泰山，好似只动了它的一根毫毛。

"一天，拉盐的车不少，有四五十辆，就是拉不完！"杨场长站在盐山脚下，用手抓起一把盐说："茶卡的天然大青盐是出了名的，从海里捞出来就能吃。你尝尝看！"

我抓起一把盐，捧在手心看，盐粒洁白透亮，似颗颗宝石。拿一粒含在口里，味重纯正，还有一股香气。

他告诉我说，蒙古族兄弟发现茶卡，已有三百年历史了。乾隆二十八年，已定有盐律。这使我想起《西宁府新志》的记载："在县治西五百余里青海西南。……周围有二百数十里。盐系天成，取之无尽。蒙古用铣勺捞取，贩至市口贸易，郡民赖之。"因此，杨场长还说："茶卡是一个有悠久历史的盐海哩！"

同时，我发现，这位场长对盐有一种特别的感情。见了面，谈起盐，他始终是那么愉快、激动，脸颊上的皱纹也舒展了；而且谈得诚恳、亲切，带着一种军人的爽朗和果断的风度。

　　原来，这位盐场的领导者是一个老红军。四川苍溪人，四十七岁了。小时候，父亲当纸匠，母亲当仆人，他给老财放牛，端尿盆。一九三三年，他摔了尿盆，拿起矛杆子，斗了老财，参加了红四方面军。在万里长征中，有一个活跃的小传令兵，头上戴着长檐五角红星帽，穿着一件黑青布烂衣裳，身上背着一条夹被，一袋生米，腰里别着两颗手榴弹和打下土豪的一个细碗，肩膀上还挂着一支小马枪，在队伍里跑前跑后，传递着命令，这就是杨良云同志。小传令兵，很勇敢，翻雪山，过草地，白天一百二，晚上一百二，一点也不示弱。以后，他又被调到营部、团部、军部当传令兵，调到红二方面军通讯警卫连的时候，还给贺龙元帅担任过警卫工作。一次，打遭遇战，他右腿负了重伤，同志们劝他留在老乡家里，他怎么也不肯，流着泪，坚决地说："我能走，死也要跟着红军，跟着党走呀！"他从林子里折下两根树干拄着，一拐一拐地跟上来了。

　　杨良云就这样在千难万苦的行军中，在出生入死的斗争里，由一个放牛娃成了一个真正的红军战士，由一个小传令兵成了一个自觉的共产主义革命家。他跟着党走过来了，从暴风雨般的革命斗争中走过来了。

　　一九五○年，这位老红军被党派到茶卡来了。他放下自己熟悉的枪杆，又深深地爱上了盐。虽然，干盐这一行，是一个生手，不如在部队做政治工作，当指导员、教导员来得顺手。可是，他勤恳地承担了这一工作。而且，当他来的时候，茶卡是一个破烂摊子，正处在一个最艰难的时期。

从前，茶卡是由蒙古族茶卡旗、王家旗和柯柯旗分散经营的，一个旗一个口子。蒙古族牧民除放牧以外，就靠挖盐为生。但是，马步芳的父亲马麟老贼，看中了这个"聚宝盆"，竟然明目张胆地派盐巡队抢占了茶卡。各旗王爷畏于马匪残暴，敢怒不敢言。青海解放前夕，马匪又丧心病狂地捣毁了茶卡，把盐到处乱运，乱扔，摧毁了盐场房屋和一切设备。那时候，茶卡遍体鳞伤，奄奄一息，盐海在冬夜里哭泣，旺尕秀山在冬夜里披上了白发……

　　"我来了一看，盐场被破坏得不像样子了。房子，没有房子，吃饭，没有饭吃！"

　　显然，摆在这位老共产党人面前的工作是艰巨的。但是，杨良云带着三十多名干部和战士，在海滩搭起帐篷，住了下来。为了恢复茶卡，他们忍饥受饿，吃囫囵的煮青稞；找不到菜吃，喝盐海里的水。青稞加盐水，一直吃了一年多。茶卡偏僻，交通不便，一九五一年，他们才吃到一点大头菜，见到一点白面。一九五二年，才长时间地吃上了青稞面，可是，菜，还是吃不上。

　　有个管理员，他想改善大家的伙食，用布和茶叶，找蒙古族牧民换了一块野马肉。他把肉锁在破屋子里，每天吃一点，割一点，不准人乱动。可是，野马肉放的时间一长，臭了，不能吃了。这下，大家对他的意见可大啦，你一句，我一句，把他说得头都抬不起来了。

　　可是，在这位老红军看来，这些苦都算不得什么，比过草地撕树皮吃，烧皮带吃，强多了。记得，他曾经在老财家里捡了一双烂皮鞋，穿了一阵，过草地时也烧着吃了。他说："现在，总不要吃这些了吧！"

　　为了恢复茶卡，他们不只是吃得很糟，而且睡得也不安稳。时常，有土匪捣乱，不定哪天半夜，土匪就打起枪来，把他们包围上了。但是，就这样，他们一面修建房屋，恢复生产秩序；一面找王爷、头人和牧民，取得蒙古族兄弟的支援。在最困苦的日子里，这个被侮辱被丢弃的盐场活过来了。接着，买盐的兄弟民族来了，远处的，近处的，一来就是四五千马匹，一来就是四五千牦牛，驮着盐回去了。人民是多么需要茶卡呵！

茶卡在杨良云和职工们勤苦的努力下，不但医治了创伤，而且飞快地发展着。一九五三年，就超过了敌伪时期最高年产量，而一九五六年又比一九五三年增长了三十五倍。近年来，经过勘察，茶卡盐层厚度一至八米，最厚达十六米，面积有一百二十五平方公里。初步计算，储量达五亿吨，可供我国六亿人口吃一百六十年。

"茶卡的盐是吃不完的！"杨场长微笑着说，"今年挖过的地方，明年又结上了新盐，怎么也吃不完呀！"

茶卡，真是一个取之不竭用之不尽的盐的海洋！

二

我们很想到盐海里去看看，海里是什么样子，工人们怎么在海里劳动呢？

这时候，盐场刘股长正要进海，他叫我们穿上了高筒胶靴，又倒了两大茶缸开水，说："喝吧，喝饱了好进海。海里气温高，走上一会儿，就渴得不行了！"

听了他的话，我们饱饱地喝了一肚子水，进海了。

我们是沿着伸展到盐海工地的一条轻便铁道走的。铁轨铺在盐盖上，一层清亮的盐水，淹过了轨道，静静地流着。在水浅的地方，我们把脚探进水里，踩着枕木走；在水深的地方，我们就得把两腿叉开，分踩在铁轨上，向前一步一步地移动。这样走路不是人按着自己的意思走，而是路控制人的行动，不小心，就会踩进海里。自然，这对刘股长是极平常的，走得很顺当，可是，我得紧盯着铁轨，笨拙地移动步子。他不时地回头看我，不住地说："小心呀！"真没法子！在他说话的时候，我稍微抬头看了一眼，一只脚便从铁轨上滑脱，扑通一声，掉进水里，脚跟碰上了疏松的盐层，一下子就把半截腿陷进去了。我猛一提腿，赶紧踩住了铁轨。一看，旁边就是一个叫做气眼的洞口，洞里水深发黑，要是掉进去就够受的了。

我的同伴问："怎么样？"

我静静地说："我看，把黄瓜放进去，拉出来就是最好的腌黄瓜吧？"

同伴笑着说："人也一样！"

每天，工人们也是从这条路上进海的。瞬间，我觉得铁轨发出了一阵咝咝的声音，接着，声音越来越大了。回头一看，一个工人推着一辆车子好像在平地上飞跑似的；眨眼间，已冲到我们跟前。车上装着一个铁皮做成的方桶，专门为工人送开水用的。我们闪过轨道，站在一片坚硬的盐盖上，他就继续向前跑去了。

这时候，站在盐海的中间，抬头望去，盐雾迷惑了人的视线。起初，进海的时候，眼睛只在脚下活动，唯恐踩空了脚，掉进海里；哪晓得，我们已处在一个光彩夺目的境界，早已沐浴在盐海的大气之中了。

四周，洁白洁白的。向东望，盐海没有边际，白蒙蒙的大气伸向天空，好像那边是腾云驾雾的地方，是通天的捷径。你看，白云伸出的手臂不已挽着盐海在高空飞行着吗？眼前，海水辉映着旺尕秀山和完言通布山，不知是山长在海里，还是海水在漫山漂流，给人以美妙的幻觉。我快乐得想喊起来！

我们大约走了有一个钟头，才到了盐场工地上。

搭眼一看，盐堆一条一条的，好像许多蛟龙似的，从东向西卧伏着。每条盐堆中间，都有一支小渠模样的坑道，坑道里的盐水泛着黑色的液浆。许多工人戴着草帽、墨镜，穿着套裤、胶靴，手里拿着盐耙、盐钻，好像全副武装的精壮武士，分布在一条条坑道旁边，正在和盐海决斗似的。

我看见，一个矮个子工人，抓着长把子盐耙，在坑道近处弓着身子，用力地向前推，把耙子推入水中，然后又倒退着，用力地把耙子拉回来。而站在坑边的一个黧黑面庞的工人，也抓着一根长把子盐勺，迅速地探入水中，等他把勺子扬起的时候，一颗颗白净的盐粒，就倒上了盐堆。接着，那个工人又把盐耙拉回来了。这个工人又把盐勺探入了水中……从东面到西面，挖盐工人就是这样协作地劳动着。当他们把一处盐打捞完了以后，又抓起盐钻，顺着坑道，冲击盐盖。盐盖一打开，又继续向前打捞了。那一条条盐堆，就是工人们一钻一耙一勺地积累起来的。

看得出来，这是一种艰苦的而又高尚的劳动。

盐海的太阳是暴烈的，炙人的。我进海的时候，身上一直出着滚烫的热汗，可以想见我们挖盐工人是怎样的情形，他们整天都在盐海里晒着，泡着。你看看他们每个人的脸面，哪一个不是黑红黑红的；你看看他们每个人的身上，哪一个的衣服没有被汗水湿透；再看看他们每个人的手吧，哪一个没有被盐水浸泡得起着厚厚的茧层，或者裂开了口子。然而，在盐场工地上，随着盐钻的冲击声，盐耙的拨动声和盐勺的打捞声，同时也飞扬着工人们快活的笑声、逗乐声和吆喝声。这里有微笑、诚实和勇敢，这里是我们挖盐工人们为祖国勤勤恳恳地创造财富的场地！

开饭了，推车的炊事员打开了水盖。

工人们放下了挖盐工具，每个人都提着一个布袋走了过来。布袋里装着茶缸和蒸馍，他们倒好了水，拿出了蒸馍，就圪蹴在盐盖上吃开了。蒸馍很大，我一问，十二两。工人们的午餐很简单，蒸馍加开水，上班的时候带着馍，吃饭的时候炊事员同志把开水运来就行了。盐场住地离工地远，运输不便，工人们乐意克服这种暂时的困难。一个工人说："只要有馍，有水，吃饱喝饱就行了。"他们一手拿馍，一手端水，一口馍，一口水，吃得又快又香。劳动以后的食欲是再好不过的了。

一个蹲在盐堆旁边的工人，他吃得特别快当，香甜，眨个眼，就把一个十二两的馍解决了。他长得年轻，英俊，说话很幽默，眼睛一眨一眨的，嘴不论在吃饭的时候，还是说话的时候，总是噘出来；平平常常的话由他嘴里说出来，都要逗得大伙笑起来。我问他："哪里人？"他鼓起嘴说："湟源。"人虽然年轻，但技术不错，产量也高，是盐场一个手脚利索的工人。

挖盐工人们多是青海人，也多是青年人。他们都很能吃苦耐劳，都渐渐地适应了盐海的气候和生活。在光亮的盐海中，和挖盐工人们在一起，你会感到劳动这个字眼的高贵意义。世界上有各种各样的劳动，每种劳动都有自己特殊的地方。在茶卡，挖盐工人是在盐海大气的袭击下劳动的，是在盐水的浸蚀下劳动的。但是，挖盐工人们却带着特有的自豪，他们从来没有像今天这样热爱自己的生活，和感到自己劳动的价值。挖盐工人们把盐贡献给人类，把盐送给每个家庭、主妇和孩子们，以丰富人的生活、智慧和理想。

一个年纪大些的工人，摸了一下胡子说："我们挖出来的每颗盐粒里，都含有社会主义，你信吗？"

我信，我坚决相信，握起他的粗壮的双手，望着他的黑红的笑脸，我被他的话深深地感动了。

这时候，盐场的生产队长谈柏棠走了过来。

这是一个蒙古族兄弟，长得高大，结实，满脸黝黑黝黑的，穿着一件蓝方格衬衣。他身上最突出的是一副圆筒皮尺，别在腰带上，手不时地摸揣着；自然，这是生产队长量盐堆和计算产量不可缺少的工具。他眯笑着，端过来一茶缸水说："喝吧。"他仍然保持着蒙古族兄弟的礼节，见了客人，先请喝茶，然后蹲下来拉话。

这位蒙古族兄弟是一个雇农的儿子，青海湟源人，四十一岁了。和杨场长的童年相似，家里没有房，没有地，九岁上就给地主老爷放牛，放羊。少年的谈柏棠，在饥苦生活的逼迫下，当兵，放牧，总也吃不饱，穿不暖，东去被压榨，西来受惊惶，始终没有一条出路。

"青海解放了，才有了我们少数民族的活路。"谈柏棠非常感慨地说，"拿我个人说，共产党比父亲还亲。一解放，党就送我上兰州学习。出来了，就叫我到盐场当翻译，以后又叫我做司秤员，又做场产员，生产队长……比过去，我现在穿新，盖新，每月还能给岳父汇上些钱。你不是看见我骑着一辆自行车吗？永久牌，去年买的，一出海，我就骑着它回家！"

他说着这些话的时候，黝黑的脸上掠过一阵爽朗的笑容，眼睛明亮而快乐。

他还给我们谈到挖盐的一些技术，怎么打盐盖、挖坑要多深多宽呀，怎么拿耙子、拿勺子和整盐堆呀，等等。一个受剥削受践踏的牧人，当他的心灵一得到解放，就变得多么聪慧，精明。一个普通的穷苦的蒙古族兄弟，在党和盐场领导者的培养下，只有三四年，就成了盐场基层工作中的骨干。

他说的许多话，在我们生活中都是一些极平常的话，极普通的道理，可是，由一个蒙古族兄弟的嘴里说出来，就特别动听。他还给我谈起了挖盐工人过去的生活。

马匪统治盐场的时候，只管官家发财，不管工人死活，谁愿意当盐工呢？人只要有办法，都不会进盐场。那时候，工人住在破帐篷里，每天，吃不上，睡不好，太阳没出来，就用鞭子赶着进海；太阳落山了，还不准出海。不管天阴下雨，不管炎夏寒冬，都要挖盐，而且都是光着脚进海的呀！盐工的手脚蚀烂了，冻坏了，有谁管呢？冬天，难以挖盐，马匪逼着盐工用羊粪围着烧，冰层化了，又逼着挖。盐工实在受不了，一出海，又被马匪用石头硬打了回去！

一次，太阳落了，天快黑了，盐工出海了。可是，碰见一个马匪巡兵，他怒冲冲地走了过来，骂盐工出海太早。一个老盐工，跑上前去，跪在匪兵面前，拉起匪兵的手，苦苦祷告，没想到，匪兵翻了脸，嫌老盐工的手抓过羊粪，玷污了他的手，就抢起棍子，狠打了一顿。老盐工一回家，就死去了……

"今天"，这位蒙古族兄弟放大声说："党对工人关心极了。比方说，挖盐工人的手，容易裂口子，就给一人发了一块擦手布。脚容易烂，就给一人发了一块擦脚布。生产好了，有条件，又给一人发了一双套鞋；又发了高筒胶靴。盐海光强伤眼，一人又发了顶草帽，配了一副墨镜。盐海下雨没地方避，一人又发了一块油布；为了挖盐安全，盐坑边放上了踏板。在最困难的情况下，还给工人盖了房子、澡堂。怕工人睡着冷，又准备了草包子……

"同志，你不要看这都是些不要紧的事，过去，什么也没有，连一块擦脚布一块油布也没有呀！"

谈柏棠真切地说着这一切，显得非常激动。

盐工们听着我们的谈话，年长的盐工还带着一种沉思的样子。接着，他们吃完了饭，把缸子装进布袋，拿起盐钻、盐耙和盐勺，开始捞盐了。于是，盐海又掀起了拨动声、洗捞声和工人们的谈笑声、吆喝声。

我离开了盐场工地，向回走着。

太阳辞别了盐海，从旺尕秀山之巅，把金光铺向了盐海，多好呵！

我回头眺望着工地，挖盐工人们弓着腰，正在一上一下地捞盐，好像竞相开放的花朵似的。他们的劳动，每一钻，每一勺，都给我的心灵以很大震动。在这里，不正是由于挖盐工人们的劳动，才使茶卡的一条条盐山加高的吗？吃着远近闻名的茶卡大青盐的人们，可曾晓得挖盐工人们是怎样劳动着的吗！

不久，茶卡就要扩建成为一座机械化的大盐场，那时，一台联合采盐机，一昼夜就可以开采五百吨盐呢。茶卡，这个池盐之库，不是也为发展工农业用盐和兴建大碱厂储备着良好的条件吗？

我想到了这里，兴奋极了。我觉得盐海更洁白了，更美丽了。我为茶卡的今天和明天振奋，为劳动在茶卡的人们感到快乐。天边的晚霞也晓得这些吗？它为什么要那么亲昵地望着茶卡，把霞光披在我们的挖盐工人的身上呢！

一九五七年八月十九日，茶卡

戈壁夜行车

我结束了茶卡的访问，准备动身到格尔木去。

可是，到茶卡运输站，连问了四五次，都没有车。一个共青团员售票员，倒很同情我，出了个主意："你站在路口挡车吧，也许能碰上有空位的车，把你捎去！"

这个主意出得好。于是，我就站在茶卡路口，见车就喊，就挡，就招手。可是，从早到晚，没有碰到一辆有空位的车。你说来往的车子少吗？不，我约莫一算，从东到西，从西向东，一天，最少有三百辆车驶过。一队一队的车辆，不是拉着钻探器材、木料，就是拉着面粉、罐头、蔬菜……它们都负载很重，哪一辆能有空位捎人呢？你说司机们不帮忙吧，不，当你招手挡车的时候，看见司机那种抱歉的笑容和给你诉说无法捎你的那种为难的神情，会给你留下一种说不出的亲切感觉。虽然，我没有挡着车，心里焦急，却一点也不埋怨，反而极其感动地望着眼前驶过的车辆。当我第一次进盆地的时候，哪里看得见这么多车辆！那时候，甚至连一条像样的运输线路也没有呢！即使从这一点上，我们不也可以倾听到柴达木建设的步伐吗？

第二天，我终于挡住一辆车，起程了。

这辆车的司机，名叫张明亮，长得细长黑瘦，有一对锐利的大眼。

当他率领的车队驶过来的时候，我一招手，他煞住车，从窗口探出头来，圆睁两只大眼，盯着我，我还以为他要发脾气哩。谁知他没说二话，把头一摆，助手小徐就把我拖上驾驶室了。从外表上看，他冷淡寡言，其实是个热心肠。他曾经在人民志愿军，驾驶着载重卡车运输弹药粮草。现在，他驾驶着载重卡车，率领着一个车队，奔驶在青藏高原上。他仍然穿着一件黄军装单衣，可是已被机油涂得乌黑了。

"你喝水吧。"他仍掌握着方向盘，眼注视着前方。

"天真热呀！"助手小徐递给我半杯水，用手理了理蓬乱的头发，悄声说："我师傅不说多余话。可他是这！"他诡秘地伸出大拇指头，在我眼前晃了晃。"我跟着他，到西藏，去盆地，翻冰山，过沙漠，吃尽了苦。可跟着他，吃苦也心乐！"

"加水！"张师傅喊了一声。小徐双手伸出窗外，抓住皮管，加水了。他加完水，又调皮地对我说："你第一次来盆地吧？好好看看，只要不怕苦，啥玩意都能见识，金、银、铜、铁、锡，还有狼、虫、虎、豹！你说怪不怪，明明是困死人的荒滩，谁能料到地底下流油！"

我们经过了戈壁小镇夏日哈，黄昏的时候到了海西蒙古族藏族哈萨克族自治州首府——察汗乌苏。张师傅安顿车队司机们吃了饭，又跳上车，抓住方向盘说："我们是给野外勘探人员送面粉的，要连夜赶路！"

车队向驼驼山冲去了。小徐说，这里的山是一驼一驼的，所以叫驼驼山，也叫驼峰山。我们爬上山顶，看见一个一个沙山，真像一群骆驼卧伏在这里似的。山上，不长草，很荒僻，间或只能看见几个哈萨克猎人，穿着长靴，背着枪，挂着腰刀，骑马从山中拐出来，朝察汗乌苏奔去了。

当我们一出驼驼山，天就渐渐黑了。眼前，是一望无际的大戈壁，罩着一层灰蒙蒙的雾气。黄色的风柱在沙滩里滚动着，一群野马受惊似的向祁连山里窜去。或者，因为夜的来临，整个天地失去了光彩，显得空旷、阴冷而又凄凉。

夜，越来越深了。大戈壁的面孔，越来越黑，越显得恐怖了。我们的车子，仿佛在一片墨黑的海里漂行着似的。

这时候，我侧头望着张师傅，他挺着腰杆，却显得更加英武，两只大眼闪着晶亮的光。小徐呢？他蜷曲在我的身旁，垂着头，打起鼾来了。

"小徐，没有睡着吧？"张师傅问。

"没有！"小徐猛然抬起头，习惯地伸出手，抓起皮管，给车加水。随即，揉了揉眼，又悄声对我说："跟他当助手，你就别想打盹！"

"嘿嘿，只要不误事，打个盹可以嘛！"张师傅微微一笑，又接着说："我这人，不知咋的，晚上行车，精神就来了。大概是在朝鲜养成的习惯，给前线送弹药，一连几夜，不眨一眼。……现在，给柴达木野外人员送吃喝，我心里却觉得是在送弹药！……你一定知道，野外人员生活苦，比我们开车的苦多啦，时常发生断口粮的事。我一听说哪里断了口粮，心里就寒飕飕的。"

"噢，我想起来了。"小徐靠了靠我，说："上月十八日，半夜，我们给钻井队运钻杆，任务很紧，没想到在沙漠里抛了锚，出了个小毛病。他一急呀，眼泪都流出来了！"

"胡说！"张师傅训斥道："我哪能像你，一个毛头孩子，动不动就哭！"

"你没哭，没哭，就是眼圈红了！"

"不要胡说了。"张师傅又对我说："你不知道，当司机的人，最主要的要有一个责任心。这和上前线打仗一样，今天要拿这个碉堡，就非拿下来不可！不然，就破坏了整个战役计划。……在柴达木当一个司机，要勇敢，要机智，要能挨得了饿，受得了冻，吃得了苦。不然，就趁早……"

这位师傅不停地说着。白天，很难听得他说一句话，我还以为他是一个寡言的人。黑夜，在这大戈壁的黑夜里，他的话好像说不完。而且，你听听，他说得多么好，又多么动人！从他的话里，你能看见一颗热烈的司机的心！

在柴达木盆地，谁要当一名司机，就要经得起风险，就要有勇往直前的精神。这里，司机们时常是顶着暴风走的，是在险路上走的，受冻受饿是常有的事。这里，流传着司机们因车子抛锚困守在荒无人烟的戈壁，如何和寒冷、饥饿展开斗争的故事；也流传着司机们为了完成紧急的运输任务，如何穿过险路、冲破困难的英雄事迹。因此，有许多勘探者曾给我说："谈起柴达木的英雄来，不要忘记司机！"

这时候，我望着张明亮和小徐，他俩不就是英雄吗？他们驾驶的这辆吉斯车，车挡前横写着"八万公里"的红色大字，这表示他们已安全行驶了八万公里。这八万公里是一个光荣的数字，他们不知道经历了多少风险，多少困苦，才赢得这个数字的呵！

夜，更深了。寒风，嚎叫着。

在大戈壁的深夜里，只有两只车灯闪动着。我觉得，两只车灯好像张明亮的那两只晶亮的大眼。是的，车灯是司机的眼睛。司机的眼睛探索着戈壁之夜，划破了黑暗，奔向了黎明！

青藏路上剪影

不平凡的事业是平凡的人创造的。

——修筑青藏公路口号

在格尔木的日子里，我怀着极其兴奋的心情，听到了许多修筑青藏公路的故事。我拜访了青藏公路管理局长、筑路总指挥之一慕生忠将军。

这位披着银灰色头发的将军，谈话激情，动人。他不时地站起来，高声说着，挥着手，好像在做一个重要决定，下一道命令似的。他说："这里，个人英雄是不多的，主要是集体英雄。事，是大家办的；路，是大家修起来的！"他的话满含着深情。而且，他说的许多话，都像诗一样，引人神往。虽然，将军已年迈了，头发灰白了，脸上堆满了皱纹，身上还有敌人枪弹打下的十多处伤疤。但是，你不会觉得他是苍老的。你在他身上会感到一个红军老战士的气质，会感到他的胸膛里有一股火热的洪流在泛滥着，奔流着。

一九五三年秋天，慕将军和同志们接受了组织西藏运输总队的任务，率领着一万七千峰骆驼出发了。可是，通往西藏的路是艰难的，骆驼伤亡很大，而且只凭骆驼运输也不行呀。于是，为了完成运输任务，就要修路。这年冬天，他们又从西宁到格尔木来了。起初，只有一百四十多人，大多数都是驼工。以后，陆续增加了一些人，总共十九个干部，一千二百多个工人，就承担起艰巨的青藏筑路工程了。

当时，正是青藏高原的高寒季节，慕将军和筑路员工们，忍受着割骨的寒风，在冰天雪地里，见山就爬，见石就查，向前探路。沉寂了千万年的荒山野谷，探路有多么艰难！加上缺少筑路工程技术人员，工作就显得格外艰难了。但是，路是非修不可的。慕将军给两批探路的人说："前进！哪怕前进一尺，也叫前进，一定要探出一条路来！"两批探路的人，以大无畏的气概，跨过了险峻的昆仑山，爬上了海拔五千多米的唐古拉山，不知穿过了多少雪线，渡过了多少冰河，经过了四个多月的鏖战，终于探出一条线路来了。

慕将军说："我们在探路中，对高原也得出了一些初步认识：一是山越高越平——我们祖先很聪明，不叫青藏高山，却叫青藏高原。二是水越到上游越小——青藏公路就走的是上游。三是高原没有淤泥地，多是沙土石子。四是没有雪封山的现象，雪线以上雪小。……我们研究山，研究水，研究草原。研究清楚了，就可以下决心，就可以战胜它了！"

于是，一九五四年五月十一日，青藏公路动工了。慕将军在筑路员工大会上，发出了战斗号召，他说："我们的南边矗立着雪山，旁边是清清的河水。经常袭击我们的是西北风，摆在我们面前的任务是战胜高山河流。不要看我们是一些平凡的人，不平凡的事业是由平凡的人创造出来的！我们要在世界屋脊上开辟一条平坦的道路！在最苦的环境，用最低的成本和最快的速度，打破人间筑路工程记录！"

筑路员工们，和大自然展开了史无前例的搏斗。他们走入千古无

青藏路上剪影

人烟的荒山，走入狼虫虎豹出没的深谷。他们攀登祁连山、昆仑山，爬上了冈底斯山和唐古拉山的顶峰。他们忍受着严寒,酷热!忍受着蚊、蠓的叮咬,风暴的袭击,在沙漠和戈壁里斗争着。为了修通青藏一条路,筑路员工们进行着巨大而又艰辛的劳动!每天,每人只吃一点大头菜,一点咸盐和干馍。就这样,每天,从天亮到天黑,从天黑到天亮,员工们夜以继日地干着。这里的筑路工程,是以一分一秒计算的。各工程队在安排筑路日程的时候,把走路、安锅和吃饭的时间,都计算在内了。时间决定一切,一切为了争取时间。因此,工程总是提前一倍两倍完成。工人们知道自己在做着什么,没有怨言,齐心向前,干劲冲天。正像一个工程队长说的:"修路的时候,不论干部、工人,大家都拧成一股劲,领导指向哪里,路就修到哪里;说啥时候修好,就一定能修好! "

一个工程队在修纳赤台前面一段路的时候,为了架设河桥和改移河道,伤透了脑筋。他们没有架桥材料,也不懂截流方法。但是,员工们齐心协力,苦思苦战,终于想出一个方法,利用荒滩红柳编成筐子,装满石头,截住了河流,改移了河道,同时把桥也搭起来了。而且,还提前半个月完成了任务。在四千九百多米的风火山上,员工们扛石头,挖渗坑,铺砂石,排水,不分昼夜,艰苦奋战。一个月,修路一百公里。筑路员工们一天不是八小时工作,而是十二小时、十四小时地干着。

一个工程队长有趣地说:"我们队规定,每天六时起床上工,可是,时常,工人们半夜两三点钟就起来干了。一次,一位医生半夜来了,走进住地,黑洞洞,看不见一个人,只听见满山镢头声,心里吃了一惊。他跑进帐房喊我,我也睡迷糊了,起来到各小队帐房一看,人不见了,工具也不见了。我赶忙摸着黑爬上山,喊住一个小队长,批评了一顿,命令他们马上收工。可是,小队长说:'我也是工人们叫起来的,你叫别的小队收工，我们就跟着收工。'我到前面小队去，也是一样的话。原来，他们在互相竞赛哩。等我东跑西跑，喊来喊去，天亮了。"

在荒山野谷中，运输不便，筑路员工们的生活很苦。每天，每人除了分到一点咸菜以外，吃不到新鲜的肉和菜，许多工人两腿发黑，患了坏血病。以后，从格尔木运来一些小萝卜，一人分上一两个吃。当他们修到五道梁的时候，发现了"天然肉库"——这里野牛野羊成群，打起来很容易，这才算吃上了新鲜肉，治好了坏血病。但是，在空气稀薄的高原上修路，人还不能吃得太饱，不然会有生命危险。筑路员工们在高原上摸索出三条生活经验：第一，吃饭不要吃饱；第二，睡觉头要枕高；第三，觉得身子不舒服不要躺下，转悠转悠就好了。

夜晚，筑路员工们，修到哪憩到哪，有时在雪岭上，有时窝在荒谷里。昆仑山，狼多，从山上看，狼眼闪着绿光，好似一片灯火。起初，有的人不知道，还以为山上有人家，走上前去，一看，嘿，一群狼呀！为此，慕将军还写了一首诗哩：

> 月夜渡昆仑，
> 风吹雪转移；
> 野狼双眼照，
> 疑似有人烟。

筑路生活是艰苦的。这里，在筑路过程中，干部和工人一样，参加劳动，毫不例外。这里，检验一个干部，不只是听你的汇报，而首先是看你的手，起茧了吗，磨烂了吗？你是否和工人一起生活了，劳动了？每个干部也把参加劳动，和工人一起生活，看作是自己的本分，是做好工作的基础。慕将军说："这么大的筑路工程，不依靠群众怎么行？依靠群众，群众自己也会做工作的。"

慕将军在筑路过程中，经常不带行李，不带干粮，走到哪，就和工人一起睡，一起吃；不是跑前跑后地查看线路，就是和工人们一起干活。虽然，他年纪大，身体不好，工人们劝他休息，他还是非干不可。他在修天涯桥工程的时候，一次还背过一百斤石头。在海拔五千四百多米的唐古拉山上，他和工人们一起开山，连续打钢钎达四十下，虽然和工人们连续打二百下、六百下比较，还相差很远，可是对一个老年人来说，已经尽了九牛二虎之力了。有时候，大家为了照顾他的身体，收工吃饭的时候，特意给他炒一盘鸡蛋，或一盘青菜。可是，他吃完饭，走了，菜还原盘摆在桌子上。就在前些天，套套河发了洪水，冲垮了河堤，阻碍了运输，他还亲自跑到现场，跳进雪水河里，指挥工人抢修。蹚过雪水河的人，就知道那种刺骨钻心的冰疼滋味。他站在雪水河里，泡了六七个钟头，等走上来的时候，两腿已完全麻木了。这两天，他不得不听医生的话，吃药打针，因为两腿没有复原，还一直发凉、发酸，晚上，睡不好觉。

他时常说："共产党员嘛，就应该这样！"

他总是精力充沛的，乐观愉快的。在开辟青藏公路中，他和工人们还给许多荒无人烟的地方，取了许多饶有风趣的名字。"地图上没有的地方，我们走过了就得起个名字呀！"什么五道梁（山梁多，野牛野羊多，又称"天然肉库"），风火山（山上有大风，有煤矿。将军有诗："风火山上高峰，汽车轮儿漫滚；今日镢锹在手，开辟世界屋顶。"），套套河（小河繁多）；高原温泉（可供沐浴），开水泉（可以煮肉），开心岭（满目山海，看上去要翻山，其实走上去平平坦坦。将军有诗："找路入深谷，疑似又穿云；平坦直穿过，取名开心岭。"），等等。将军还特意写了这样一首诗：

这不是生活奇迹，

而是中国筑路工人没有克服不了的困难——

补给不足，

五道梁上找到了天然肉库。

燃料缺乏，

风火山下开出了露天煤矿。

狩猎在开心岭上，

钓鱼在套套河边。

疲乏时高原温泉去沐浴，

饥饿时开水泉上煮鲜肉。

不能说高原生活多艰苦，

而是说锻炼意志好时机。

我们的口号是：

哪里有生物的地方，

哪里就可以生存，劳动！

这首诗使我们感到了筑路生活的艰苦，更使我们感到了一种战斗的乐观的精神。

这种精神也体现在筑路员工们的生活中。

一九五四年八月，邓工程师和一些人，在前面开路定线。他们每隔五十米，用石头垒一个堆，后面的工程队就按着石堆标出的方向修路。当邓工程师几个人攀登到唐古拉山的时候，天下雨了，一下就是三四天。在空气稀薄的高山，他们淋着雨，捡不到牛粪，生不成火，做不成饭，怎么办呢？高山，有终年不消的积雪，他们就抓起雪拌炒面吃。可是，老吃雪拌炒面，喝不到一口热水，人能受得了吗？一个炊事员，他看见邓工程师和同志们太辛苦，自己心焦，干急没有法子。后来，他把装醋的木桶砍了当柴烧，小心地点着火，烧了一小锅水，拌了些面进去，这才给每个人分着喝了一小碗面糊汤。

一天，很晚了。邓工程师几个人受饥受寒，做完了工作，累得走不下山来，眼看着帐房，走不动，就只得躺在山上过夜。大家劝工程师说："山上不能睡，鼓劲往回走吧！"他说："我实在走不动了！"可是，当他们突然发现帐房有了灯火的时候，就又鼓起劲摸回了帐房。炊事员又为他们烧了一碗面糊汤。对于受饥受寒的人，再没有比一碗面糊汤更温暖的了。

在黑河以北，邓工程师和同志们，走到半路上，粮食吃光了。他们想法子，大家凑钱，向藏族牧民买了两只羊吃。炊事员觉得羊肝和羊心好，就专意煮得美美的，准备叫大家明天出工时带上，中午饿了再吃。可是，谁晓得，半夜，羊肝羊心被狗偷吃了，惹得大家哭笑不得。炊事员的一片好心落空了。也是在黑河以北，每天工作完以后，大家就睡在野狼野熊出没的荒沟。为了避免野兽的侵袭，他们就把三个驮行李的骆驼拴在一起，围一个圈，人就睡在骆驼中间。夜里，天冷，他们为了取暖，就紧偎在骆驼身上，有的人就枕在骆驼腿上，睡了。可是，骆驼也知道累呀，半夜，醒了，一蹬腿，把人踢到了半空中。人也累呀，虽然被骆驼踢了，可是仍然在朦胧中，又慢慢偎在骆驼腿上睡了。骆驼又醒了，一蹬腿，人又被踢到了半空中。

修筑青藏公路的员工们，从一九五四年五月十一日到十二月十五日为止，仅仅经过了七个月零四天的时间，就把青藏公路修通了。远征的车群奔向了拉萨，在布达拉宫面前出现了。筑路员工们实现了人民的理想，在青藏高原上开辟了一条平坦的大道。筑路员工们实现了自己的口号，他们在最苦的环境，用最低的成本和最快的速度（还应该加一句：最少的人），创造了世界筑路工程记录。

慕将军在拉萨写的一首诗，很能表现修筑青藏公路员工们的斗争魄力。

> 打破人间神秘，
> 戳穿探险家的胡言乱语！
> 开辟布尔汉布，
> 战到天涯桥边！
> 工作在空气稀薄的高原，
> 劳动在冰雪交加的雪线！
> 劈开昆仑山，
> 战胜唐古拉！
> 踏破千里雪，
> 走尽长江水！
> 通过怒江上游的黑河，
> 炸开冈底斯山的石峡！

对于这条犹如蛟龙般飞腾在青藏高原上的公路，对于这条给青藏人民带来幸福和理想的公路，尤其是对于这些可尊敬的在青藏高原上洒下了无数血汗的筑路员工们，我们还应该说些什么呢？这是一些平凡的人，也是一些不平凡的人。今天，他们创造了青藏公路，明天，他们将会创造出更辉煌的事业。他们的英雄事迹，应该大书特书。虽然，我只写了一点，太少了。但是，我心里满怀着尊敬！

一九五七年九月一日，大柴旦

格尔木纪事

> 为了在戈壁滩求得生存，而且要长期生存下去，就需要
> 创造。
>
> ——建设格尔木口号

做格尔木第一代祖先

一九五三年十二月，当青藏高原最寒冷的时候，青藏公路总指挥之一慕生忠将军率领着四十多个干部和工人，从西宁出发了。他们带着铺盖、干饼、青稞面，拉着冰块和羊皮风箱，经过四天四夜的跋涉，来到了格尔木河畔。

眼前，矗立着峻峭的昆仑山，山下是荒芜的大戈壁滩。一堆一堆的沙丘，一棵一棵的野生白刺，这不是野兽出没的地方吗？四周，没有一户人家。白天，是漫天的狂风。夜晚，野狼嗥叫着，狗熊骄横地在河畔漫步。荒凉、严寒和恐怖，笼罩着大地。来到这样的地方，那些胆小的人，就钻在被窝里流泪，在沙丘面前哭泣。"我们到了什么鬼地方了呀，还能不能回去呀？在这样的地方，人能活下去吗？"

慕将军摇着灰白的头发，精神勃勃地对大家说："党给我们的任务是艰巨的，要修通青藏公路，又要运输，又要安家种地，建设格尔木。在党的领导下，我们有着旺盛的志气。在辽阔的戈壁滩上，在荒无人烟的地方，我们要求得生存，而且要长期生存下去，就需要创造！我们要在柴达木建立一座美丽的花园！"

于是，从这时候起，昆仑山下出现了六个白色帐房，一间伙房。慕将军和四十多个人，就在格尔木河畔住了下来。

格尔木，蒙古语译意是"河流密集的地方"。虽然，在地图上有一条格尔木河，河畔有个格尔木；可是，格尔木到底在哪个地方呢，谁也说不上来。也许，久远以前，蒙古族同胞路过格尔木河，在河畔住过，取了这个名字走了。可是，至今，没有人能说出格尔木的真实所在。因此，当人们问起慕将军的时候，他就说："既然没有人知道这个地方，那么，我们住在格尔木河畔，这里就是格尔木！"

于是，从这时候起，就开始建设格尔木了。一切，都是白手起家；一切，都得从头来。在干渴而又荒僻的戈壁滩上，要建立生活是多么不容易呵。但是，为了求得生存，人们以气盖山河的魄力，和大自然宣战了。

慕将军和工人们，抢起铁锹和十字镐，把格尔木河水引入了住地。抢起铁锹和十字镐，开垦着戈壁沙滩。他们在盐碱地里，试种了白菜、萝卜、洋芋、蒜。用荒滩的红柳和泥沙，盖起了一间间土屋。严寒酷热，受苦受饿和狼虫虎豹，都吓不倒他们。六月，格尔木的蚊子、牛虻和蠓子成群，这些恶东西，咬了骆驼，骆驼身上就流血，更不要说人了。因此，在这里生活，还要学会和蚊子斗争。许多人出外解手的时候，都先挖一堆土，准备随时用土赶走蚊子。慕将军说："蚊子最多的时候，我出外就顶着小蚊帐护住全身。"关于蚊子，他还有两句打油诗哩：

蚊成群，阻住了视线，

蚊飞鸣，混乱了耳闻……

可见蚊虫多么猖狂了。

人们既然要在这里生活，一切的艰难困苦就算不得什么了。

格尔木成为修筑青藏公路的总指挥部，一天天发展起来了。人们为了美化环境，栽植了十万多棵白杨树。现在，树苗长得比人都高了，野兔已在白杨林里做游戏了。人们修了四五条马路，路旁都栽了柳树，新建的招待所，周围柳树成林，慕将军给起了个名字叫："望柳庄"。现在，庄里的柳树，见了客人，已会点头微笑了。这里，即使野生的芦苇，也被人们精心培育着，因为这里绿色的东西太少了。

三年多来，人们为了征服戈壁，已开了四百多亩荒滩。小麦虽然还没有外地长得好，但已是葱绿一片了。现在，人们已吃着自己种的葱、蒜、菠菜、白菜、萝卜、芹菜、韭菜、土豆、莴笋和西红柿，吃着自己种的瓜、自己磨的豆腐和自己放牧的牛羊。菜园会计对我说："菜，生产不多，有些还在试种，等试种成功，就可以大量生产了，价目也可以降低了。比方，去年一斤蒜苗五毛，今年三毛，一斤白菜四毛，今年就成八分了……"这一切都是生活所需要的，所以，就在历来被人认为寸草不生的地方，把所需要的都大胆地种起来。人们在改造着盐碱地，和土地进行着斗争，向土地要吃的、穿的，要所需要的一切。

为了生存，而且要生存得好，为了完成修筑青藏公路任务、运输任务，和在戈壁滩上建立起新型的城市，青藏公路管理局的职工们，付出了巨大的劳动。他们就地取材，自力更生。你不要看柴达木盆地是一片荒凉，可是，到处是宝。山是宝山，地是宝地呵！人们就利用这里的一切资源，开办起了许多小型工厂。

在藏北有条班戈湖，是世界闻名的硼砂湖，六十多公里宽，一眼望不到头。那为什么不开采呢？于是，人们就在青藏公路的纳赤台，建立起了硼砂厂，现在已有四百多名工人进行生产。同时，人们还正在纳赤台兴建一个瓷厂。慕将军说："人要生存，离开瓷器怎么行呢！"那么，就动手学着烧制盆盆罐罐、茶缸饭碗和花瓶花盆吧。格尔木以北，还有着柴达木最大的察尔汗盐湖，那里的盐，随便挖出来，就可以吃。那么，为什么还要去盆地外面买盐吃呢？于是，一个盐场又建立起来了。昆仑山下，有许多肥美的草原，可供放牧，于是，香日德、花海子、五道梁和套套河等八个牧场出现了。我碰见了这里的一个生产科长，他说："目前，我们已有牛一千多头，羊四千多只，半年，又生下了一百多只羊羔……"

有一次，慕将军和一个站长，为了改一段线路，爬到唐古拉山四千米的地方，走累了，躺下来。突然，发现一块明光明光的石头，拿起来一看，沉甸甸的。他们不知道是什么东西，就用手巾包起带了回来。一问附近的地质人员，说是铁矿石；经过进一步勘察，证实唐古拉山五千米以上有铁矿。既然发现了铁矿，为什么不动手干呢？于是，又办起了一个铁厂。现在，已有三十多个人上山炼铁了。虽然，他们都不懂炼铁技术，但是，他们干中学，学中干，愈钻愈深，不断前进。现在已开始试炼了。

随着工作和生活的需要，汽车大修厂、煤场、砖瓦厂、皮革厂、木场和农场也逐步建立起来了。当你知道了这一些情况以后，作何感想呢？你会觉得，柴达木的宝贝真多，战斗在柴达木的人胃口也真大。他们办了一个厂子，又一个厂子。今后，厂子还会扩大，而且还要出现更多的厂子。生活在柴达木的人是有雄心的。这个雄心就是要在柴达木创建社会，创建城市。因为，千万年来，柴达木既没有人烟，也没有社会，也没有城市呵！

然而，你来看看吧，今天的柴达木，已不是昨天的柴达木。今天的格尔木，也不是昨天的格尔木了。荒凉，已经消失了。昆仑山下，仿佛神话一般，出现了人烟，出现了花朵，出现了一座崭新的、雄壮的而又美丽的城市。

当你来到昆仑山下，穿过一片湿润的草地，走过一片绿色的麦田，进入格尔木市区的时候，出现在大马路两旁的是成排成排的白杨、柳树；成排成排的平屋、厂房；什么百货公司、新华书店和邮电所；什么学校、花园和运动场，等等。一座城市所具有的一切，这里都有了。这里充满了欢乐，充满了大建设的雄伟气魄。

你还可以看到，在市区十字路口，插有两个大木牌，一个上写："格尔木，海拔二七八〇米"，一个上写："西宁八六〇公里—茫崖三五八公里—安西六九〇公里—拉萨一二一七公里"。这是人们战胜自然和创造生活的标志，是人们用血汗和战斗换来的标志。青藏公路管理局的职工们，在创建了奇迹般的青藏公路的同时，也创建了格尔木——这座戈壁滩的城市。格尔木东通青海省会，南入西藏拉萨，西通柴达木石油基地，北望甘肃河西走廊，成为青藏高原上一个交通要地了。

生活在格尔木的人，从来不掩饰自己对格尔木的感情，他们的言谈是自豪的。一个青年砖瓦工，笑眯眯地对我说："我们的格尔木一天一个样，今天搭竹竿架子，明天就出现了工厂！……隔上个把月，嗨，你再来，就不认得路了！"慕将军也非常动情地说："主要是人呵！有了人，就有了一切，就可以创造，就可以自给自足！我们是喜欢城市的，但我们更喜欢自己创造的城市。我们要建设格尔木，要做格尔木的第一代祖先！"

这话说得多么豪迈！是的，千万年来，这里无人烟；今天，有了人，而且要长期安家乐业，他们不就是第一代祖先吗？第一代祖先们为了创建格尔木，付出了珍贵的劳动，还将要付出更珍贵的劳动。他们在柴达木做了一些非常好的事业，还将会做出更多更好的事业来的！

土屋里的保养厂

格尔木出现了许多厂子，它们都是怎么建立起来的呢？

我特意去看了汽车保养厂。当我沿着格尔木河走进工厂的时候，看见的只是荒滩、土屋和白刺，露天地里排列着三四十辆吉斯和嘎斯车，十几个工人都穿着沾满了油和沙土的衣服，有的爬在车上，有的仰倒在车底，在拆卸着车子的零件。没有高大的厂房、烟囱，没有像样的车间、设备，这能算是一个工厂吗？这个厂子能当得起青藏公路成千上万的车辆的保姆和医生的责任吗？谁会相信，这还是柴达木一个规模大而又出名的汽车修理厂呢！

"我们的厂子不像厂子呵！"我看到这里冯厂长的时候，他第一句话就这么说，"我们不得不先生产，后基建。其实，格尔木的一切生产单位都是这样，已经成为一个传统了！"

先生产，后基建，这是战斗在格尔木、柴达木和青藏高原的人们的要求，是生产建设飞跃发展的要求。形势逼迫着人，使人不能按部就班而必须是打破常规进行一切活动。当无数的车辆驶入大戈壁滩，执行着频繁的运输任务的时候，司机们多么迫切地需要一个检修汽车的场所！那么，就修建汽车保养厂吧。可是，当许多车子等待着检修的时候，你是先修车子，还是先修厂房呢？自然，先修车子。于是，一九五四年四月，从这个厂子成立那一天起，工人们一天忙的不是盖厂房、修宿舍，而是拿起扳子、钳子，在露天荒滩上，修理着出了毛病的汽车。

这个保养厂的位置，就在当年第一批来到格尔木的人搭帐房的地方。那时候，这里长着两棵野生的白刺，人们为了纪念这个地方，至今还完好无损地保护着它们。起初，从太原、天津来的二十多个技工们，也在这里搭起了五个帐房，在帐房里吃，在帐房里住，在帐房里生产，可称为是帐篷工厂。而且，工人们使用的都是一些简陋的手工工具。

万事开头难，只要开了头就好了。这里的人，他们想做什么，就要做到什么；哪怕遇到天大的困难，也挡不住，一定要把事业办起来。那些热心柴达木建设的技工和复员军人们，陆续从广西、四川、山东和河南来了。今天，全厂已有二百六十多人。他们一面紧张地进行生产，一面修建了百十间土屋。于是，吃、住和生产，又从帐篷里搬进土屋里了。随着生产的需要，土屋里已成立了修理、底盘、车身和总装配车间，生产也有节奏有秩序了。

我在一个个土屋车间里走着。虽然，这里的设备是简陋的，但是，这里的人却是生气勃勃的。冯厂长兴奋地告诉我，开始，这里只有一台车床，现在已经有磨床、铣床、电钻、压力机和一部精密仪器——电机万能试验台。我看见，一个青年技工，满脸油黑，瞪着两眼，聚精会神，正在上海机床厂出品的一台磨床上，磨着汽车曲拐。在修理车间门口，一个青年电焊工，姓张，二十岁，甘肃人。他在熟练地焊着一个机件。我问："你什么时候进厂子的？"他说："今年五月。先修路，后进厂。"也是说，完成了一个任务又接受了一个任务，修路工又变成了电焊工。他进厂还不到四个月，已能独立地干活，而且还带起徒弟来了。格尔木的建设生活，要求人们迅速地成长。这里，一个人要顶几个人用。一个技工就要带几个徒弟，学习两三个月就独立工作，还要带徒弟。而且，徒弟带徒弟，已形成了一种风气。生产在飞跃，人也在飞跃呵!

在几个车间里,我还看到了许多年轻的女工,有的用锉刀锉着什么;有的在车床上车着什么;有的在老师傅的指点下,安装着什么。冯厂长说,厂里已有四十多个女工了。她们大多数都是姑娘,都是从远道自动报考到格尔木来的。豪迈的建设生活,吸引着她们。她们要求自己在斗争中锻炼,在戈壁滩的风浪里成长。于是,她们就带着雄心、欢乐和微笑来了。可是,这里还有个别不争气的人,不如这些姑娘,他们一来到格尔木,就打退堂鼓,成天只想着个人的事,不学技术,喊叫苦呀苦呀,要和内地工人换班呀;有的人竟然请长假、开小差了。一个小姑娘,把辫子一抡,大声说:"这种人,太私心,亏他还是个男子汉大丈夫,丢死人啦!"这位姑娘为什么说话这么理直气壮呢?原来她有一颗用青春拥抱戈壁滩的心,一颗建设社会主义格尔木的心。

格尔木土屋里的汽车保养厂就是这样发展起来的。今年七月一日,在厂子不远处,人们选择了一片旷地,打好了地基,插起了竹竿,已在大规模地修建大厂房了。明年这时候,他们就要搬入新址,而且改称为汽车大修厂了……

第一个砖瓦厂

生产砖瓦,这在柴达木是破天荒的。

一九五五年六月,青藏公路管理局组织了五个人,扛着一顶帐篷,背着一口锅,驻到了格尔木东南一片旷地里。五个人,自己掏井、挑水,自己捡柴、做饭。每天,每人分着吃八钱咸菜、四两小米、四两青稞和面粉。生活就从此开始,砖瓦厂就在这里建立起来了。

这五个人,挖小窑,烧砖了。没想到,第一次试烧,竟然成功了,烧出了一万一千多块砖。此后，从西安又来了十个坯工，四个烧窑工；他们的胆子就更大了，又试烧了三万窑、四万窑和六万窑，都成功了。此后，又从河南、河北、陕西和甘肃，陆续来了一批坯工、砖工、烧工、木工、普工和窑工；今天，五个人已变成了二百七十多个人。砖瓦厂大大地扩大了，而他们烧窑的能力也大大提高了。今天，烧八万窑、九万窑和十万窑，已是很平常的事了。

我看到了最初五个人中的一个，他叫王孝堂，二十岁，安徽人，共青团员，初中学生。这个中学生已不像中学生的样子了，他的脸面是黑红的，身上穿着发乌的白衬衣，脚上穿着一双已该报销了的球鞋。他是听说了格尔木的建设以后，自愿来的。他来了，就学烧砖。砖瓦厂党支书对我说，他肯吃苦，一天忙到晚，滚在土里，像个土猴。起初，他一个人又做统计，又担任工具管理，又当伙委，又参加生产。现在，他又当起砖瓦厂的生产管理员来了。

这位年轻的生产管理员，领我走上了东坡一个窑顶上。他眨动着诚实的眼睛，笑着说："这里看得清楚些。"

确实，站在东坡窑顶上，看得清楚极了。这个砖瓦厂真大，在方圆里许路内，砖坯成行成队，形成了一座座砖坯小山。四周，一个烧窑接着一个烧窑，一个洼坑接着一个洼坑，工人们就在坑底工作着。有的工人正在放好坯斗，有的工人正把泥铲进坯斗，有的工人已在用格棍格平着坯斗的砖……坑底里，洋溢着砖瓦工人所特有的劳动的声响。

在一个坑边，我遇到了出名的青年坯工组组长小金，他正在用扇板扇着打好的砖坯。这个二十四岁的小伙，戴着一顶蓝帽，蓬乱的头发从帽檐底下翘了出来；看样子，他是顽皮的，其实，他是一个刻苦好学的小伙，是一个出色的一等坯工。我问他："你是哪里人？"他说："河南。从西安砖瓦二厂来的。"他所率领的小组，出勤率经常是百分之百，而且，总是超额完成任务。

王孝堂还给我介绍说，这个坯工组生产的砖都是一等，而一等砖必须是"立三、卧四、平十九"的标准，一等砖要不短不歪，用尺量缝，缝口不能超过一英分，而且不能有蜂窝和小缺现象。虽然，质量要求很严，可是，这个青年坯工组不但保证了质量，而且产量很高。因此，自从展开流动红旗竞赛以来，只评了四次红旗，四次都叫他们夺去了。现在，这面胜利的流动红旗还在他们工作的坑边飘扬着哩。

我们绕过了红旗，来到一口水井旁边。一个中年汉子，正在使劲扳着辘轳，绞水。井水很浅，井壁都是用石头砌成的。水，对于砖瓦厂是不可缺少的，不然就会影响生产。最初，这里只有一口井，现在已有三十多口井了。因此，当你来到砖瓦厂的时候，到处可以看到烧窑，看到砖坯，同时，也到处可以看到水井。

我们又走到了一个窑旁，这是一个八万窑，用十个对时就烧好了。一块块烧好的青砖，堆满了窑口。窑还是热的，走近去看，就有一股热气从窑口喷了出来。这个窑的前面，是一条弓形的山坡，坡上排列着许多窑，坡下横竖堆着无数成砖。昆仑皮革厂的卡车，正在下面拉砖，因为，他们正在扩建厂房。其实，格尔木和百里以外的机关工厂，都是在这里拉砖哩。

我们一面下坡，王孝堂一面说："今年为了增产节约，我们减少了一些人，可是任务没有减少，要生产八百万块砖。看大家的劲头，是有把握的。明年，我们的任务要增加一倍，是一千六百万！"

明年，砖瓦厂要大发展，他们已经从青岛买回来了制砖机、制瓦机，还有一台六十匹马力的发电机，不久就要运回来了。那时候，一台制砖机，从取土到制坯，每小时可以生产六千多砖坯。他们还准备用自己烧的砖瓦，盖起百十间房子，使工人们有舒适的住屋。因为，自从砖瓦厂开办以来，两年多了，他们生产的砖全部都供给了兄弟厂，给自己还没有盖几间像样的房子呢！

格尔木砖瓦厂是柴达木破天荒的第一个砖瓦厂。人们需要它，生活缺少不了它。有了它，人们就可以在沙漠上盖起房屋，在戈壁滩上建立起工厂。

让我们祝贺它吧，祝贺它为柴达木生产出更多的砖和瓦来！

第一个昆仑皮革厂

我来格尔木以前，今年八月一日，第一个昆仑皮革厂在这里举行了一次盛大的皮革展览会。会上展出厂里试制的野牛皮张、羊皮张、带毛皮和用野牛皮做的黑色高筒皮鞋、男女各式皮鞋，以及皮大衣、短夹克、皮帽子、皮手套、皮箱，等等。据说，参观的人多极了，周围各机关部队的干部、军官和工人，男的女的，都来了。有的人当场就要订货，就要买，以至展览结束的时候，几乎把样品都卖光了。

格尔木的人很喜欢自己的皮革厂，这不只是因为穿着戈壁滩上的野牛皮鞋，穿着自己放牧的羊的羊皮夹克，很舒服，很新鲜，而且还因为自从他们生产出了第一批皮张以后，就开创了格尔木的皮革史，也即柴达木的皮革史。同时，人们热情地欢迎皮革厂，还因为这个事业关系着长期生活在戈壁滩的人的长远利益。为了求得生存，为了在高寒地带生活得好，没有皮革行吗？当然，不行。于是，人们就把打下的野牛的皮，杀了羊的皮，攒起来。皮子攒多了，于是，昆仑皮革厂就办起来了。

厂是今年四月中旬开始筹办的，还不及两个月，六月就投入试制了。这里人的生活方式就是这样。要办厂，有没有厂房是不重要的，首先是生产，拿出了成品，再说。因此，当皮革工人们背着行李，来到新厂址的时候，不管别的，就先在荒滩上挖池子，泡皮子。泡好皮子，一经脱毛，又放进自制的大木桶里浸灰。一经刨里、除灰，又泡进一个大木桶浸酸。一经上色，又在一个烂缸里吃油。然后，再刷一次色浆，最后经过整理、干燥，皮张成品就出来了。这一系列的生产过程，最初都是在露天地里进行的。

工人们一边生产，一边修了几间粗糙的房子。这些房子，又低又矮，是寝室，也是生产车间。当你走进这些低矮的房间里的时候，就可以看见，工人们有的在桌上整理皮毛；有的在用拉腿剪子剪毛；有的在用旋刀旋皮；有的在纳皮鞋底；干活用的长桌长凳和皮毛原料，占去了小房的多一半，而里面还安着床铺，被褥衣物都卷了起来，塞在墙角。墙壁上，安着长条板，钉满了钉子；钉子上挂的是各种大小生产工具；长板上放的是工人们吃饭用的碗、筷。自然，这样的工作环境是不舒适的，加上设备简陋，工作就更艰苦了。但是，人们不是为了吃现成来格尔木的，而是为了创造生活。这里的男女工人，非常爱自己的工厂。因为，工厂的一刀一剪，一房一屋，都是自己用劳动换来的。他们以能在自己亲手创办的工厂里工作，感到无比的光彩。

我在制革车间里，看到一个老工人，他的名字叫李瑛，陕西西安人。他对人非常热情，给我讲怎么浸酸，又讲怎么用石刀刮毛。看样子，他不但对工作很熟悉，而且极其喜欢自己的工作。当我和他谈起格尔木的时候，他很激动地说："你知道吗，我们要建立起一个新的格尔木城，就为这，我才来的！"

现在，皮革厂已有五十多个工人，大多数都是从西安来的。他们的生产很紧张，各单位订货的人太多了。生产量和需要量比较，相差十倍以上。为此，厂子在不断扩大，最近已成立了制革、制毛、制鞋、皮件、割裂、缝纫等六个车间。这两天，正在招考徒工，格尔木许多家属都踊跃报名了。

昆仑皮革厂在迅速地成长着。我走出车间以后，迎面就是昆仑山。昆仑山下有着许多丰美水草的大牧场，让皮革厂，让这柴达木第一个皮革厂，更快地成长起来吧！

带来花果的老人

千万年来，格尔木没有过苹果树，没有过花朵。

可是，今天有了。虽然，果树、花朵，还长得嫩小，但是，人们爱它们。这仿佛神话一样，在柴达木到处传颂着。在干渴的大戈壁滩上，在被称为人不能生存的地方，这不是奇迹吗！

创造这个奇迹的是一个六十七岁的老人魏承淑。当我怀着尊敬的心情，走进格尔木菜园，去拜访他的时候，他正迎面向我走来。我不认识他，可是，从他那矮小的身子、微曲着的背和年迈的行姿上，从他那灰白的头发、多纹的额头和被太阳晒得发红而又苍老的脸庞上，我相信就是他了。因为，格尔木只有这样一个最年迈的人，很容易认出来。果然，我一问，就是他。于是，我们就一面向菜园走，一面攀谈起来了。

老人是陕西富平人，说着一腔地道的关中话，字字咬得真切，声音清晰洪亮。原来，他当过二十多年中学教师，曾经在榆林中学、绥德师范、西安一中和西安女中等学校任教。

"年纪大了，教不成书了。"老人非常感慨地说，"可是，种菜、种树、务花，该行吧！"

一九五四年三月，老人在兰州的时候，遇到了慕生忠将军。慕将军谈起了柴达木、格尔木，说高寒地区宝贝多，就是不长树，不长庄稼，以后要试验种麦、种树，而且非要种成不可。老人一听这些话，雄心来了。因此，当第二次碰见慕将军的时候，他就要求，非来不可。慕将军说："你年纪大了，那里地势高，气候不好，不要去吧。"老人理直气壮地说："你能去，为什么我就不能去呢？我啥都预备好啦，就等着走了！"就这样，老人把他在兰州买下的花种和花条带在身上，辞别了儿子和四个孙子，毅然到格尔木来了。

老人来了，没有房子住，就和大家一起住在帐房里。许多人替他担心，劝他回去，他反而说："来了好，这是一个好地方呀！你们看我老汉不行？哼，我还想干两下子哩！"他开始一面挖地，分析土壤，准备搞园艺；一面和大家一起种菜，修路。六月，天热，蚊子多，咬得人头昏脑涨，人家问他："你头昏不？受得了吗？"他倔强地说："不昏。能行！"大家背石头盖房，他背不动，可是不愿意闲着。他说："你们背石头，我摆石头该行吧？你们打柴，我拿锄耙柴，也行吧！"

魏老不服老，干劲大得很。他来格尔木不久，还写过这样一首诗：

我来格尔木，
年已六十四；
人民园艺好，
为达我心志。
不怕生活苦，
不怕无房住；
只要土肥沃，
生产自富饶！

柴达木的建设生活鼓舞着老人，老人的"心志"是高的。可是，这里的土并不"肥沃"。格尔木主要是盐碱地，老人第一次种的树，种的花，长不起来，活得极少。因此，他就分析土壤，经常抓起这里的土，用嘴尝尝；抓起那里的土，用嘴尝尝；把花几天移到这里，几天又移到那里，反复地试验着。他顽强地干着，不断地栽，不断地种，一次不行，再来二次；二次不行，再来三次、四次、六次、八次……终于，老人战胜了自然，他给柴达木赢得了第一棵果树，第一朵花！

老人领我走到了一片苹果树的面前。搭眼看去，它们都已长了尺来高，成排成队的，散布在一大片被改造过了的盐碱地里。它们绝大多数都发出了新条，长出了小叶。

老人兴奋地说："我们种了五百多棵，活的就有百分之九十以上。今年，发新条了。你看，那几棵长的都有一尺多高了！"

我圪蹴下来，仔细地看着老人务的苹果树。那新发出来的嫩绿的小条、小叶，多引人爱。这是柴达木盆地长出来的第一代苹果树呵！

我们在另一片盐碱地，又看到了杏树，长得和苹果树高低一样，枝条健壮，小叶繁多，形状已似大树。杏树成活率高，老人种了二十四棵，都活了。

老人又引我看了沙枣树。沙枣树苗是菜园生产组长从自己家乡——甘肃民勤带来的。人们都希望格尔木有自己家乡的果木，因此，在回家度假期的时候，总要带些种子来。现在，沙枣树已长有二尺多高，成活率也很高。

"看，那边，葡萄！"老人忽然天真地喊道。

葡萄，葡萄在格尔木也能生长吗？我不由得跑了过去。可是，近前一看，尽是一些灰白色的干杆杆；好像谁在地里插了一些短柴棍一样。然而，仔细看去，杆杆上已长出了小芽儿，它仿佛是和杆杆在搏斗中顶出来的。看着小芽儿，真叫人喜欢。小芽儿，快快地长大吧！

老人快活地说："葡萄，没有根，插个杆杆就能活——这还是个经验。我插了四十多棵。你看，那芽儿，有二寸长了。明年，再长大一点，我准备用豆角攀引。"

老人似乎特别爱葡萄。我想，在他精心的栽培下，不久以后，格尔木的人就可以吃到葡萄了。那时候，人们将会说："这是来自格尔木的葡萄，是在戈壁滩上长出来的！"而当人们吃着葡萄的时候，也一定会怀念这位老人；因为，正是这位快七十岁的老人，给柴达木带来葡萄的呵！

这时候，老人把我领进花地里来了。呵，好多的花，多好的花！红色花、黄色花、蓝色花和白色花，真是花样繁多，美不胜收。金盏花，披着金黄色的头巾。茼莴花，穿起了纯黄的镶着白边的衣裳，在互相竞美。鸡冠花噘起了一片红艳艳的大嘴，在嫉妒虞美人，因为虞美人红得比它好看。尤其是蓝筒絮花，开着一种筒筒样的淡紫色的花朵，看起来纯真，纤细，温柔，看了还想看。老人走上前，摘了一枝，递在我的手中。感谢老人，感谢他给了我格尔木的一枝花！

老人讲起花田里的花种来了。他指着，说着："花的品种很多，已有三十多种了。五色八月菊，种了三十多窝。六月雪，种了十几窝。虞美人——楚霸王的老婆，种了十几窝，明年准备大种。雁来红，又叫老年变，已长一尺多高了。万寿菊——花还没有开，开了以后，耐性最大。"

老人说到这里，又给我讲了个小故事。去年十一月，他去西安治腿病，同时，跑到西安师范学院，准备买些花种回来；可是，人家把他当贩花子的，不卖给他。他给人家说："我不是贩花子的呀！"人家不信。幸亏，学院有个教员是他的学生，去给他交涉，才卖了。当他带着花种又回到格尔木的时候，许多人怀念地说：“我们还怕你不回来了呢？”他笑嘻嘻地说：“你看，我不是回来了吗？”

老人给我谈着花，又使我想起慕生忠将军房间墙壁上挂着的一幅玉兰国画，和写字台上摆着的土烧砚台及小慈姑、核桃、荸荠……这些小摆设是老人研究土质的时候，挖出了一些好土，玩着捏制由砖瓦窑烧出来的；而那幅画着玉兰花的国画，也是老人画好送给慕将军的。画上，老人还特意题了一首诗，上写：

祖国江南多奇花，
山秀芬芳宜人家；
昆仑山下无此物，
聊挥一幅欣赏它！

老人写这首诗和画玉兰花的时候，才来格尔木不久。今天，他已不是用笔“聊挥”，而是用自己的智慧、心血和双手，在昆仑山下播种着花朵。

老人谈着花，谈着果树，我觉得他的心中充满着对花果的感情。他抚育花果，爱着花果，他把自己的晚年献给了柴达木的花果事业。人们尊敬他，爱戴他，因为，他是第一个给戈壁滩带来花的人，第一个给柴达木带来苹果树的人。

虽然，他已年迈苍苍了，可是，他说：“我在格尔木生活，给人民办些事，心里畅快。我都变成老小伙子了，头发都变黑了！”

老人的头发并没有变黑，但是，他的心确实变年轻了。

呵，祝福你，魏承淑，好老人，可爱的带来花果的老人，愿你像抚育的万寿菊那样，永远年轻，健康，生活得更好，更美！

格尔木的钟声

"当！当！当……"

格尔木的钟声响了。钟声深沉、洪亮，震动着昆仑山，震动着戈壁大地，震动着格尔木人的心弦。这是生活的钟声，建设的钟声，战斗的钟声！

我每听到这钟声，心里就很激动。这不是古庙钟声，那么阴沉、凄凉、单调；这钟声召唤着人们投入到沸腾的生活中去，投入到暴风雨般的斗争中去。清晨，当钟声敲响的时候，你可以看见，格尔木成千上万的人，走入了工厂、高山，奔向了戈壁、沙漠。他们去挖煤，去炼铁，去烧砖。他们去修路，去开荒，去种田。他们去挖盐，去放牧，去做鞋，去浇花。他们驱车爬上了昆仑山、唐古拉山雪线，进入拉萨。他们穿过大沙漠，翻过当金山口，驶入了河西走廊。生活在这里显得多么雄壮，多么有魄力！

傍晚，当钟声敲响的时候，你还可以看见，许多人参加了"义务劳动日"，扛着铁锨和十字镐，修市区马路去了。许多人务劳自己栽培的白杨、柳树和花去了。许多人涌向商场、书店和篮球场去了。许多人相伴着走向格尔木河畔，谈笑，散步。那两个戴着黑色小帽的回族青年，缓行在大路上，一个拉着一个的手，对唱着青海"花儿"。那个穿着红色新衬衫的姑娘，抡着两条粗辫子，她为什么向沙丘跑去了呢？原来，她是赴约会，那边一棵红柳跟前，有一个青年正等着她哩。格尔木的傍晚多好呵！

这时候，慕生忠将军和下了班的工人，正在和一只小狗熊玩耍，逗乐。小狗熊是几个修路工人从唐古拉山抓回来的。去年，它还像一只小猫，今年，已变成庞然大物了。它被铁链子拴在一根木桩上。这东西，刚长大，就显得凶猛非常；一见人，就张牙舞爪，猛扑了过来，要不是铁链拴得紧，真会吃了你。这里，还抓住过五个狼娃，可是，这东西从小就坏，就想吃人，将军怕它们伤人，把它们打死了。还养过一个小猴，也因不老实，抓人，被工人把脑袋敲烂了。现在，只剩下这只小熊，虽然凶猛，可是好玩。将军从自己种的白菜地里，摘了两片叶子，小熊一见，就乖巧地张开嘴，伸出长舌头，流起涎水来了，逗得大家快活地笑了。

格尔木的傍晚，充满了欢乐、活跃和喧嚷的色彩。

可是，转眼间，也会刮来一阵狂暴的风。狂风扫荡着大地，天空弥漫着黄烟。然而，在战胜了千难万苦的英雄们面前，狂风是懦弱的。当我迎着狂风，走在格尔木大路上的时候，我觉得，昆仑山在向格尔木人招手、微笑;格尔木河在为英雄们欢呼、歌唱。于是，狂风逃窜了，晚霞又升起了。

我眼望着昆仑山上的晚霞，夸耀格尔木，夸耀格尔木人。在辽阔的戈壁滩上，在偏僻的青藏高原上，只有真正的英雄好汉，才能创造出举世闻名的青藏公路，才能创造出格尔木，创造出白杨和花朵。因此，如果说，蒙古族兄弟称格尔木是出金银的地方，那么，我想说，这是出金银的地方，这也是出金子和银子般人的地方！

一九五七年八月二十八日，格尔木—大柴旦

察尔汗盐桥

吉普车驶出了格尔木，昆仑山渐渐地远去了。

可是，我心里仍然惦念着昆仑山下的筑路工人们。不正是这些英雄，在高寒地带，跨越天险，修通了千难万险的青藏公路！不正是这些好汉子，在筑路的同时，又创建了一座戈壁之城——格尔木么！

太阳当空，和风吹拂。我们又在他们修筑的格（尔木）敦（煌）路上行驶着。

大戈壁滩笼罩着灰黄色的雾气。虽然，搭眼看去，几乎没有引人注意的东西，荒芜呵，萧条呵，多么凄凉的风沙地带！可是，当你晓得，英雄们曾经在这里走过，他们还正在这里创建着江山，那么，你不会觉得眼前的一切又是充满生气和动人的么？

而且，低下头来，沿路望去，可以发现许多小小的野麻，遍地丛生，迎风摇曳；虽然不显眼，沾着一身尘土，却显得强劲，葱绿。一棵棵白刺，从砾石中挺起腰身，舒展着枝叶，犹如戈壁之莲；即使在暴烈的风沙里，它们仍然密结着丰硕的果实。还有那红干红枝的沙柳，披着一缕缕青丝，遇人低头密语，你不由得会惊叹它的鲜丽和婀娜的风姿；而且，它也是从干渴的沙滩上生长出来的。

车里，青藏公路管理局局长慕生忠将军，一直抬着头，望着窗外。

他虽已年迈，两鬓花白，可是，对戈壁滩却怀抱着雄心大志。他不时地指着滩地，说："这地方，什么宝贝都有！你看，野麻，据说可以织出上等衣料！如果我们给它追肥，不就会长大，长高，还可以繁殖吗？这营生，可以干！"

他眨着眼，沉思地一笑。在柴达木生活的人，看见盆地的任何东西，都是珍贵的。野麻，可以织出上等衣料；那密结着红色或黑色小果的白刺，据说，顺手可以摘下来吃，是一种稀有的枸杞类药材。沙柳，勘探者很喜欢它，在和大自然的斗争中，利用它的枝条，可以盖起又别致又避风的土屋。在柴达木，高山、峡谷和滩地，你随时都能遇见这种土屋。

可是，我们驶过一片戈壁滩以后，眼前的景象完全变了。

这里没有了一枝野麻，一根小草，这里是一片辽阔的湿漉漉的田地，土壤肥沃，呈黑红色，好像几百台拖拉机，刚刚在这里翻新过似的。而且，它是无比地浩大，宽广，你怎么也找不到它的边际。真是气势磅礴，惊心动魄！

慕将军说："我们进入察尔汗盐湖了！"

原来，这就是察尔汗盐湖呵！早已听说过这个名字，早已向往这个地方了，可是，走到了它的面前，却认不出来。我举目四望，发现在湿漉漉的大地上，闪烁着无数星星点点的光，仿佛这里又刚刚播种下银色的种子。多么绮丽的盐湖！现在，我们已在盐湖上面驶行，脚下就是取之不尽的盐的宝藏了。

可是，人们说，湖上有一座盐桥，它在哪里呢？

吉普车飞跑着。突然，湖上闪出一个白点，驶到跟前一看，原来竖着一个木牌。

"盐桥！"将军掉过头说，而且带着意味深长的笑容。

这时候,吉普车发威了。它一闪过木牌,声音轻了,走得快了。瞬间,你好像觉得它离开桥面腾空飞行似的;但是,你不会觉得颠簸,只感到轻松、平稳,舒坦极了。俯视桥面,黑亮黑亮,似柏油路,又平又直,又宽又硬,仿佛一条笔挺的长河,一直飞向远方。虽然,这里没有平地架起的桥梁、桥墩,也没有雕刻的石桥头、石栏杆。这里只有一条修筑在盐湖上的桥面,一条看起来动人、走起来畅快的桥面。这是一座怎样的桥?它会唤起人们多少快乐和幻想!

有史以来,谁可曾看见过或听说过什么盐桥吗?现在柴达木竟然出现了盐桥,我们竟然就在盐桥上行走着。这真是人生一大见识呢!

这是出现在社会主义建设中的奇迹。它就是曾经修通了青藏公路、驻扎在昆仑山下的筑路工人们创造的。和我同行的慕生忠将军,也是修筑这座盐桥的指挥者。这一阵,将军泰然自若,望着盐桥,乘着吉普车飞行。可是,当年,为了修筑盐桥,他和工人们伤透了脑筋哩。

一九五四年三月,为了修建格敦路,一批探路工人,吆着五百头骆驼,从敦煌出发了。那时候,柴达木荒无人烟,探路是艰难的。用将军的话说,工人们是拿着指南针"硬探"的。当他们翻山越岭,"硬探"到察尔汗盐湖的时候,面临着一望无际的盐湖,只有愁眉苦脸,唉声叹气。怎么办呢?

工人们伤起脑筋来了。想一想,线路绕过盐湖行吗?湖大无边,绕到哪里去,又怎么个绕法呢?不行,绕道费工费时,绕不起这个圈子。那么,格敦路非要从盐湖上通过不可了。可是,在盐湖上修路行吗,历史上有过这个先例吗?这是开发柴达木的一条必经之路,工人们研究了盐湖,想了些法子,可以说是异想天开,打破先例,毅然决定在盐湖上修路了。

筑路工人们行动起来了。一切,就地取材,就盐取盐。从表面看,盐湖湿漉漉的，很松软似的，可是你用手扳，坚硬如铁，动弹不得；如果你鼓足全身力气，非要扳起一块不可，也许可以扳下鸡蛋大小一块，可是手指得疼上几天，而且往往会刺出血来。或者，这也正是在盐湖上可以筑桥的一个条件哩。然而，盐层再怎么坚硬，也经不起钢钻和手榴弹炸吧。于是，工人们就夜以继日地钻探、爆破、开挖。同时，工人们发现用盐块铺好桥面以后，再搅拌起盐水，通通浇上一遍，桥面不但更加坚硬，而且平滑如镜。就这样，筑路工人们没有花几个钱，没有用多少工，格敦路修通了，一座盐桥出现了，一件空前罕有的奇迹诞生了。

奇迹在英雄们手里诞生，并不奥妙，也不复杂，往往是平凡的。为了建设柴达木，我们的人民什么奇迹都做得出来呵！

朋友，也许你还有些疑问，也有些担心吧：如果天要下起雨来，或者下起雪来，那盐桥不就垮了吗？人不会跌入盐湖去吗？不，垮不了，跌不下去。妙也就妙在这里。在广阔而又干渴的柴达木，非常地缺雨缺雪，尤其在盐湖上，就更少和雨雪照面了。当然，缺雨缺雪，不是一件好事，没有法子，老天爷不睁眼嘛！可是，这也不是一件坏事，它使得人们在柴达木筑起了一座盐桥。而且，这恐怕还是世界上罕见的一座盐桥哩！

将军有趣地说："当时，桥一修好，我们插了一个木牌，上面写着：盐桥长三千一百米，时速限制八十公里！"

有意思极了。一般公路桥，都竖有牌子，不是加速，而是降速；一般汽车，一小时五十公里，就够快的了，盐桥上却写着"时速限制八十公里"。过往的司机们，看见这个牌子，一定非常喜欢，一定要在盐桥上放快车，过过瘾了。

当时，将军还为盐桥写过一首诗。他顺口朗读着：

咸盐筑路成稀罕，

咸盐架桥世无双；

盐桥横跨察尔汗，

桥身全长超万丈！

盐桥东西无边际，

盐桥南北好风光；

南望昆仑北祁连，

湖光山色引人恋！

风平浪静神气爽，

平硬直宽比长安（北京东西长安大街）；

工程科学新发展，

建筑史上创纪元！

　　在盐桥上驶行，我和将军谈盐，心里很愉快。柴达木盆地有多少盐呢？我想起所走过的线路，青藏、格敦公路也好，茶（卡）茫（崖）公路和许多通往农牧区及石油探区的支线也好，都是找附近现成的咸盐铺成的。我曾经在盆地东南边缘，访问了出名的茶卡盐池，它出产的大青盐，味纯可口，远近闻名；一个场长说，茶卡盐储量五亿吨，可供我国六亿人口吃一百六十年。然而，这只是柴达木一个小盐池，经过初步勘察，已发现有柯柯、昆特里和察尔汗等六七个盐湖，而且都比茶卡盐池大。

　　我们脚下的察尔汗盐湖怎么样呢？

　　将军说："据初步勘察，只这一个盐湖，储量就有二百五十亿吨。据说，只柴达木的盐，就可供全世界人口吃一万多年！"

　　多么吓人的数字！它为我国发展化学工业和各种工农业用盐，储备着多么雄厚的资本！

"这里的盐，挖出来就可以吃。"将军说，"我们有一百多人，现在正在东面开采，明年准备生产十万吨！"

可是，对于察尔汗盐湖来说，只是取了它的一点一滴！

吉普车飞行在盐桥上，飞行在银光灿灿的盐桥上，多么畅快，多么动人呵！

不一阵，我们到了盐桥的北面，停车在一排窑洞的面前。将军跳下车，和我一起走进窑里。工人们不在家，出工了。昂头看，窑顶奇亮，在裂缝处，盐块闪光。原来，这些窑洞也是用盐箍起来的哩。

盐呵盐，简直是万能的。柴达木，有盐湖，有盐山，有盐路，有盐桥，这里又有盐窑。我想，如果说，柴达木是一个石油的海洋，那么，又可以说是一个盐的海洋呵！

我们从察尔汗盐桥上走过来了。

当我回头再望的时候，发现在盐湖的大气里，驶行在盐桥的车辆，犹如鱼龙穿梭。那北去的车队，驾凌在海市蜃楼之上，变成了一个个黑点，渐渐地，越走越高，仿佛冲上了云霄，奔向了南天门。而南来的车队，却仿佛天上的星群，降临在盐桥上，远远地，闪出几十道万丈白光，然而等车驶到跟前，原来是车窗玻璃反射出来的光。这是盐桥上一种奇观哩！

我望着，望着察尔汗盐桥，望着奇特无比的盐桥。我很想歌唱。然而，朋友，让我们首先歌唱修筑盐桥的工人们吧，奇迹是他们创造的！

一九五七年九月三日，大柴旦

姊妹湖

在昆仑山下，一个黄昏，我曾经和一个筑路工人，行走在格尔木河畔。

他留着一撮短胡，扛着一把头已磨损的铁锹。他身着褪色的军装，上面有五六块补丁，而且肩膀和膝盖上的补丁，已露出了片片棉絮。他转动着炯炯有神的眼睛，大步大步地走着，显得雄健，豪迈。我们谈起了柴达木，谈起了筑路生活。他说过的一句话，时刻在我的耳边鸣响。那是他摸了一下短胡说的：

"我差不多把柴达木跑遍了。依我说，柴达木，宝贝多，风景好。谁没有瞎了眼，就不会说瞎话。要不信，朝前走着瞧吧！"

确实，朝前走，四处望，柴达木真是一个宝贝又多、风景又美的盆地。

这位工人所在的格尔木，有一十字路口，只从他北面的一条格敦路走过来，我们已看到了浩大惊人的察尔汗盐湖，和举世无双的盐桥。现在，跨过盐桥，又看见了闪着红绿色彩的铅锌矿山，这就是我国目前发现的最大的矿山。我相信，曾在盐湖、盐桥着了迷的人，一旦钻进铅锌矿峒，看见灿灿放光的宝石，也一定会更着迷，会喜欢得不得了。

这时候，我们绕过了铅锌山。突然，眼前闪过来一条亮晶晶的光带，我们已来到巴戛柴达木湖岸上了。

巴戛柴达木湖，带着一种妖媚的风姿，漫游在一片绿色的草原上。她迎着东来的风，舒展着苗条的手臂，掀起了柔波细浪。她开阔，明朗，辉映着铅锌山，好似一条银色项链，挂在山的胸脯上；又好似依偎在山的怀中，正在窃窃私语。看吧，铅锌山是那么峻峭、傲慢，可是在湖水里，却显得意外的清朗温顺了。

雄鹰，在湖空翱翔，花鸟，在湖空歌唱。

湖岸草丛里，有数颗流星闪烁，那是白色的帐房。一群群褐铜色的牦牛，摇着粗大的尾巴，在草地上相撞、乱窜。而一群群可爱的白羊，仿佛天上的一团团白云，在缓缓地飘流，在安详地啃草。蓦然，湖中央，又倒栽起一串串骆驼影子，抬头看去，铃铛叮咚，一个身披翻领老羊皮袄的驼夫，哼着号子，正拉着一队骆驼在铅锌山脚走过。

这时候，湖畔大路上，又走过来一伙人。前面，一个头戴黑色尖帽的哈萨克族老人，留着两大把花白胡须，骑在一匹青色高马上。老伴骑着一头驮着四五捆货物的牦牛，围着宽大的黑绒盖头，紧跟在大青马的后面。落在最后面的是两个哈萨克族少女，一个骑着棕色马，一个骑着银色马，一个穿着镶着黑边的红长袍，一个穿着镶着蓝边的绿长袍。她俩脸面黑红，健美，紧拉着马缰绳，并肩谈笑，并肩同行。当我们从她们身边走过的时候，她们爽朗地笑着，挥手致意。

我正贪恋着巴戛柴达木湖岸的景色，同行的青年司机拍着我的肩膀说：

"这里叫小柴旦。有一个驼场，专门养骆驼的。湖岸那些帐房，就是他们的住地。离湖不远，一面是铅锌山，一面还发现了煤矿哩！"

巴戛柴达木湖两岸多么富有呵！把这位司机说的和柴达木一位党委书记说的加在一块，那就是：这里有草原，有骆驼，有牦牛，有白羊；这里有铅锌，有煤矿，有农田，有滑石粉，还有石油地质构造。你不看在湖岸不远处，一部全身裹着帆布罩衣的小钻子还正在钻进吗？今年，这里的驼场、农场要大发展，人们准备超过往年的速度，在湖岸扩大耕地，兴修水利；经营草原，繁殖牲畜；而且争取在最短时间内，生产的粮食、肉食和菜蔬，供应勘探铅锌、石油和煤矿的人们食用！

但是，不久以前，这里是荒芜一片，无人过问。湖水低吟着，草原垂着头，铅锌、煤矿沉睡在山里。只是最近两年，拓荒者来了以后，湖和草原，才抬起头，山，才苏醒了。拓荒者在这里创造着社会主义生活。难怪站在我身边的司机，要特意把他在湖畔照的相拿给我看了。那成千成万来柴达木的人，哪一个路过这里，不向巴戛柴达木湖投去钟情的一瞥！

白云，在铅锌山巅游荡，微风，吹起湖水一片涟漪。我望着这山，这湖，想象飞翔了。千万年来，山湖互相辉映，创造着宝石、草原，酷似一对恋人。它们和戈壁滩的严寒、暴风，搏斗了多少个回合，多少个年代了？然而，它们顽强、勇敢，总是赢得了春天、朝霞和月夜；今天，它们又终于赢得了拓荒者的喜爱。于是，铅锌山敞开了胸怀，巴戛柴达木湖唱起了温婉的歌，显得比任何时候都要矫健，美丽，闪烁着媚人的色彩。

朋友，谁能够说柴达木盆地没有好景致呢？

我觉得，巴戛柴达木湖岸的情景，引人迷恋。

沿着湖畔大路，我们继续向前赶路了。迎面，又遇见一座山，巍峨险要，呈铁黑色。

"绿梁山！"司机用手一指，快活地说，"知道吗，前两天，地质队在山上发现了铬铁矿哩！"

"你倒知道得快呀！"

"嗨，成天钻山嘛，这号事，谁不关心？"

确实，前两天，不，就是今年中秋节，我在柴达木一位党委书记那里，也听到了这个消息。铬铁矿是一种珍贵矿类，自从开发柴达木以来，拓荒者爬了许多山，总想找到铬铁，可是，一直没有找到像样的。今年中秋节前夕，人们终于在绿梁山上找到了。据说在十五公里范围内，起初发现了四五个矿体，以后又发现了十多个矿体，而且储量大，品位好，范围还要扩大。我国工业建设正缺少铬铁矿，这个消息好极了。自然，当我们爬着绿梁山的时候，心里极其快活，就不由得要把这铁黑色的山冈，多多看上几眼。谁能够说，不久的将来，这座山不会成为我国一座出名的铬铁山呢？

　　我们怀着快活的心情，穿过了绿梁山。

　　突然，一拐弯，山下又出现了一条银色的湖流。

　　这是伊克柴达木湖。或者，因为黄昏的到来，湖面笼罩着金红色的薄雾，看起来，比巴戛柴达木湖更加鲜丽、炫目。晚霞，仿佛从湖里升起似的，紧贴着绿梁山，又从山巅跃起，纵横飞行，插入天空。霞色，使湖变得更美，她穿行在青绿可爱的草原上，倒映着绿梁山峰，好似一条金红色的飘带，在山的肩头上缭绕。山，在湖水里显得更其清秀明亮。这黄昏里的湖光山色，又好像一位高明的画师得意地抹了一笔似的，出现了一幅奔放而又壮丽的画面。

　　湖畔，马儿飞奔着。湖畔，牧人唱着晚归的歌。

　　在牧人的吆喝声中，在鞭子响处，一群群白羊，向山脚转移着。五六个骑着马儿的蒙古族兄弟，缓缓地行走，大声地嬉笑，跳过了小河，转入湖畔帐房去了。但是，湖畔大路上，一辆一辆大卡车，仍然扬起万丈黄烟，疾驶而过。一队一队拓荒者，风尘仆仆，向盆地深处挺进着。湖畔多不宁静呵！

　　"这里叫大柴旦。"司机把头扬了一下说，"柴达木的各种大机关、大公司，都在这里安家。你看，湖畔那么多土屋、帐房，有十里长，够得上一个大市镇了！"

确实，湖畔从东到西，盖满了土屋，搭满了帐房，呈长条形状，犹如天上的银河。这是中共柴达木工委和行政委员会的所在地。这里，来往行人不断，车辆络绎不绝。这里，洋溢着欢乐的气氛，充满创造的美感。一年以前，这里什么也没有，一年以前，这里凄凉一片。绿梁山上没有地质家们的足迹，没有发现铬铁矿的时候，不过是一座秃山而已。伊克柴达木湖，只是被拓荒者赏识以后，才出现了农场、耕地，草原上才有了牛儿、马儿、羊儿。只是一年光景，伊克柴达木湖畔就发生惊心动魄的变化，成为柴达木政治、经济和社会主义建设的中心了。

一位地质专家，住在湖畔，曾经为大柴旦写过这样一首诗：

> 辟土疏泉手创成，
> 春风十里帐篷城；
> 今日绿梁山前住，
> 雪岭明镜倍有情！

地质家"有情"是可以理解的。哪一个人不珍贵自己手创的事业呢？现在，从绿梁山走过来的千万拓荒者，哪一个不喜欢伊克柴达木湖，哪一个人不想在湖畔憩上一夜，饱赏一下山湖风光呢！

伊克柴达木湖畔的情景，引人深思。

"喂，你看这条湖好吗？不要表面看事，其实，这条湖和前面那条湖绕山连在一起哩！"司机有点神秘地说，"今晚，咱们就憩在湖畔上了！"

我行走在草地上，回望着湖光山色。

143

姊妹湖

我觉得，柴达木的山湖美极了。我又想起了昆仑山下那位筑路工人的话："柴达木，宝贝多，风景好。谁没有瞎了眼，就不会说瞎话！"今天，我们看见的铅锌山和绿梁山不是两座宝贝山么？巴戛柴达木湖和伊克柴达木湖不是两个宝贝湖么？我不想拿它们和名山名湖作比，它们是以自己独特的风姿，挺立在柴达木，挺立在祖国的大地上。这两座山，势必要给祖国的工业立功。这两个湖，好像柴达木的两只眼睛，始终闪烁着热烈的迷人的光芒。如果比喻的话，让我们称呼这两个湖为姊妹湖吧，她们一草相连，一水相通，并肩在柴达木盆地漫游着。

　　朋友，你要来到柴达木的时候，不要忘记看看姊妹湖，也不要忘记把铅锌山和铬铁山拜访。因为，我只是来到柴达木以后，才不由己地把柴达木的山湖赞美！

一九五七年九月五日，大柴旦

山·湖·草原——李若冰散文选

伊克柴达木湖畔

一

天气明亮，燥热，柴达木的八月是一幅绮丽多变的景象。

我望着大戈壁滩海市蜃楼的幻境，乘车穿过了浩瀚的察尔汗盐湖，爬过了森严的铁石关口。于是，眼前又是另一番天地。这时候，最先映入眼帘的是一条温存的湖流，她好像一位如银似玉的少女，正在一片绿色的草地上穿行，似在思慕着什么，又似在追恋着什么。这就是著名的伊克柴达木湖了。

伊克柴达木湖对面，是达肯大坂山。这座山雄壮，突起，海拔五千多米；你离得老远，就能瞭见银雪披顶，冰川闪烁。同时，沿着湖畔，山作屏障，又涌现了许多黄色和红色的土木屋子，白色和绿色的帆布帐房，它们形成了长条形状，有十里路，好像一长列负载重重的火车，正在山湖中间驶过。沿路，你可以看见，这里是柴达木汽车运输公司、建筑公司，那里是蔬菜、饮食和贸易公司，以及银行、书店和邮电所等等，各种为柴达木建设服务的机构，都在湖畔扎下了营盘。

这里是大柴旦，我来到中共柴达木工作委员会的所在地了。

中共柴工委第二次全体（扩大）会议，正在一间土屋里进行。

这是柴达木一种特殊的土屋，它是用几块薄板、小椽和戈壁滩的沙柳搭成的，显得简陋、粗糙、低矮，走进屋里，给人一种压抑的感觉。而且，顶棚墙壁，泥巴毕露，稍微往墙上一靠，刺得衣服嚓嚓作响，而转过身，肩头上已沾上一层干裂的沙土。虽然，这是新盖的土屋，可是大戈壁空气干燥，被风吹上几下子，墙壁就裂开许多口子了。

但是，就是在这间土屋里，群集着从高山、戈壁、沙漠和草原来的党委书记们，他们一个个风尘仆仆，精神焕发，商量着开发柴达木的大事业。在这些党委书记中间，有最早的工农红军战士，有当年打土豪劣绅的闯将；许多人参加过抗日战争，建设过边区。许多人是从枪林弹雨中走过来的，从暴风雨中走过来的，是拿着矛杆、土枪从山沟里拼出来的。在那些年纪大些的党委书记身上，你不难发现斑斑弹伤，敌人的枪弹曾经在他们的胸脯、腰间和腿上穿过。但是，他们走过来了。这位头发灰白、满脸深刻着皱纹的慕生忠将军，自从跟随刘志丹闹红起，身上已经负了十多处伤；今年一月，他去兰州开刀，才取出了一九三五年被敌人打入左脚后跟的一块弹片。然而，现在，当人民要建设青藏高原的时候，这位将军又和筑路工人们一起，经历着风险，修通了高寒地带的青藏公路。

确实。在每一个党委书记身上，都能找到许多出生入死的斗争故事。然而，现在，这些书记们被豪迈的建设生活所吸引，已全身心投入和大自然的搏斗中了。为了开发柴达木盆地，他们放下了自己熟悉的工作，从四面八方来了。他们来到一个什么地方呢？这是一个千年荒芜的戈壁地带，万年无人过问的沙漠地带！一切的一切，都要从头做起。一切的一切，都要白手起家。显然，这并不比创建政权或带兵打仗轻松多少，而且更加复杂，需要更多的学识、智慧和创造的精神。但是，仅仅在两三年内，他们和勘探者一起，已经在柴达木打了许多漂亮仗，给祖国寻找到了油田、铅锌、碱盐、铬铁、煤矿、金银，等等。这时候，他们正在土屋里绞尽脑汁，还研究着怎么少花钱、多办事，怎么又节约、又增产，怎么多快好省地建设柴达木呢！

或者，因为这个缘故，当我走进土屋的时候，倾听这些党委书记们的谈话，这些拓荒者的美妙理想，就觉得这幢土屋是火热的，好像一座熔炉似的，迸射着火花。不管哪一个人，他们都希望自己经营的油田、矿山、修的路、开的荒地、种的菜、放的羊和养的骆驼，能够更好地发展。然而，这一切，都是从无到有，新建立起来的。拓荒者竟然在千万年无人过问的戈壁沙漠建设起了社会主义，这难道不是一种空前豪迈的事业吗！

二

"柴达木，这真是一个宝贝千万的盆地呀！"

中共柴工委书记扬起眉，挥着手，说得非常有力，满含着感情。这些天，他开会够忙的了，等会和这个书记讨论怎么降低工程成本，等会又和那个书记研究如何经营草原，繁殖马、羊、牦牛、骆驼，又如何改良戈壁土壤，播种小麦、萝卜、白菜……可是，他永远也不疲劳似的，时常半夜半夜不睡觉。然而，他怎么能不疲劳呢？深夜，累极了，倒在床上一睡；早晨，一爬起来，眼睛剧痛、模糊，看不清东西。他为了抵抗疲劳，时常抽空参加体力劳动，用他的话说："一劳动，一身轻，有点伤风感冒也治好了！"

这时候，他刚参加劳动回来，一面揩着汗，一面领我走进了他的家里。他的家是两间土屋，和开会的土屋是一样的材料搭成，只是又小又窄。里屋是寝室，摆着一张床铺和一个小柜子；外屋是办公室，放着一张桌子，一个长沙发，两三个板凳。看起来，摆的东西不多，却已把两间土屋塞满了。

"柴达木，住下来，就不想离开，心里觉得畅快得很！"

他坐下来，顺手抹去从屋顶掉落在桌上的泥巴，然后又站起来，在土屋踱着步子。

"有人说柴达木荒凉不堪，尽是戈壁沙漠，人怎么能够生存下去？可是，来到柴达木的人，把柴达木看成宝地！人不但要在这里生存，而且要在这里创造社会主义生活哩！"

他说着，快活地笑了。这位书记的话语，发自内心深处，听起来非常感人。接着，他谈起了柴达木的富源说："柴达木不但有石油，还有许多珍贵矿产和各种土特产，可以发展重工业、轻工业、畜牧业、农业、水利和交通运输业！

"拿农业、畜牧业说，目前已发现七十多万亩可供耕种的土地，一千一百多万亩草原。你算算账，我们可以建立多少农场？多少牧场？如果十五亩草原养一只羊，那么，我们不是可以养六七十万只羊吗？我们已有十多个农场了，生产的蔬菜、肉类，可供各地区勘探人员食用。我们准备大发展，争取七八年以后，吃的穿的，全盆地达到自给自足！"

他说得多么豪壮，多么使人激动呵！

接着，这位书记顺手拉过桌上的算盘拨弄着，算起细账来了。他说："柴达木有成百成千的车辆，可是，有运进来的货，没有运出去的货，时常看见放空车，这是个大浪费！从北京开往兰州的火车，来回都有旅客，这就不会赔钱。我们盆地可利用的资源很多，有食盐、干草、硼砂、野麻、大黄、火碱、滑石粉……哪一样拉出去都可以挣些钱回来！生产一吨盐七块钱，运费吨公里一毛五，拉到甘肃峡东，可以挣六十元；一辆车拉六吨，算一下，六六三百六十块钱，我们为什么不拉呢！利用回空车，花钱少，有销路，收效大，又能降低成本，赚回运费。粗粗一算，一年，光运费就能节约五六百万元！

"戈壁的野麻，长得好，据说可以织凡尔丁衣料，这在我们盆地有好几百亩！"

柴工委书记说到这里，从桌上拿起一个小瓶子，递给我看，里面装着一滴水银，一闪一闪地转动着。"这是在唐古拉山找到的。"这时候，我才发现，他桌上摆了许多东西，还有一瓶硼砂、一瓶原油、一瓶滑石粉。墙角还竖着一捆新割的麦子。

他带我走进里屋，从柜子里，又拿给我看了一块煤、一块火碱、一包干草、一包大黄……忽然，他又拿出来一块透明闪光的东西，有一块砖大小，好像蓝宝石。我接过一看，原来是柴达木的一块蓝色水晶盐。"你看，柴达木不是尽出宝贝吗？"

柴达木尽出宝贝，这位书记的土屋也装满了宝贝，简直变成了一个宝库。在他的土屋转上一遭，你就能晓得柴达木是多么富有。同时，也能感到土屋主人的感情，和柴达木联结得有多么紧密。我觉得，当这位老共产党人说着"柴达木的事业是一番好事业"的时候，在他的胸怀里闪烁着一颗金子的心！

这里，我还遇到了另一位工委书记。他是老红军，参加过万里长征。敌人的枪弹曾经在他的脑门擦过，在他的左肩穿行。他也非常乐观地说："经过几年的勘探，完全可以说，柴达木是一个多金属的盆地！"

"拿石油来说，一九五四年认为有希望；一九五五年有很大希望；一九五六年确有希望；今年是钻钻有喜，百发百中！"

"现在，全盆地的公路已有三千七百多公里。建筑面积已达到三十万平方米。我们现在有三万二千多只（羊）峰（骆驼）匹（马），明年，我们准备超过三年的速度，达到十万只、头、匹！"

"盆地开发三年多了，一年比一年深入，一年比一年复杂，这里最主要的是要竖起长期开发和建设柴达木的思想！"

他还非常感慨地说："甘肃河西走廊，有我们老祖先工作，干了几辈子。可是，我们只干了两三年，柴达木就大变了。我对盆地很有信心。这里的事业很大，我们这辈子办不完，下一代还可以继续办！"

我觉得，这句话表现了柴达木人们生活和斗争的精神。我们这一代人，是怎么热爱着柴达木，怎么改变着大沙漠和大戈壁滩的面貌！这真可以称为是一种伟大的创举！伟大的事业！

与会的党委书记们，现在已走入高山、沙漠、戈壁和草原，继续和大自然搏斗了。让我们祝福他们获得新的胜利吧！

三

今天是一九五七年中秋节。

我一早起来，从铅锌矿山下来，乘车驶入了戈壁滩。天空碧蓝，白云飘游，朝阳辉映着柴达木的大地。天气好极了。下午，太阳一偏西，我又回到了大柴旦。

在吃晚饭的时候，我又看到了柴工委书记和委员、部长们，他们都喜形于色，围着饭桌，你一句，我一句，谈得非常热闹。柴工委书记笑眯眯的，眼睛合成了一条缝，他又说又笑，谈得正起劲。什么事情使得人们这么兴奋呢？看样子，并不像谈日常趣闻，似有什么重大的喜事激动着人们。

"你还不知道，马海打出油来了！"柴工委书记说。

马海出油，这真是一件震撼人心的喜讯！马海是勘探者发现的一个大储油构造，人们都对它怀抱着极大的希望。现在，马海终于打出油了，怎么不使人们感到快慰！

我胡乱地吃了点饭，跟着柴工委书记出来，很想知道这个喜讯的来历。他仍然笑眯眯地说：

"今天一早，我刚起来，'六三二'普查大队一个人来了，他送来一瓶原油，说昨天半夜，马海钻井队传来消息，中深探井打到了油砂层；他拿来的这瓶原油，就是昨晚打出来的。"

我一走进土屋，就发现这位书记桌上，又多出了一个油乎乎的小瓶；拿起一看，原油还在瓶里冒小泡哩。

这位书记又快活地说："大家都关心马海，马海一出油，打起井来，成本又小，又有四近：离煤近，离水近，离菜近，离路近，你说好不好？"

自然，好极了。

"还有哩！'六三二'队的人一走，鱼卡地质队的一个人接着来了。"他又从桌上拿起一块石头说："绿梁山上找到了铬铁矿，发现了四五处矿苗，矿化带长达六公里；他们在继续追寻，估计范围还要扩大！"

我看着这块石头，是褐黑色，块虽不大，可是很重，中间还夹杂一些晶亮的小点，它就是铬铁矿石呵！在柴达木盆地，勘探者为了寻找这种珍贵矿藏，翻了多少山，越了多少岭？今天，也终于找到了。

"还有哩！下午，去冷湖的人回来了。"他又指着桌上一大块结晶盐说："他们勘察了一下，发现冷湖的盐质量好，五米以下都是盐，最低估计，储量有一亿多吨；我叫去察尔汗盐湖对比一下，回来说和那里的盐一样，可以开采，那我们就可以行动起来呀！"

他还非常风趣地说："早上，我一起来，就觉得今天天气特别好。果然，今年的中秋节过得最好不过了！"

一天，三个喜讯，这位书记的生活过得真充实呵！

傍晚，我穿过草滩，在伊克柴达木湖畔走着。夕阳，紧靠着山巅，把山照耀得金光闪闪。这座山不就是勘探者发现铬铁矿的绿梁山吗？夕阳，投入伊克柴达木湖中，使湖水变成了一条金色的光带。沿着湖畔大路走出去，不是可以在盆地西部看到马海和冷湖吗？不，冷湖不只是有盐，它还是一个出名的石油探区哩。夕阳多彩，使山湖罩起金红色的雾气。呵，我的心和这山、这湖有多么贴近！

我回望着大柴旦，这好像一长列火车似的城市，在傍晚里显得独特，壮丽。然而，一年以前，这里什么也没有，荒芜凄凉。一年后的今天，土屋和帐房组成一座城市，成为柴达木盆地建设的领导中心了。

天黑了。但是，伊克柴达木湖畔是欢乐的。人们在柴工委的院子里，张灯结彩，相邀对舞，扬起了漫天沙尘。人们怀着从马海、冷湖和绿梁山上传来的喜讯，尽情歌唱，欢度着柴达木的中秋之夜。

一九五七年九月二十一日，油泉子

朱夏和"六三二"

达肯大坂山矫健,壮美,挺立在新兴的大柴旦城北面。山上有温泉,有宝藏,山脚是一片片流沙。山的高峰,不管春夏秋冬,始终闪烁着冰川雪光。不管你东来西去,它仿佛是一盏银色的灯塔,指引着拓荒者的方向。

山下大路上,每一天,每一时刻,都有车辆来往,川流不息,使你难以数清。每一天,每一时刻,都有勘探者走过,人人的衣服沾着沙土,人人的脸面扑满灰尘;他们精神焕发,神采飞扬,大步地走入盆地。我不止一次地望着眼前走过的人,他们使人羡慕而又尊敬。我多么想跟着他们去昆仑山挖掘矿石,去沙漠寻找油田,尝受勘探者的欢乐!

在来往的车辆中,你随时可以看见车门上写着"六三二"的字样。在来往的人流里,你随时也可以看到"六三二"的人。"六三二"出没在昆仑山、祁连山和阿尔金山,出没在戈壁、沙漠和草原上。广阔的盆地里,到处都有"六三二"的足迹!

"六三二",就是中央地质部柴达木石油普查大队。这是一个响亮的代号,是柴达木出名的尖兵大队。

在达肯大坂山下,我曾经遇到许多尖兵队长、工程师和队员,他们整天在大戈壁滩里，东奔西跑。他们的斗争生活，使人向往。我不能忘记，一个傍晚，在一间简朴的土屋里，结识了尖兵大队总地质师朱夏同志。

朱夏是一个持重而又幽默的人。他戴着一顶火车头帽子，穿着一件黑灰色的短外套，近视镜下的一对眼睛，炯炯有神。也许长年在风沙里生活的缘故，他的眼角总是挂着一缕红丝。和他待上一会儿，你还会发现，他有着地质家们那种朴实豪放的性格，同时又有着一种强烈的诗人的气质。

在这位地质家的身上，还有一件突出的东西，就是他那双又笨又重的老黄牛皮鞋。这是一九四九年从瑞士带回国的，他又给鞋底钉满杏子大小的钉子，使鞋特别笨重，一只足有十斤。看样子，他大概准备穿一辈子。干地质这一行的人，都准备着几双能走戈壁、爬高山的翻牛皮鞋，可是，却很少看到他这样笨重的鞋。但是，他非常欣赏这双鞋，称它为"铁鞋"。自然，这双鞋给了他许多好处，他穿着它走遍了祖国广大的土地。这几年来，他穿着它，一直在新疆天山和准噶尔盆地跑着。一九五六年，他又穿着"铁鞋"到柴达木盆地来了。这位地质家很会作诗，每走一地，都要写诗。当他再次告别了远在南方的爱人，到柴达木来的时候，他即兴写道：

　　君向江南寻织女，
　　我来荒漠学牵牛；
　　灵梭看展漫天锦，
　　铁钻能开彻地油！

当他步入青海高原，爬上驰名的日月山的时候，又诗兴大发，挥笔写道：

> 日月山西草未苏，
> 落霞明处觅征途；
> "铁鞋"不拭天山雪，
> 再踏严霜入冷湖！

于是，这位地质家和勘探朋友们一起，穿着"铁鞋"在"千丘万壑茫如海"的盆地里，"渐惯高寒耽夜坐""笑挥玉斧斗南山"了。他翻山越岭，真所谓是"山径石理商量遍"，从而，也觉得"雪岭明镜倍有情"了！

在我们相遇的夜晚，他谦虚而又满含深情地谈起他和尖兵大队的活动。

千百年来，柴达木是一个人迹罕至的神秘世界。一九五四年，当第一支进入柴达木的勘探队，在西部发现了一些良好的储油构造的时候，这个消息一下子震动了石油界。人们对这个荒凉而又广阔的处女地带，产生了浓厚兴趣，寄予极大希望。于是，一九五五年，地质部就派这支尖兵大队来了。那时候，柴达木除了西部做了些工作以外，整个盆地仍可以说是一片空白，而且没有一条道路，没有一户人家。地质尖兵就是开路人。朱夏和尖兵们从青海西宁誓师出发，浩浩荡荡地向盆地挺进了。当祖国迫切需要石油的今天，有什么艰难险阻可以挡得住尖兵们前进的步伐？

一群群初出茅庐的大学生，一伙伙年轻力壮的工人兄弟，怀着对祖国的爱，怀着雄心大志，骑着骆驼，乘着卡车来了。不管白天黑夜，不管风沙袭击，穿过野谷，越过荒山，他们英勇地向盆地深处冲击着。

尖兵们不知吃了多少苦，受了多少煎熬，终于闯出了一条条新路，在盆地西部会师了。他们发现了七八十个地质构造。当这些尖兵们用青春探索着柴达木的时候，当英雄们抓起一块块油砂、地蜡的时候，他们的内心该有多么快乐！虽然，他们在攀登险山时摔跤了，跌伤了，脸面被砂石刺破了。他们被戈壁的暴风撕烂了衣服，砾石磨穿了鞋底。他们甚至经常吃不上饭，喝不上水，把石头含在嘴里解渴。然而，他们内心浮动着多么幸福的感情，他们为祖国做着多么好的事业呵！

这里流传着地质尖兵们穿"自造钢底鞋"的故事——他们长年在戈壁里跋涉，鞋底磨穿了，就利用吃过的罐头盒，砍成片片，绑在鞋底上，继续前进。这里也流传着英雄们穿"活动袜子"的故事——他们的袜子穿烂了，就利用破衬衫，撕成片片，裹在脚上；可是走一阵，裹布溜脱了，所以叫做"活动袜子"。只从这两个小故事里，我们不是也可以看出尖兵们生活的艰辛和他们顽强的斗志吗？然而，最可贵的是，尖兵们为柴达木的石油事业，开辟了一条广阔的道路，画出了一幅美好的远景！

这两年，朱夏和尖兵们，在柴达木继续追踪着构造，追踪着石油。去年，他们完成了盆地五万平方公里的工作，做了二十万分之一的地质图。今年，他们计划完成六万平方公里。

"不，我们准备超额，完成九万平方公里！"朱夏有力地补充说。

朱夏和"六三二"的足迹，遍及柴达木。他们的普查面积已达十四万平方公里了。他们总是奔跑在没有路没有人烟的地带。谁要想找一个尖兵小队，时常要费许多周折；甚至大队派人要找小队联系，也时常迷路。但是，尖兵们的工作喜讯，却不断地从荒山、沙漠和万丈高山上传来。六七月，在祖国的南方，还是炎热的夏天，可是尖兵们却紧裹着老羊皮袄，在高山冰崖上工作。爬冰崖是危险的，他们一早去冰崖工作，中午就要赶快下来，因为天一转暖，冰崖就会塌下来的呵！

"爬高山，上冰崖，还有不摔跤的吗？"朱夏激动地说，"许多人，摔了跤，掩盖起伤口，不叫同志们发现，继续工作。有一个小队长，他的手臂都摔脱臼了，还不让人知道！"

地质尖兵们就是这样工作着。

我来这里不久，勘探者中间还流传着"六三二"在唐古拉山地区，发现油苗和构造的消息。我问起朱夏，他却婉转地说："那里有两个小队工作，找到了一些中生代的构造，发现了一些可能的油砂，只是初步做了点工作，还不能做结论！"接着，他又风趣地说："这个地区，海拔四千米以上，如果证实是一个油田的话，从欧洲、美洲、阿拉伯到全世界，它将是一个地势最高的油田！只是汽车开不进去，得骑上牦牛去！"

"你骑牦牛行吗？"

"骑牦牛，老资格了。一九四〇年从大学出来，在西藏、西康跑地质，就骑上牦牛了。"

尖兵大队的喜讯很多。今天，我在柴工委书记那里，还听到马海探区出油的消息。我问朱夏，他立即激动起来："是呀，出油了！早先打了两口井，只出水，不出油，第三口井，终于出油了！"

天快黑了。我和朱夏走出土屋，看见"六三二"许多尖兵同志，还在达肯大坂山下散步。路过大队食堂的时候，我闻到一股浓烈的酒的味道。原来，尖兵们刚才在这里聚餐，庆贺马海出油哩。难怪朱夏脸上也泛着红晕，有一股酒气。

尖兵们喝的是快乐酒。快乐，喝酒是不容易醉的。

一九五七年九月二十四日，油泉子

冷湖的星塔

谁只要来到柴达木盆地，谁就会发现这是一个真正的英雄们的去处。勘探者的汗珠，渗透了大沙漠；勘探者的足迹，征服了大戈壁。于是，你所到之处，都有吸引人的新事物，给人以强烈的创造的美感。

昨天，我们和石油局长、朱夏总地质师一起，亲眼看见生活在沙丘中的钻探工，打出了原油。今天，我们又怀着新的向往，向柴达木驰名的冷湖探区驶去了。

太阳把戈壁滩照耀得光彩炫目。三部小吉普车，扬着沙尘，在戈壁里滚动着。

可是，不一阵，满眼又是风蚀残丘，森严林立，仿佛进入了荒古世界。然而，当朱夏说"这里边有我们的钻探队"的时候，人的心情就释然了。而且，我们正是在勘探者发现的许多储油构造的中间行驶着。这时候，难道你不想睁大眼睛，在风蚀残丘里探索些什么吗？

吉普车穿行在乱山残丘中，忽上忽下，好像小舟在波浪汹涌的海洋里荡漾着。半天，我们终于发现了丘陵上空的炊烟。接着，又隐约地听见了机器的吼声。我们拐了一个弯，又一个弯，不知拐了多少弯，最后才拐入一条荒谷里了。

瞬间，我觉得好像来到世外桃源似的，荒谷充满人的喧嚷声，钻机的隆隆声。虽然，荒谷四周，尽是千座万座残丘，可是，那竖立在深谷里高大的井架，和夹在谷里的七八顶帐房，和工人们忙碌的情景给人以意外地欢乐的感觉。

我疑问起来，荒谷里怎么没有看到冷湖呢？人们说冷湖是一个大探区，怎么只看见一个井队呢？

朱总笑着说："真正的冷湖在前头哩，这里只是冷湖一个构造！"

那就是说，冷湖还有许多个储油构造。

我们从风蚀残丘里钻出来，奔上了大路。当车子飞下一道斜坡的时候，眼前是一片黄蒙蒙的天地，辽阔浩大，一望无际；大地铺满了细碎的石子，黑亮黑亮，平坦极了，好像大自然特意在这里装点了一座大广场似的。车子在这样的戈壁滩驶行，太舒畅了。

"这一路，都是冷湖构造，连成了一片。"朱总指着前方说。

可是，车子跑得飞快，向窗外望去，只见平滩，不见山岭，构造在什么地方呢？不一阵，车停下来了。这时候，大家跳下车，向前仔细眺望，才发现了一长条起伏的山岭，好似一朵朵浪花，从东向西，排向远去。再仔细看，发现山浪中仿佛站着一个个巨人，还在走动着似的。

"看见井架了吗？"朱总指点着，眯缝起眼，瞭望着远处的构造群；掏出了本子，不住地记录着。他又说又笑，非常兴奋。接着，他挥手在天空里划了一下，跳上了车。

风来了。太阳就要落了。渐渐地，戈壁滩灰暗下来了。当我们驱车驶入冷湖探区的时候，天已黑了。

黑夜，看不清冷湖的面目。但是，满山遍野，尽是灯火。山上山下，房屋帐房，排排相连。卡车驶过，扬起一股浓香的油味。人声、喇叭声和钻机的响声，震动着整个大地。我们驶入了灯海里，驶入了一个极乐的世界里了。

第二天，天一亮，我们就爬上冷湖的一座山丘上。

　　登高眺望，冷湖的构造群，好像一个个黄色大波，向天边滚滚而去，显得气势磅礴，动人心魄。周围一座座沙丘上，一道道沙洼里，布满了井架，仿佛是一片大树林。通往许多井场的条条道路，形成了网状。水罐车、洋灰车和器材车，来往不绝，掀起了漫天沙尘。一片沙洼里，已由无数座活动房子、帐房，组成了一座沙洼之城。荒芜的戈壁和沙丘里，竟然发生了这么壮丽的变化，使人不能不感到惊奇！

　　可是，那驰名的冷湖在什么地方呢？

　　朱总笑着说："你看，基地旁边不是冷湖吗？"

　　侧头看去，在金色的朝阳下，闪过一道刺目的光亮，冷湖在戈壁的大气中，昂着洁白的面庞，眨动着晶亮的眼睛。我们向冷湖走去了。

　　可是，通往冷湖的路，已被来往的车辆，压出了深深的壕沟，沙土又厚又虚，车子一开过去，沙土飞卷起来，犹如倾盆大雨，扑面而来。等到了湖畔草滩上，我们都变成泥人了。然而，冷湖却给人极大的欢欣。湖水清朗如镜，映着蓝天。湖畔长着野麻和芨芨草。虽然，湖水苦，不能吃，吃了会拉肚子；可是，湖畔丛生的野草，在风沙里长得葱绿、可爱。在缺水缺花的戈壁滩里，这湖，这野草，也能给人快慰哩！

　　湖畔不远处，有两部小钻机像两头小狮子似的吼动着。钻机不远处，一片滩地上，突起一个沙包，朱总领我们去看。他用地质锤一挖，挖出黑糊糊几大块油砂，用手抓起来一嗅，油味呛人，充塞鼻腔，使人不由得对冷湖更加了一层热爱。

　　然而，最使人激动的是，我们拐回冷湖高点的时候，发现了一条油乎乎的沙沟，油气腾天，浓烈袭人，好像原油曾经从地下冒出，在沙沟里流过。

　　我们走入沟底，果然，在一片油污的沙地上，发现一根铁管，插入地下，这不是打过井的痕迹吗？而且，铁管旁边，又有一个小坑，坑里还残存着墨绿色的原油。

朱总在沟里转了转，停在小坑跟前。他非常快活地眨着眼，"这是冷湖第一口井，去年四月开钻，打了三百多米，喷油了！"

他在小坑边圪蹴下来，用手指蘸了一下坑里的原油，举到眼前，看了又看，笑容可掬而又深情地说："在地质图上，这口井，应该用红笔划上！"

确实，这口井太值得用红笔一划。不正是这第一口喷油浅井出现以后，冷湖才大规模地开始了钻探和建设的吗？

我望着油污的沙沟，脑海里记下了井场的形象。我相信，即使这里盖起了房屋、大楼，那些曾经在这里辛勤劳动过的钻探工人们，也仍然会认出它来的。朱夏同志曾经不止一次地在这里奔走过，他为大队的钻探工人们打出油所激动，还写了一首非常热情的诗哩：

> 黑龙破地挟雷霆，
> 黑雨离披彩色明；
> 好化穷荒成沃壤，
> 不须天上乞甘霖！

可是，这时候，他却显得很平静。一到晚上，吃饭的时候，他邀大伙和他一起喝酒。喝过酒，大伙很累，都睡觉了。他却一个人，走出帐房，迎着戈壁寒风，在冷湖探区的大路上漫游。很久，他回来了，一掀开帘子，就嚷着说："嗨，你们怎么不出去看看，冷湖之夜，美极了！"

这位地质家的心境是可以理解的。冷湖许多构造是他们普查队发现的，第一口喷油浅井是他们钻井队打出来的；他在这里跑过许多次，住过许多次，焦过心，伤过脑筋。现在，冷湖山上山下，到处是井架，已成为柴达木一个驰名的石油探区，他的心里怎么能不快活呢!

朋友，冷湖之夜，确实美极了。当你走出帐房，在探区走着的时候，天上布满了星座，大地上布满了星塔。天上地上，星星相互辉映，连成一片，组成一幅奇异绚丽的夜景。你听，大沙漠里有多少钻机吼动着；你看，又有多少钻探工在星海里操劳着。

钻探工，英雄的人，正是他们在冷湖创造着奇迹，打了一口井又一口井，一个喜讯接着一个喜讯。勘探者辛勤的劳动，将在这里赢得一个油田!

我晓得了这一些，就更加喜欢冷湖。我觉得，出现在大戈壁滩的冷湖的星塔，是特别壮丽的，迷人的。冷湖的星塔，在我的记忆里永远光明，难以忘却!

一九五七年九月二十六日，茫崖

沿着阿尔金山驶行

　　当我们在柴达木盆地一段红色路面上驶行的时候，迎面遇上了阿尔金山。

　　记得，一九五四年在柴达木西部，我们瞭望阿尔金山的时候，觉得她迷蒙、遥远，可望而不可即。那时候，简直难以想象，勘探者怎么能穿过杳无人烟的大沙漠走到她的身边。然而，现在，阿尔金山就在我们眼前，她是这么高大壮美，无比英武，令人赞赏不已。勘探者在山脚下，发现了许多储油构造，同时修筑了一条盆地最好的标准的北干线路。自然，在这样的路上走着，畅快极了。

　　沿着阿尔金山南麓，走了一阵，我们在一座沙丘上停了下来。

　　可是，刚一下车，就碰上了大风，逼得人睁不开眼睛，站不稳身子，耳旁只听见风吼着，好像命令人们离开此地，不然就要马上卷走似的。

　　"尝一尝鄂博梁的风吧！"朱夏总地质师笑着说。

　　鄂博梁，这不是勘探者发现的一排储油构造的名字吗？我走上鄂博梁，可是，风又烈又冷，刺入骨髓，令人难以忍受。已是九月，这里的风为什么就这样冷呢？

　　我迎着冷风，眺望着远处。呵，广阔的沙漠里，尽是风蚀天地，残丘世界。这几天，我们走过的几个石油探区，都是一个样子，柴达木怎么尽是风蚀残丘呢？而且，鄂博梁的风蚀残丘显得更其险要，阴森。如果一个人走进去，看见狰狞的沙梁，残丘，一定会感到恐怖，迷失方向。朋友，请你不要埋怨我只写风蚀残丘吧！因为，不管这里有多么凄凉，多么阴森，我们的勘探者就在这里生活着，斗争着。而且，他们热爱这种地方，正在这里为祖国探索着石油宝藏哩！

大风怒吼着。朱夏紧拉着皮帽，眯缝起眼睛，和技术员们站在高处，观察着鄂博梁的地貌。他们谈论着构造，不时地笑着。虽然我不懂地质，可是觉得勘探者已经掌握了这些风蚀残丘，而且要在这里赢得油田。你侧耳倾听吧，在鄂博梁的风浪里，不是鸣奏着钻机挺入地层的交响乐么？

乘车离开了鄂博梁，我们又来到了牛鼻子梁。

勘探者根据阿尔金山的一座小梁形状，起了这个名字。这里有一个小站，北干线上来往的人，在荒漠走得疲劳的时候，就在这里饱饱吃上一顿，或美美睡上一夜，然后再向前赶路。

我们走进帐篷食堂，里面挂满了锦旗贺幛。看样子，这是一个非常受人欢迎的食堂。五六个司机同志，围着一张大桌，吃得正香。这里的炒肉片、蒸米饭，都做得适口，吃起来解馋。我们饱吃了一顿，继续向西走了。

"嗨，咱们挖盐去吧！"司机快活地说。

"当然去喽。"朱夏说。

"怎么，前面有盐湖吗？"我问。

"有一个大盐滩，尽是大块的水晶盐，漂亮极了。你不见，这里的路都是用盐碱铺成的呢！"

果然，搭眼看去，路面乌亮，闪着星光。不一阵，车子离开大路，向一片疙里疙瘩的滩上驶去了。滩地宽广，银光夺目，使人迷惑，多么奇异的一片盐滩呵！

"你瞅那些小包，挖下去，就是盐！"

朱夏跳下车，兴奋地说着，提起地质榔头，和大家一起在盐滩上跑开了。

盐滩布满了小小土包。可是有许多小包，都已被人挖过，留下了小坑，堆着小盐块。我找到一个小圆包，急忙用榔头挖下去。可是挖不动，小包坚硬如铁，狠劲挖开一个口子，便发现了晶亮的盐块。再从旁边挖了一下，一大块盐就出来了。我举起一看，晶亮透明，美极了。

瞬间，我想起在柴达木许多党委书记、局长、工程师和工人们的家里，都摆有这种水晶盐。而且，许多人把它作为珍贵的纪念品，赠送给自己的父母、朋友和未婚妻。记得，我在北京看过一个搞地质工作的朋友，一走进他的房门，就发现一副玻璃框里装着一大块蓝色水晶石。当时，我不认识，还以为是什么艺术品。近前看时，他才笑嘻嘻地说："这是柴达木的盐呵！"

柴达木真是富有，眼看着是一片风蚀残丘，谁知它就是石油的源泉。眼看着是一片寸草不生的荒滩，谁知底下蕴藏着透明的盐体。

朱夏双手抱着一大堆盐，笑眯眯地走了过来，兴奋地说："我要带回去，好得很！"他和司机同志有经验，挖的都是大块盐。一上车，他还说："这一带还有红盐，蓝盐，更美，就是不好挖。"

驶出盐滩，迎面是大风山。

"为什么叫大风山呢？"在地图上，柴达木是一片沙漠，从来没有人，也从来没有名字。现在凡是有了名字的地方，都是拓荒者走过以后起的，每一个地名，都含有一段不平常的经历。

朱夏笑起来说："普查队在这里发现构造的时候，正遇上了大风，以后就叫大风山了！"

可是，站在山外，并不觉其风大，大概山里风大吧。

车子闪过大风山以后，前面又出现了一座座小山墩。墩下有铁皮房子，有帐房，远处又有井架，有车辆来往。当车子拐了弯，爬着小坡的时候，一阵清凉的风，从小山墩上送来了一股硫磺夹油的味道。

爬上小山墩，原来上面又是油砂层，黑的黄的，布满山墩。朱夏举起地质榔头，在墩中间挖了一下，油砂松散，掉下来一堆。这里的油砂太浓，太香了。可以想知，当勘探者第一次发现这个山墩的时候，有多么欢喜。难怪人们给这里的储油构造起了一个非常切合实际的名字：油墩子！

朱夏把榔头横立在油砂层中间，给可爱的油墩子照了相，自然，这将是一张有价值的地质资料照片。

他走下山墩，又领我们去看一个小池。池水澄清，一眼见底。他喊了声："快看！"大家望着池水，发现池底冒着一串串水泡，好像一串串珍珠似的。"天然气！"

经他一说，我想起四川隆昌圣灯山里，有一条小河，也不住地冒着串串水泡，我和一位朋友，找了一根铁管，顺着冒泡的地方插下去，用火柴在管口一燃，马上就发出天蓝色的火焰，奇妙极了。当地老乡不知是天然气，称为圣灯。圣灯山是一个出名的天然气矿区，现在，油墩子也有天然气，还有油气显示，人们对油墩子是抱着很大的希望的！

我们驱车直奔茫崖基地。

这时候，一出油墩子，又看见了阿尔金山，它已离我们很远很远了。然而，远看起来，她全身处在晚霞里，显得更加秀丽、动人。我想到，今天沿着阿尔金山所遇到的那些荒山、荒滩，对于一个外行来说，简直看不出什么名堂来，而且觉得盆地太荒凉了。但是，随着地质家们走过，却发现沿路的一切，即便一沙一石，一草一木，都是有生命的，可贵的。勘探者抹去了柴达木的荒凉，他们的作为使人感到尊敬而又自豪！

朱夏说："过两天，我们要到阿尔金山去，研究老地层！"

这就是说，勘探者要更深入地研究、对比柴达木的地层，为更好地开发盆地的石油富源创造条件。

柴达木呵柴达木，我对你满怀着憧憬和希望！

一九五七年九月二十八日，茫崖

沿着阿尔金山驶行

油泉子赞歌

沥青嘴眺望

每天早晨，我总喜欢在沥青嘴漫步。

沥青嘴屹立在油泉子的高点上，仿佛一只展翅欲飞的鹏鸟。我站在这里，可以眺望得很远，很远。在这里，我可以伸出双手，迎接柴达木的朝霞。你看，太阳怎么拨开了云雾，把金色的光芒投向广袤无边的大沙漠里了。

在这里，我还可以看见辛苦了一夜的钻探工，他们怎么裹着油腻的老羊皮大衣，迎着冷风从井场走了回来。也可以看见司机们怎么揉着惺忪的眼睛，抖擞着身子，然后打开了水龙头，灌满了水罐车，又怒吼着向大沙漠冲去了。

这一些情景，时常给我以沉思，幻想。

可是，自古以来，油泉子没有人过问过，暴风是这里的主人。暴风伴随着大地运动，不知猖狂了多少万年，削平了多少座山，尽情地把沙漠灌入盆地，于是，出现在我们面前的只有风蚀的山丘和茫茫的荒漠了。也许，远古年代，这里长过草，有走兽，有小鸟。可是，现在，这里什么也没有，哪怕一根草、一条小泉和一只小鸟。也许，一只苍鹰会从沙漠掠过，但只是掠过而已，也不会在这里停留。偶尔，沙窝里还能发现一些星星点点的沙漠米老鼠的足迹，这种小生物，它一见人，扬起爪子，吱吱哀鸣，随即就钻进沙洞里去了。多么严酷而又荒凉的沙漠地带！

我怎么会忘记，一九五四年，一支青年勘探队，吆着几峰骆驼，冒着风险到这里来了。他们来了，这在荒漠是空前的。可是，几天以后，骆驼忍受不了沙漠的煎熬，倒毙了。人忍受不了沙漠的饥渴，软瘫了。他们找不到一滴水，一条路。进得来，出不去。就连最有穿行沙漠经验的向导——乌孜别克族老人依斯阿吉，也迷失了方向，不得不跪在滩上，乞求神灵。但是，就在这种困苦的时候，勘探者仍然挥起了榔头，叩问着沙漠。于是，大自然感动了，沙漠里涌现了矿苗、沥青、地蜡，同时又涌现了一个面积大得令人惊异的储油构造。多么震撼人心的发现！这就是说，在这严酷的沙漠底层里，蕴藏着石油的源泉呢。

这支勘探队的队长叫葛泰生，当时，只有二十三岁，长得瘦长，留着偏发，有一对眨动灵活的眼睛，是一个精明、能干而心中又深藏着爱情的青年。他和伙伴们一起，为了生存，为了把地质普查的喜讯带回去，竟然忍受住了沙漠的饥渴、昏迷、严寒和恐怖，终于在发现了骆驼粪蛋以后——一种在沙漠寻求生路的方法，抱着大块大块的矿苗、地蜡回来了。马上，地质大队地质师又亲自带着一支联合普查队赶来了。人们不但进一步地肯定了这个构造，而且，当人们爬上断层隆起的高点的时候，挖掘着那么多油乎乎的沥青，那么多油喷喷的地蜡，怎么会不惊喜若狂，又怎么会不爱上这个地方呢！

于是，人们争论了一番，给这个沙漠构造起了一个动听的名字：油泉子。至于喷着油香的构造高点，人们很自然地叫它：沥青嘴。自此以后，青海省地图上一片空白地方，就添上了一个新地名。在柴达木盆地，谁只要一提起沥青嘴，你就知道是在夸油泉子了。

时间向前飞逝着，日月并没有虚度。

时隔不及三年，从沥青嘴望出去，油泉子那些风蚀的山丘，和茫茫的荒漠上，散布着一座座高大的井架，好像一昼夜间，大沙漠就走来了一个个巨人似的。司机们驾驶着水罐车，沿着新修的沙路，好像大海里的渔船，忽而上来，忽而下来，向井场荡荡而去。在沥青嘴下面，沙窝里埋下了绳索，搭起了帐房。人们既然要在这里生活、创造，那么，这里就有了机修房、水电间、淋浴室和篮球场；就有了帐篷书店、货店和堆满图片、小人书的俱乐部……一个石油探区形成了。

我们的勘探者，就这样一下子抹去了大沙漠的荒凉景象。

也许，正因为这样，我站在沥青嘴上，就觉得沙漠充满了生命力，而且热烈、磅礴、豪放，和浩瀚的大海一样。远远地，昆仑山带着梦幻似的眼睛，向油泉子送去了一缕情意；而北面的阿尔金山，却显出貌似嫉妒的目光，吹过来一阵狂风，袭击了油泉子。瞬间，沙漠里滚动着黄色的风柱。接着，大地飞沙走石，掩盖了天空，逼得人的呼吸都要闭塞了。这沙漠的风来得多么奇突，猖狂！但是，这里没有被风吓倒的人，害怕风的人没有本事生活在沙漠上。你听，就在这阵狂暴的风浪里，仍然从井架那边传来了钻探工人们钻进沙漠的乐曲。

然而，最拨人心弦的乐曲，还是油从沙底喷起的时候。

这一天，我和油泉子探区顾树松地质师、陈技术员一起到井上去。

我们越过了沥青嘴，爬过了一座沙丘，来到油泉子二号浅井。这口井在一片沙洼上，钻井已完工，井架已搬走，钻探工人们已在用通井机通井、清蜡、下油管，为采油创造着条件了。

通井机吼叫着。钻工们抓住油管，放在井孔上，艰难地向下移动。我走到井边，听见井里发出咝咝的声音。顾地质师拉了我一把，突然，"扑哧"一声，一股原油喷出来了。接着，"扑哧"一声，又喷出来了。这种喷油的情景，好像过年放花窝子一样，虽然是油花，不是火花，却更逗人喜欢。然而，钻工们又喜又愁，喜的是原油好像孩子故意逗大人玩似的，停一下，喷一下，停一下，喷一下，让你不能安静地工作。愁的是油管急切下不去，半天，只下去一节，人又不得不拉起来重下，重下的时候，原油又喷出来了。

原油呈墨绿色，从井孔喷出来，抛在黄沙上，阳光一照，琳琅满目。这时候，我眼望着井口，体会了一种幸福的心境，这就是等待喷油的那一瞬间的心境。你心跳着，等待着，突然，油喷起了，你多喜欢呀！可是，它又落下去了，于是你又心跳着，等待着……我的朋友，这原油是我们勘探者的血汗结晶，这原油是从沉寂了万年的荒漠里喷起来的呵！

同时，在浅井不远处，还矗立着油泉子的第一口深探井。

本来，深探井井架就很高大，而在荒漠里看起来，更显得出奇的挺拔、雄伟。一九五四年发现了油泉子，一九五五年冬季就打井了。那时候，没有路，钻工们要把笨重的井架、钻机运进沙漠，有多么艰难。没有水，要从八九十公里以外的茫崖拉水，又有多么不容易！而且，又要在零下二三十度的严寒中钻进。为了向沙漠索取石油，钻工们打败了严寒，战胜了困苦，从这口深探井上，发出了油泉子的第一个快乐的信号！

站在我旁边的小陈，就是当时这口井的地质技术员。那时候，他才从兰州大学毕业不久，一进盆地，就遇上了这种需要吃大苦的工作。可是，他诚实、厚道。你不要看他默默地，不爱吭声，甚至给人一种拘谨的感觉；然而，他可靠而有毅力，那一对近视的眼睛，还带着一种非常自信的神气哩。他瘦削的脸上掠过了一丝笑容，说：

"深井开钻的时候，天很冷了。可是，我们一打到三百多米，泥浆就有了大气泡，天然气浸很厉害，原油直往外流。我们用一点五四的泥浆，都压不住，油还是往外流；要是再稍微放轻一点，就要大喷了！"

这口深井打到八百和一千多米的时候，同样有原油从井口喷出来。那时候，柴达木的钻探历史不长，探井不多，深探井更少了。因此，当人们听到油泉子深探井喷油的消息以后，勘探者的快乐是可想而知的。这是油泉子的第一口喷油深井，也是柴达木的第一口喷油深井。当全国人民听到柴达木最初喷油的喜讯的时候，中间就有油泉子这口深井。

这口深井给开发油泉子的人们，带来了希望和力量。现在，它好像纪念碑似的矗立在沙滩上。自此以后，又打了浅探井、中深探井、深探井，一口、十口、二十口。每一口井都见油，用钻工们的话说："每一口井都见喜！"就这样，一个油田在大沙漠里出现了，人们对荒漠的认识不同了，探区的规模也越来越扩大了。

这时候，当我回望着大沙漠的时候，心里高兴极了。我多么想说，这里有的是奇迹，而不是荒凉。这里是真正的英雄的去处，而不能听信懦夫的谰言！

可爱的勘探朋友

在柴达木盆地，油泉子已经是一个吸引人的地方了。

可是，当你到油泉子来的时候，在沙漠里寻找着，却急切找不到她。然而，你一旦爬上一座沙包的时候，她却蓦然出现在眼前了。那么，你会看见，在一片大沙窝里，集中了探区的党政工团和各种钻井队，搭满了白色的和绿色的帐房。材料车和水罐车来往着，吼叫着。勘探者的歌声、笑声和脚步声，充塞着整个沙窝。这时候，你仿佛看见了一只摇晃着的大轮船，正在海浪中间穿行似的。那沥青嘴昂着头，多么像轮船的烟囱，它掀起了沙尘，牵动着油泉子，已在乘风破浪地前进哩。

夜晚，当你从漆黑的荒漠来到这里的时候，突然，一条星星般的河流出现了，它闪烁着，欢腾着，在沙窝里流转起来，给你以安慰，惊喜。那一座座井架，也挂着一串串星星，散布在油泉子四周；它们在夜色里和天上的星星竞美，又显出一种娇媚的样子，向你送过来一对对顽皮的眼睛。这时候，你怎么会不称赞油泉子，又怎么会不爱上这一片沙漠呢！

我不想隐藏自己的喜悦，我爱着这里的一切。

我觉得，这里的一切，都来得不易，都来得非常珍贵。我也觉得，这里的步子是迈得很大的，她跳动着的脉搏和北京和全国所有地方是一致的。想一想，只是两三年，沙漠就变样了，有了油田了，我们的祖先梦想过这些吗？寂苦的大沙漠怎么就变得豪放了，有生气了？这都是我们勘探者的作为，勘探者赢得了这一切。

在油泉子，你可以深刻地感受到我们人民的创造的魄力。

这里，我和顾树松地质师住在一顶帐房里。

小顾，他是我早在酒泉盆地认识的朋友。我们曾经一起在祁连山下勘察、过夜，在戈壁滩苦恼、欢乐。现在，我们又在柴达木的大沙漠里相遇了。

这顶帐房是小顾的寝室，又是他和技术人员的办公室。帐房后面，摆着我俩的床铺。中间夹着办公桌，他在上面堆了许多东西，又是总结、资料、图纸，又是电话机、俄文课本和一大堆书籍，我看着有些乱，他却觉得蛮有条理。帐房前面，竖着一个资料柜子，上面还挂着一二十口井的报表。帐房中间，摆着两张大桌子，桌面当间镶着玻璃板，抽屉安有电灯，是专意为制图做的桌子。只要把抽屉电灯一开，描比头发丝还要细的线条也好，写比芝麻还要小的字也好，清楚极了。

每天，在这顶帐房里，洋溢着一种火热的气息。一清早，太阳还没有升起，各个井队的人，就把一份份报表送来了。接着，电话铃响开了，有人在汇报地层情况，有人在请示进尺数字。接着，这个人跑进来了，说井底岩性发生了什么变化；那个人冲进来了，说一口井又出了什么事故。……帐房是极不安静的，而且给人一种忙乱的感觉。可是，谁想在这里寻找安静，那就错了。这里不是修身养性的地方，而是扎在沙窝里的一顶战斗的帐房。

油泉子是一个大探区。人们要在这里做一番事业，就免不了许多困难和复杂的事情，反映在这支地质帐房的情形也是如此。小顾和技术人员们，从天亮到天黑，就在这顶帐房里接待着涌进来的一连串的地质事务。他正在做着一件事，另一件事已在等着了。工作在这里好像永远也做不完。而且，这中间还要经常发生一些分歧、冲突。什么这口井完工搬家，没有交代，试油队和钻井队有了矛盾，吵开了。什么那口井只顾进尺，不取岩心，又有了矛盾，吵开了……看起来，"吵嘴"在这里是很难避免的。可是，为了油田利益，红脖子涨脸又算得了什么哩？生活不是一片平静的池水。生活好像大海的波涛一样，是汹涌地而又激越地行进的，也是深含着斗争的。

顾树松，这顶帐房的主人，对于他所从事的地质勘探事业，就有着一种强烈的进攻的精神。

今年，他只有二十三岁，是我在柴达木遇到的一个年轻的地质师，一个潇洒、活跃而又肯钻研的地质师。他有着一副大脸盘，近视眼镜下，闪着一双敏感的眼睛。他的宽厚的嘴唇，说起话来，干脆快当，好像放连珠炮似的。你看他个子矮些，可是走起路来，迈着大步子，谁也跟不上；而且胸脯向前倾着，好像去捕捉什么东西，总是保持着适度的英武和冲击的风姿。记得，一九五三年，在酒泉盆地第一眼看见他的时候，他的这种风姿就给我留下了难忘的印象。那时候，他才十九岁，西北大学毕业的第二年，在一个地质小队做技术员。虽然，他年纪小，爱贪玩，吹口琴、打乒乓、跳舞、唱歌，样样缺不了他，还带着太多的孩子气。可是，他能吃苦，能爬山，有干劲，尤其是对技术精益求精的精神，这就使得他很快地能够胜任一个综合研究队的小队长了。他对朋友，热情极了。你有什么事，找到他，没有一点含糊，只要他说声办，马上就办好了。他和伙伴们相处得很融洽，人们信任他，喜欢找他做朋友。

我们从酒泉分手以后，他就调到柴达木盆地了。他的乐观、爽朗和豪放的性格，好像很适合大沙漠的气候。他所率领的地质队，有着良好的成绩，曾经获得了模范的称号。这一次，我遇到他，他已是一个地质师，一个大探区的地质技术的直接领导者了。一个大探区，井多事杂，不是一件轻松工作，需要更多的学识和精力。然而，小顾是这样一个青年，他晓得学识是无限的，也晓得怎么补充自己。时常，一天的工作做完了，人已经很累了，可是，哪怕是深夜，他都要按着自己的计划读书。几次，我提醒他说："半夜读书，效率不高吧！"他总是摇摇头，带着笑说："不行呀，新出版的地质书太多了，再不抓空读，就得落后了。"而且，第二天他仍然起得那么早，又那么生气勃勃地干开了。他的胸怀里，好像燃着一把钢火，有着永远使用不完的精力。

今天，他一早约我和陈技术员，到东西沙滩上定井位。一个井队已在等待新井的任务了。

小顾穿起老羊皮短袄，换上了一双短靴，卷起油泉子构造图，撒

油泉子赞歌

腿前面走了。起初，出了探区住地，我们还离得不远，等爬过了两三座沙丘以后，他就远远地把我们落在后面了。小陈还不错，比我跑得快，落得不算远。我好久不爬沙丘，脚下不知深浅，又笨拙，又迟缓，而且走了不及二里地，气也喘得厉害了。

我喊："小顾，你慢点，行不？"

他在一座沙丘上站下来，等我走到跟前，笑了声说："怎么，你爬不动啦？"

随即，他摆了一下手，猛然，从沙丘上向下一跳，半截身子插进了沙子里，又顺着斜坡溜下去了。

他这一来，把我的精神也提起来了。小陈跳下去以后，我也接着从沙丘上滑下去了。这里的沙子疏松，柔和，一跳进去，舒服极了。

我们在沙子上舒展地躺了一会儿，又向前走。

走了有四里地，小顾在前面站下了。他从口袋里拿出罗盘仪，测定方向。接着，他让小陈站在一边，自己嘴里一面念叨着，一面在前边量着步子。一阵，他又量着步子，走回了原地。这时候，他拿出构造图，铺在沙子上，和小陈一起研究着，合计着，就选择了这一片比较平的沙滩，插上了一个木牌。牌子上面已写好了几个歪字：浅十一井。然后，我们在附近搬了一些沙块，压在牌子周围，以免被风刮跑。于是，一口新井就这样定下来了。

看起来，定一口井位，似乎是一件非常简单的事情。然而，这里面包含着多少学问哩。假使小顾和小陈对油泉子构造没有过详细的研究，而且不熟悉大量的地质资料，那一口井位怎么会定得这么容易呢！

我们往回走的时候，小陈的脚跛起来了，大概来的时候走得快，再加上翻牛皮鞋太硬，脚趾磨肿了，出血了。这样，小顾就不得不走慢了。然而，这时候，我却忽然想起小顾一个定井位的故事来了。

这是今年一月，正是柴达木最冷的时候，零下三十度左右，小顾在调到油泉子以前，先帮助油砂山探区定井位去了。从茫崖基地到油砂山，有九十公里。他一个人，不戴帽子，就骑着一辆摩托车，直奔油砂山。他又爱开快车，不管冷风怎么刮得耳朵呼呼叫，他仍然放大油门，用每小时六七十公里的速度飞驶着。他翻过了大山，穿过了戈壁滩，不及两个钟头的样子，就爬上油砂山了。但是，当他把井位定好以后，忽然，觉得耳朵发痒了。他一摸，麻麻木木，还有些疼肿哩。显然，他没有戴帽子，遇到冷风，又开快车，耳朵冻坏了。他还在摸，医生一看，忙说："快不要用手摸了，再摸，就要掉了！"又连忙给他打了两针，叫他在帐房静静地憩着。半天，他再也不敢摸耳朵，再摸，耳朵掉下来可不是好玩的了！这一次，经验匪浅，他大概永远也不会忘记自己这段经历吧！

我们定井位回来以后，就快吃下午饭了。

小陈脱了鞋，看脚上的擦伤。小顾摇起电话，向大队长报告了定井位的情况。随即，他又趴在桌上，写起钻井总结报告来了。和平时一样，他刚写了几个字，电话铃响了，一个井队催着测井的事情。随即，他给茫崖打电话，也是催着测井的事情。井上等得急了，一连给他打了几次电话；他也急得在帐房里团团转，也接连打电话，可是总是谈不好；大概电测车忙不过来吧。最后，井上催得更紧了，小顾就在电话筒上吼开了："你们说今天来，为什么不来？再不来，井队就要窝工！谁负这个责任！"

一天地质事务多得很，他确实忙极了。可是，你以为他的生活太单调，也没有别的兴致，也不爱玩了吧？不，在他的办公桌的抽屉里，塞着两把老牌口琴。他仍然是一个不赖的口琴手，昨天，他还给我们表演了好几种吹奏法哩。他仍然是那么爱打乒乓球，爱跳舞，而且，舞姿洒脱出众。他还学会了一套拍照、冲洗和放大的本事，自己就制了放大机、瓶瓶、罐罐等全套暗房工具。有时候，星期六晚上，地质师的帐房就变成了摄影师的暗房。他把自己喜欢的相片，放大了一张又一张，我看他本事有，只是性子急，放出来十张相片，其中最少有两三张是模糊的，不是淡就是过浓了。有时候，他正在冲洗相片，电话铃响了，于是，他就在暗房里和人谈开工作了……

这天晚上，小顾和我都跑累了，相约早些上床睡觉。

可是，要睡觉的时候，他又拿起了俄文课本，似乎很抱歉的样子，对我说："我只读一会儿。"

一个不久前回国的留学生小陆，教小顾和地质室的人学习俄文，自然，这是一个在野外难得的教员和学习外语的好机会了。这个留学生是高个子，大眼睛，戴着黑框近视眼镜。他身上的工作服，时常涂着些泥巴，老牛皮工作鞋的后跟已经磨歪了；这和他在国外穿着西装大衣和黑亮皮鞋照的那张相片，已经很不相像。现在，他在油泉子是地质实习员，很用功，除了跑井场以外，总是钻在帐房，不常出来。他和小顾的关系，时常是互相转换的。一阵，他有了什么地质难题，找地质师来了，小顾一一讲给他，他虚心地听着。一阵，反过来，他又是先生，矫正着小顾的外语发音，小顾也很用心地念着。他有一个业余自学计划，大致在每个星期里，一三五读地质学的书，二四六是学政治和外语。

夜深了。帐房外面很黑，很静。

我睡了一觉醒来，帐房灯还亮着，看看表，已经深夜一点过了。可是，我发现小顾还没有睡着，他用被子围住身子，仰靠在床头，把外文课本压在胸脯上，正在哇啦哇啦地背诵着生字哩。

我说："喂，总这样熬夜不行呀？"

他侧过了头："你知道，明天就要考了，得温习一下。不然教员一问，答不上来，多不好！"

电灯光下，我看见他的眼球都挂着红丝了。

"明天早起，早念，不好吗？"

我这一说，果然生效了。他把头塞进被窝里，睡了。可是，几分钟，又从被窝里传过来一种极细的默念生字的声音。

小顾的生活是过得充实的、快乐的。虽然，他还年轻，做起事情来，热情多于冷静，你没见他总是那么匆忙甚至给人一种急躁的感觉吗？然而，长年的野外勘探生活，大戈壁和大沙漠的生活，把这个年轻人的身心锻炼得健康了，他对自己的要求也越来越多了。是的，他对自己的要求是很多的，而且是苛刻的。一次，他曾问我："你说，人一生能做多少事，有做到头的时候没有？人一生能读多少书，有读个够的时候没有？我看，没完！"

在柴达木盆地，我遇到许多这样胸怀大志的青年，他们纯洁、乐观、自信，对生活抱着一种强烈追求的欲望。在他们的身上，你可以看到我们这个时代的新型的青年地质学家是怎么行走着。我们的党为青年开辟了这样一条道路，谁只要不避荆棘，不惧风险，那么，谁就会发现眼前是一条动人的而又闪着光彩的道路！

一次紧张的战斗

我倾心于大沙漠，因为这里的生活是豪放的，壮美的。

我倾心于大沙漠，因为这里的人，他们的心灵，在和大自然的搏斗中，陶冶得纯净、美丽、热烈而富有感情。在这里，人们摆脱了高楼、花园、假山和逸乐，面对着严酷的荒漠、干渴、风沙和英雄的事业。

在这里，人们珍贵每一寸光阴，不让它从身边溜掉；又用智慧的双手，探入大地的底层，把黑色的金子举向沙漠的上空。

呵，黑色的金子，沙漠的珠宝，快乐的源泉！你从油泉子汇成一条河流吧，你越过了高山大河，在祖国的宽畅的大路上奔跑吧！

今天，人们要在油泉子进行一次战斗，给一口深探井灌注水泥。我之所以说是一次战斗，因为打水泥和打冲锋有同样激烈的程度。

人们吃了午饭，放下碗筷，就走向井场了。地质室的顾树松地质师和全体技术员、采集员们，也全部出发了。

从沥青嘴一座沙丘走过去，一刻钟，就来到了深探井井场。

这口深探井挺立在油泉子的轴心上。你站在沙洼里，要把头面朝着天，才能看到井架的尖端。井架是陕西宝鸡出品。在钻台上，邬钻井工程师和钻工们，正在检查井口的控制装置。钻台下面，三辆水泥车已经开来了，技术员已在调整水泥车上的机器。两部车子跟前，几个工人用铁镐挖好了四个沙坑，然后，把搅拌水泥的铁皮槽子放了进去。而另外一部分工人，正在把一袋袋水泥扛起，堆在铁皮槽子旁边，不一阵，就堆起了两座小山。人们在做着打水泥以前的准备工作。

这时候，从沙丘那边，走过来一高一矮的两个人。高个子就是地质实习员小陆，他长得又高又细，戴着一副近视眼镜，一套野外工作服，穿着嫌太短些，上衣差不多提在肚脐，裤腿只搭在小腿把上。矮个子是试油技术员小郑，西北大学毕业生，一个挺聪明的小伙，只是个儿矮，帆布工作服，穿在他身上就嫌太长，上衣差不多搭过大腿，裤腿卷了好几层，再加上他又戴了一副过大的太阳镜，就让人觉得他身上的负担太重了。这两个一高一矮的人，摇摇摆摆地走了过来，逗得大伙笑了。有趣的是他俩谈话的时候，小陆为了亲热些，不得不弓着背，脸朝着地。而小郑为了靠近些，不得不把脖子伸得长长的，面朝着天。你不要看两个人的个子悬殊，却十分要好。他俩住在一顶帐房里，不管读书、吃饭、睡觉、走路，很少有离开的时候。

他俩来了以后，接着，两辆卡车又送来一大批人。平时，井场只有司钻、司机、采集员和五六个钻工，这时候，不大的一片沙洼里，集满了人。油泉子的大队长、工程师、技术员和实习员，都赶着帮忙来了。

人们这么关心灌注水泥是有道理的。沙漠里钻好一口井，很艰难，为了不使这口井的油流出来，也为了便于试油和把油合理地采出来，就得保护井壁，防止塌陷，给井内灌注水泥。而且，打水泥要特别迅速，在十几分钟内，就要把几百袋水泥，一下子打到井里去，稍有迟缓，水泥就会凝固，打不进去。自然，它就如同攻夺一个碉堡那样紧张了。

这时候，井场忙碌起来了。

每一个人都闲不下，都有自己的工作。顾树松召集地质室的人，谁舀灰浆，谁量比重，谁做记录，分配妥当，大伙就分头准备工具去了。

这里，最忙的是邬钻井工程师，他是打水泥的当然指挥者。他好像始终披着那件黑色老羊皮大衣，把头窝在毛乎乎的领子里，操着地道的四川话。一阵，他钻进这一伙人中间吩咐着；一阵，又跳到那一伙人跟前喊叫着。随即，又跑到水泥车上看一下，又到槽子跟前看一下，真是忙极了。现在，他把井场上的人，全部集合了起来，做最后一次的分工。一切都安排好了，他就跳上了钻台的踏板上。

人们都戴上了口罩，站在自己的岗位上了。不知道的人，一定会怀疑这些穿着油污衣服的人是一支防疫队吧？

井场沉寂了片刻。

邬工程师问这边车上的人：“喂，好了吗？”又问那个车上的人：“喂，怎么样？”当他得到了人们确切的回答以后，就抿了抿嘴，举起手臂向下猛一打，扯开喉咙喊了声："开始！"

瞬间，大沙漠欢腾起来了。人们全身心地投入了战斗。两组搬水泥的工人们，以队形排列在水泥车的侧面，他们把一袋袋水泥，急速地传递前去，放在一支安着小锯齿的长板上。于是前面两个工人，就猛地一推，袋子被锯齿划破，水泥倒入槽子了。旁边，一条水龙头哗啦啦地喷着水，和水泥同时飞进槽子，经过搅拌以后，自动滚入另一个槽子。于是又一条水龙头摇摆着，水泥被打入井底去了。

这时候，一下子，整个井场飞扬起了烟屑白雾。只是一刹那间，井场所有的人，脸面都变成了白色的，全身衣服都落上了一层厚厚的灰尘。两部水泥车吼动着，好像两头发威的狮子。三四条水龙头跳荡着，好像三四条受惊的大蟒。水泥一袋紧接一袋，倾入铁皮槽子，灰浆飞溅着，尘土翻滚着。人们好像绷紧了弦的弓，默默地战斗着。一切的一切，都处在不可名状的紧张里！

在两部车子的空隙地方，小陆手里端着一个茶缸，他大步跳到槽子跟前，弓下腰，舀起一缸灰浆，又大步跳回来，倒入量比重的小杯里，转身，又跳了出去。旁边，一个采集员搬动量具，报着数字，顾地质师站着抓住纸笔，记录了下来。小郑，也拿着一个茶缸舀灰浆，不过，他个子矮，不是大步子跳来跳去，而是小步子蹦来蹦去。几分钟以后，小郑的脸变成了花脸，被灰浆溅满了。虽然，小陆的个子高，脸上没有溅上灰浆，可是，步子跳大了，失脚踩进了槽子里，等拉出来，半截腿已变成灰浆腿了。

时间，一分一秒地飞逝着。战斗，越来越激烈了。

我站在搬水泥工人们跟前，蓦然，看了一下场外的天空。天空是明亮的，一朵白云乘风飘游。太阳偏西了，大沙漠里映着黄色的光辉。可是，深探井场上，却掀起了万丈烟雾，在井架上端缭绕，遮住了半个天。

人们在这里做着什么呢？那一朵白云，停止你的脚步吧；那一丝微风，收起你的翅膀吧；那天空、夕阳和大沙漠，你们都屏住呼吸，倾听一下油泉子的声响吧！看看人们在怎么保卫着这口沙漠深井，看看人们为开发油田在怎么劳动着呵！这些裹着油腻的破烂衣裳的人，现在又被烟屑涂抹得不像样子的人，哪一个的胸怀里，不是深藏着一颗青春的美丽的而又热烈的心呢！

这时候，邬工程师又站在钻台踏板上了，他大声地问清楚了打水泥的数量以后，就又吼叫了一声。

霎时，水泥车停息了，整个井场沉寂了。我看看表，都有些不相信自己的眼睛，只不过一刻钟。呵，一刻钟，难道在一刻钟里，那三百多袋水泥都已打入深井里去了吗？人们是怎么抓住了一分一秒的时间，赢得了一分一秒的时间呵！

灰尘飘落着。一次紧张的战斗结束了。

凡是参加这次战斗的人，都穿上了白色的铠甲。现在，他们拖着疲劳的身子，带着被水泥侵蚀得发红的眼睛，从沙洼里往回走了。

在回归的路上，顾树松还兴致勃勃地对我说，这口深探井，钻进在三百多米，一直到六百多米，都发现了好油层。然而，这只是油泉子的一口井，其他一二十口井，也类似这口井。当前，勘探者还在继续扩大着这个油田。不久，只要交通方便些了，条件好些了，油泉子就可以大力地开采了。

黄昏了。我和勘探伙伴们走到了沥青嘴的身边。

我们站在一起，眺望着黄昏。呵，大沙漠里的黄昏，辉煌而又动人。天边是金色的，沙子是金色的，井架也是金色的。或者，因为黄昏的到来，大沙漠的面目更清晰，我发现了无数的杂乱的脚印，一直从沥青嘴纵横地伸展远去。这不是我们勘探者的脚印吗？艰辛的风险的脚印，豪迈的也是金色的脚印呵！我不由得想着：将来，沿着勘探者的脚印，这里要栽树、盖楼，这里要开河、种花，这里还要来更多更多的人……也许，这只是一些幻想。可是，面对着英雄们征服了的大沙漠，我又怎么能不这么想呢！

确实，油泉子是非常干渴的，沙窝里挖不出一滴水。同时，也没有一丝雨，即使一朵白云来了，也不停留，又飘走了。但是，我仍然倾心于油泉子，对她的未来抱着美好的希望。人民赢得了这个沙漠油田，怎么会不珍惜她呢！而且，油泉子有着最好的星月。夜来了，不管上弦月、下弦月和月圆的时候，月亮总是牵引着满天的星星，把最衷心最甜蜜的微笑，向沥青嘴和勘探者的帐房投来，向夜晚还在打井的钻探工投来。看起来，星月是钟情油泉子的。

那么，在油泉子，让我们赞美星星，赞美月亮，赞美战斗在星月下的勘探者吧！

一九五七年十月四日，油泉子

油砂山之夜

油砂山，我又来了

许久以来，我是怎样怀念着油砂山呵！

这时候，我正在柴达木盆地的西部行走着。我迈开大步，爬过了茫崖的沙丘，迎着大戈壁的风浪，追赶着昆仑山巅的飞云。我很晓得自己的去处，于是又袒开了胸膛，让欢乐尽情地飞进心间。

许久以来，我是怎样渴望着油砂山呵！

这时候，在我的眼前是一条宽敞的道路。记得，一九五四年，为了寻找石油矿藏，勘探者破天荒地踏进了柴达木盆地。不久，我随着石油部负责人和专家们也来了。那时候，在这沉睡了万年的处女地里，哪里有什么道路，我们是从坑坑洼洼的大戈壁滩闯进来的。然而，现在，勘探者用柴达木现成的盐碱铺成了十几条大路。在这样的路上行走，不但觉得宽畅，快意，而且因为盐碱路面在太阳下闪着星星点点的光亮，还使人产生一种特殊的美感。

这是柴达木的十月，黄金的月份。虽然，早晨已是零下五六度，大小湖泊都结上了薄薄的冰层。但是，当太阳在戈壁滩的大气中升起的时候，雄鹰就扇起了翅膀，一阵和风就把暖流送进盆地里了。我在去油砂山的路上，望着紫灰色的骆驼草，赤红色的山冈，飞翔的小鸟儿和温存的尕斯库勒湖，心里觉得非常快活！

油砂山呵，我又走来了，踏着激越的步子来了。

途中，车抛锚了，我跳下了车。

"怎么，你着急了吗？翻过前面大梁就看到了。"同行的朱夏同志笑着说，他的笑容表示很了解我的心情的样子。

朱夏为人含蓄而又爽朗，固执而又豪放，带着地质学家兼诗人的气质。他对柴达木盆地，满怀着不可抑制的热情和信念。他从来没有停止过步子。今天这里，明天那里，一阵为柴达木的地层对比伤透脑筋，一阵又为探区喷油而激动。

这时候，我们谈着油砂山，在戈壁滩里驶行着。

他对油砂山也有一种特别的感情，虽然他去过不止一次了，可是仍然兴趣很浓地说："我还想看看！"

"你写的油砂山的诗，还能背过吗？"我问。

"背不过来了。"他摇摇头，谦虚地笑着。

其实，他怎么能背不过来呢，前不久，我还听他背诵了许多诗，其中就有油砂山一首。我记得这样几句：

> 红岩百丈英雄岭，
> 染指油砂自在香；
> 似挽流光酬寂寞，
> 尕斯湖水拥斜阳。

我们翻过了一条曲转的大梁，车子飞也似的又在平坦的滩地上驶行了。前面，那一座如尖刀般插入天空的山，该是出名的英雄岭吧？那一座从群山中突出来的赤红的山，该是闻名的油砂层了吧？虽然，前一次是从西来的，这一次是向西走的，方向倒转了，但是，我确信这就是油砂山。因为，柴达木有许多好山，昆仑山、祁连山、阿尔金山和达肯大坂山……但是，只有油砂山是戴着金红色的桂冠，有着独特的诱惑力，矗立在风沙弥漫的盆地里。

油砂山离我们越来越近。我已认出来了，那金红色的山冈下，东面滩地上一片坎坷不平的地方，不是我们勘探者曾经住过的地方吗？第一批叩问柴达木盆地的勘探者，在吃苦水啃干馍的日子里，不是在这里扎下了营盘，挥动着地质榔头，举起了第一面战斗的旗帜吗？可是，现在，这里什么也没有，往日的一切被风沙淹没了。仔细看去，只能隐约地认出曾经搭过帐篷的小坑小壕，和被人们踩踏过的发白发硬的地面。人们搬到山里去了。

"山里避风，"朱夏说，"又离探区近，好得很。"

驶进了油砂山山口，沿路尽是乌黑乌黑的泥土，车子一驶过去，泥土就夹着浓烈的油味扑了过来，使人觉得又呛又香。这山上的泥土也含着油砂，哪里有这样奇特的山路呵？

我们满身披上了含油的尘土，进入油砂山峡里了。

勘探者的交响乐

一走进油砂山峡里，最先听到的是钻机冲击大地的吼声，震撼着峡谷，震撼着人心。

抬头看去，在峻峭的山顶，在红色的油砂层旁，井架好像树林似的，包围着整个峡谷。油砂山怎么一下子矗立起这么多钻机呢？一九五四年，这里才只有一部简陋的手摇钻机，两顶单薄的帐篷。可是，现在，

187

油砂山之夜

无数的白色的帐房，整整齐齐地排列着，形成了一座独特的白色的市镇。

我们在一顶帐房里，遇到了石油勘探局党委书记。刚坐了一会儿，朱夏坐不住，就要动身到阿尔金山去。勘探朋友就是这样，相会总是短促的。送走了他以后，我和书记谈起来了。

这位书记穿着一件褪色的灰白上衣，一条黄呢裤子，显得朴素、开朗，平易近人。两个星期以前，他才从北京调到柴达木来，我在大柴旦遇见他的时候，他才从西宁进入盆地。虽然，他来盆地工作不长，却时常在探区跑着。我在油泉子探区看见他，在炼油厂开工那天看见他。这一次，我们刚在茫崖基地照面，他又到油砂山来了。

他兴奋地说："我要上山，看探井，去吗？"

我立即和他一起上山了。

在我的记忆里，油砂山高峻陡峭，上山没有路。前一次，我们徒步上山，费劲极了，半天只在山腰转悠，出了满身大汗，还没有爬上山顶。可是，这时候，我看见一条又弯又陡的大路，一直伸向了西山端。旁边，还有一条褐红色的大路，一直飞上了油砂山之巅。

一出探区，爬到半山上，路两旁就出现了三三两两的钻塔。我们爬到了一口探井跟前。

这口井正对着昆仑山和尕斯库勒湖。这一阵，钻工们在紧张地接着钻杆，接好以后，两个工人使劲地扭动着链钳，把钻杆丝扣上紧。接着司钻握起了闸把，钻机吼动了，一根根钻杆，迅速地滑入井下，开始钻进了。在泥浆槽旁边，一个年纪大些的工人和一个青年工人，抬过来一袋水泥，撕开袋口，用手扒进了泥浆里。泥浆好像一条粗长的大蟒似的，从钻孔中爬出来，沿着槽子飞跃，从钻台后面流到前面，又迅速地爬入井内，一直往返地循环着。这里的一切，都是紧张的、活跃的。一个钻台，就是一个战场。钻探工人正是在这里，用他们的双手征服着自然，创造着奇迹。

我在钻台下，和井上采样员谈了起来："打多深了？"

他咧开油黑的笑脸说："一千五百米。"

这口井在钻井过程里，得到一连串的喜讯，曾经在泥浆里发现有天然气浸现象，把气样收集起来，用火点着，冒着蓝色的火焰。

我们从西山翻下来，又爬上了东山。来来去去，看了不少井。

一路上，每看一口井，书记都是笑容满面，连连问我："怎么样，好吧？"要不，他就会有所思地说："从山底下打出油来，这可不是个简单事呀！"

这位书记的喜悦是显而易见的。他也丝毫不掩饰自己的兴奋，走到哪说到哪，见了工人，特别亲近，问这问那。"你们有什么困难吗？"要不，就是说："我刚来不久，还要跟你们学呀！"看起来，油砂山的美丽和勘探者的斗争生活，唤起了这位新来的书记很大的快乐！

今天，我们在油砂山上看的许多井，用钻探者的话说，没有一口黑窟窿井，每一口井都打出了油，这怎么叫人不喜悦呢？

我在探区的大路上走着，又回望着山峦里的钻塔，倾听着油砂山的声响。这是工人们搬动钻杆的声响，钻机金属的声响，汽车的声响和通井机的声响；有的从近处传来，有的从远处传来，组成了一首勘探者向大自然进攻的交响乐曲。这有多么悦耳多么动听呵！

我不由得又昂起了头，凝视着油砂山，很想通过这一眼，把她动人的容颜，牢牢地记在心间。

小邱的胸怀

油砂山探区的地质技术负责人是邱地质师。

我还不认识他。可是，在勘探朋友们中间，早已听到过他的名字了，人们亲昵地叫他"小邱"。

我停在一间挂着"地质室"牌子的帐房外面。门开着，帐帘翻挂在帐房外面。向里面看，在帐房左边角落里，撑着一顶单人小蚊帐，睡铺跟前有一张堆满着图纸的长方桌子。一个矮小的人，带着近视眼镜，把自己夹在睡铺和桌子中间，正趴在一张图纸上面，闷头画着什么。我想，这大概是小邱吧，人们不是说他是小个子吗？

"小邱在家吗？"

他抬起了头，用手把偏分头发撩了撩，向外面陌生地一望。我看见一张端正的年轻的脸面，小鼻子微微翘着，小嘴紧闭着，在近视眼镜下，闪动着一双黑亮的眼睛。一定是小邱了，和我在朋友们家里看到的照片太相像了。

我笑着走进帐房，握着他的手说："小邱？"

"噢，噢！"他也紧握起我的手，然后拉过来一条凳子，连声说；"坐，坐！"

小邱有意思极了。他用一套蓝色的短工作服，把自己身子裹得紧绷绷的，真是名副其实的短小精悍。他一说话，就动一下镜架，低下了头，总是一种害臊的样子。

我们钻进小蚊帐里，把油砂山图幅摆在床中间，谈起来了。他埋着头，用手指指点点，谈得细致、准确，对油砂山的一切了如指掌。不论时间、地点和数目字，他都记得一清二楚，用不着翻本本，就说得出这口井在哪里，什么时候开钻，打了多少米；那口井打到了含油层，什么时候试油，油的质量又如何如何……

我很为小邱的言谈感动。他红润的面庞，真切的举止和诚恳的问话，使人感到喜悦而又亲近。

小邱在西北大学读书的时候，年纪最小，个儿最矮。他喜欢静，沉默寡言，不爱活动。可是，他学习挺卖劲，毕业考试名列前茅。他听从组织分配，做实习员，技术员。去年，他作为地质师，并独立地负责起柴达木一个探区的地质工作了。担负一个探区的地质领导责任，他不会是轻松的。但是，对于像小邱这样的青年人，真正想做一番事业的青年人，哪一个可曾畏惧过困难，不是从风浪中锻炼出来的呢？小邱一走出学校，就投入了生活的熔炉，迎着戈壁滩的严寒，迎着沙漠里的风暴，他在生活中吃了许多苦，在技术上受了许多熬煎。然而，他挺着腰杆长大了。一个有真才实学的地质家不就是这样锤打出来的吗？

这时候，在油砂山探区，我倾听着小邱的谈话，他在分析油砂山的地层、岩性和岩相的变化。他不时地动着镜架，总是埋着头，那么的腼腆。不知怎的，我喜欢他这种样子。当他偶尔昂起头来的时候，在一副端正的小脸上，那两只黑亮的眼睛里，闪动着坚毅的信念的光芒。我感觉到，在这位矮小的青年地质师的胸怀中，有一颗火热的青春的心在燃烧着，跳跃着。

当他谈着油砂山的时候，话语里还包含着一种特别偏爱的情绪。如果说，这种爱的感情，我在一些年老地质师身上看到过，那么，在小邱身上，就显得激烈多了。

小邱递过来一份工作报告，我粗略地看了一下；里面有太多的技术讨论和分析，难以看懂。但是，报告的结尾部分，却引起了我极大兴趣。我看见，他根据钻井的真实成果，对占有资料的分析以及和同志们的

191

油砂山之夜

反复研究，批驳了曾经存在着对油砂山一些怀疑的论调，而且大胆地提出了自己的论断。他认为：对油砂山的怀疑是没有根据的，这里有众多的第三纪 N1 含油岩系，产油能力较强。他写道："我们有根据这样说，油砂山地区不仅具有含油远景，而且是实实在在地具有工业价值油层的油藏。"

看起来，小邱平时说话，声音又轻又小，好像总怕碰着什么东西似的。可是，在关键事情上，他一点也不含糊。而且，你看他的文字语言多么有力。他用了"实实在在地"这个字眼，又厚道，又动听，好极了。

第一口喷油井

我和小邱去看油砂山的一口浅井。

这口井离探区住地很近，一走出帐房，就可以看见抽油机在一上一下地抽动，好像向谁叩头似的，因此，人们又叫它做"叩头机"。抽油机设备很简单，前面探出来一个平圆的东西，随着马达的转动，就一上一下地有节奏地点着头。它仿佛在迎接客人，又仿佛在向勘探者致敬。它叩问着大地，叩问着油砂山，似乎在说："油砂山呵油砂山，你有多少油？欢迎你，出来吧，出来吧！"于是，在它的叩问下，山底下的油醒来了，出来了；于是，它又连忙把油一股一股地迎上地面。这是多么奇妙的和逗人喜欢的抽油机！

抽油机下面有一根输油管道，伸到旁边的一个油罐里，跟前，还竖立着五六个小油罐。随着抽油机的动作，输油管子也微微摆动，这是原油从地底冲击上来的力量所致。仔细一听，管子里还发出原油流动的咝咝的声音。当原油冲出了管口，流入油罐里的时候，又发出咕咚咕咚的声音，好像一口达到最高沸点的开水锅似的。在油罐里，深绿色的原油泛滥着，浮起一层细小的气泡，迎着阳光千变万化，闪着奇异的光彩。

这是油砂山第一口喷油井，有特殊纪念性的一口井。油砂山就是以这口井向全国人民报告第一个喜讯的。可以想象，这第一口井喷油的消息是怎样被人们传递着，议论着，怎样震动着大戈壁滩，震动着柴达木盆地呵！随之而来的是信心和力量，勇敢和热情。我们的钻探工人们来了，党的工作者来了，地质工作者来了，试油队来了，青年男女来了，一个新的探区形成了。油砂山以更加豪放的热情，接待了这一切。山上的石头笑了，一个个山峰随着一座座钻塔，重新打扮着自己，站起来了！

从这口喷油浅井望过去，不远处，那口中深四井，也已在试采油了。不过，它不是用抽油机的方法，而是用提捞的方法。我走过去，看见一台大连出产的通井机，正在飞卷着钢丝绳索，渐渐地，把一根油管从井口提上来了。旁边，一个穿着油淋淋衣服的工人，戴着油淋淋的手套，双手抓住了油管，又用手在管口一按，原油就哗啦啦地流出来，飞溅开了。

小邱又告诉我，虽然，这是一口中深井，可是，它已穿过了六十多层含油层。油是墨绿色，和浅一井的油一样的美。

油砂山地区钻探的历史，还不及一年，然而，所打过的井都出油了，人们有理由对这个油藏抱着希望。

黄昏了。油砂山穿上了金红色的衣裳。

我在喷油井中间，来回踱着步子，怎么也不想离开。我看到的油砂山的一切，激荡着我的胸怀。我望着小邱，望着探区住地，望着披着晚霞上山的钻探工人，觉得黄昏充实着我的心房，油砂山给了我以充分的享受。

能在油砂山的黄昏里待一会儿，该多么惬意！

金红色的山峰

到油砂山来的人，是不能不看油砂层的。

我在路边等着小邱，他忘记了戴凉帽子，跑回帐房去了。可是，等他走出来的时候，身边却多出来一个人。

我一搭眼就认出来了，一个又瘦又高的小伙子，这不是王吉庆地质师吗？不是一九五四年率领着勘探队详查油砂山和给油砂山定井位的人吗？这一两年，他在做柴达木地质的专题研究工作，怎么又到油砂山来了呢？我们亲热地握着手。他穿着一件贴身的棉袄，外面套着一件毛衣，显得比以往精干多了。当年，在油砂山，他从英雄岭跑下来的时候，穿着一件褪色的黄军棉袄，裤子被岩石磨破了，身上都脏得不像话了。

我指着深探井的山上说："上次，你就是从那里下来的，对吗？"

"是呀，"他兴致勃勃地说，"那次，下山来，狼狈极了，警卫战士一看见，非常紧张，还以为我是什么歹徒哩！"

他今天上午来，是到油砂山研究和补充一些地质资料的。这样，我们就一起上山了。

我们谈笑着，走上了一片斜坡地。呵，这块地方对我们是多么熟悉，当年，那台简陋的手摇钻机，不是在这块地方响动着吗？人们不会忘记，最初，在开辟柴达木的艰难的日月里，它是唯一的一台钻机。就是这台手摇钻机，第一次冲破了柴达木的沉寂，唤醒了柴达木的土地。虽然，因为条件差，困难多，井出了事故，报废了；但是，那些喝着苦水的钻工们，那些背水的敦煌青年，两肩破露出来的棉絮，以及贴在钻台上的挑战、竞赛的字条，还深深地留在我的脑海里。

我们翻过了几条沟道，来到油砂山最出名的油砂层面前了。

油砂层峻峭，雄伟，形成了一座金红色的山峰，矗立在群山之中。它挺拔的风姿，深红色的容颜，浓烈的油味，真逗人爱！油砂山就是因它得名的。抓起这里的每一撮泥土，每一块石头，打开来，嗅一嗅，油香呵！拨开岩石上的一片盖层，乌黑乌黑的，嗅一嗅，油香呵！油砂层的总厚度，一百六十多米，哪里有这么好这么厚的油砂层！到这里来的人，哪一个不被它诱惑，不会称颂它呢！

我站在油砂山的怀中，打开一块石头，搓揉着乌黑的油砂，心里感到了欢乐，觉得出激烈的跳荡。我眺望着昆仑山，眺望着尕斯库勒湖，想象不由得飞翔了。如果说，我早已深深地迷上了油砂山，那么，这一阵，我真想长起翅膀，飞上油砂山的上空，跑遍油砂山的大小沟道；然后借着湖光山色，把油砂山赞美。在柴达木盆地，昆仑山好像一个彪悍的骑士，一天从早到晚，守护着油砂山。而尕斯库勒湖水，却在轻轻地飞舞，始终以珍珠似的眼睛，深情地望着油砂山。呵，诗般的尕斯库勒湖，只有你的美丽，才能配得上油砂山；今天，人们又在你的身旁，开挖了河道，用你的奶汁滋润油砂山的胸怀，以使油砂山成为一个更壮丽的油田。我多么想大声疾呼，油砂山呵油砂山，你给我们的勘探者，带来了多少激情和希望！

我们来到了油砂层的东面。向前望，尽是悬崖绝壁，长沟深川，多么险要的山带！这里，曾经有多少勘探者攀登过，有多少英雄汉子摔过跤。这里，有多少受难的痕迹，有多少英勇的脚印！真使人怀念，激动。站在我身边的瘦长的王地质师，他不是曾经困卧在这里的悬崖上，饥饿地爬行过吗？他不是曾经在峭壁中摔了跤，抓住了石棱，用劲地鼓起肚皮，顶住了石壁，才没有坠入崖底吗？当时，他在这里度过了怎样痛苦的夜晚，危险而又慌乱的时刻？现在他回忆起来，反而觉得轻松有趣了。

我说："这样磨炼几次，你的肚皮可有功夫了。"

他开心地笑了。

油砂山之夜

天黑了。爬过油砂层回来，已经很累了。可是，小邱又告诉我说："葛泰生也来了。"

我一听，真高兴。我和小葛早认识，一起在酒泉盆地爬过山。一九五四年，他来到了柴达木，我们又曾经在油砂山睡在一顶帐篷里，这次又在油砂山会面，巧极了。

小邱领我走到一顶帐篷跟前。我掀开帘子，看见里面摆着三张行军床，小桌上放着一盏马灯，靠出口处有一个人，没等看清楚，就一下子站起来，抓住了我的手。我一看，细个子，偏分头，一对机灵的眼睛和一副顽皮的笑容，这不是小葛是谁？

我问："你怎么在这里？"

他挤了挤眼说："你怎么也在这里？"

这样一来，我们的话匣子打开了，坐下聊天了。

看样子，他和上次见面没有多少变化，只是脸变得白净了些，不像上次满脸正在脱皮，黑一块白一块的。那时候，他曾经率领一个普查队，在柴达木盆地西部，发现了几个储油构造，以后又深入到大沙漠腹地，因为没有沙漠生活经验，几天以后，驮的粮食吃完了，骆驼也饥渴得死了，他们迷失了方向，回不来了。可是，就在这种困苦的时候，他和伙伴们还寻找到了一个很大的储油构造，终于忍受住了饥饿和困苦，摸索着回来了。现在，他们发现的沙漠构造，已经是柴达木驰名的一个油田了。

他说："现在，担子重了，室内研究工作多，跑野外的时间少了。"

我说："憋得慌吗？"

他默默地笑了。

一个戴着黄色大毛皮帽的小伙子，坐在对面的行军床上。他有一张长方形的脸，长得很英俊，两颊呈现着一种似乎永不会褪色的红晕。这是杨地质师。

小杨和小葛都担负着专题研究任务，室内工作多些。前不久，他们和伙伴们一起，从茫崖基地起身，在几个地质构造上转了一圈，进行了一些实际观察研究，就到油砂山来了。

我说："你们这些天跑野外，天气正是时候。"

小杨眯笑着说："这是柴达木的黄金日子！"

他说得多好。我望着他和帐房里的小伙子们，他们都那么年轻，充满着青春的朝气，不是也处在黄金的年代吗？

这时候，有一个姑娘露面了。不过，她没有走进帐篷里，只是顽皮地用帐帘围住了脖子，探进一个头来，两只眼睛挑战似的来回瞅着。看样子，短短的头发，秀气的面庞，长得挺聪明的。小杨一看见，就喊："嗨，赖猫！"姑娘撇了撇嘴，把帘子掀开，走了进来；看神气，好像要和小杨干仗的劲儿。我笑着问："为什么人家叫你赖猫？"她扑哧一声笑了。接着，她操着地道的四川话，不好意思地咕哝了一声："我姓赖。"就连忙扬起了手指，展开攻势了。

一会儿，帐篷里又添了几个人，更热闹了。可是，话题还没有离开"赖猫"，大伙一起向她进攻。她一点不示弱，给每个进攻的人以回击。但是，在大伙的进攻下，没法子，人们说她有个爱人，她也不否认；叫她请吃糖，她也答应了。只是当大伙说她和爱人怎样商量和选择结婚日子的时候，她无论如何不承认。……这中间，大伙又谈起"赖猫"怎么爬山，怎么摔跤了。谈起一次遇到险山，不叫她去，她又多么不听话，非去不可；以至上了山，下不来，趴在险要的半崖上，这才唯命是听，叫她走哪里就走哪里，叫她踩着哪块石头下，就踩着哪块石头下，有意思极了。

在这些争论、辩解和有趣的谈话里，我难以插进嘴去。但是心里觉得快乐。这里有勘探者饥渴的遭遇，风险的追叙，心境的冲突和爱恋的趣事；这里洋溢着浓烈的青春的气氛，笼罩着勘探者深厚的友谊气氛。你看，即使当大家围攻"赖猫"的时候，也不难看出来，人们对"赖猫"怀着多么亲切的关怀、信任和友谊呢！

在这些争论和有趣的谈话里，我还感到了一种令人非常激动的东西。这就是青年地质家们身上的那种崭新的品格和气质，对于党和国家的嘱托的那种深重的责任感，对于自己的事业的那种尊重、热情和信念。在油砂山山峡里，我遇到的这些青年地质学家们，使我感到了这一点。在柴达木盆地，正是有着这样一些青年人，他们在创造着生活，在迎着风险前进！他们是真正处在黄金年代的青年！

夜深了，在不知不觉中深了。

我辞别了伙伴们，走出了帐房，在油砂山里走着。

这时候，我觉得，油砂山以一种独特的姿态进入了祖国的夜晚。在山腰上，山巅上，一座座钻塔携着一串串灯火，形成了辉煌迷人的灯火网，好像满天的星星都一齐降落在峡谷里似的。显然，夜没有能够统治油砂山。在这深沉的油砂山之夜，你举目瞭望吧，群山矗立着星塔！你侧耳倾听吧，所有的钻机都扇动着翅膀，鸣奏着动听的乐章！那屹立在峡谷里的抽油机，在一条金龙似的探照灯下，总是那样不知疲劳地有节奏地叩问着大地。再想一想那些可尊敬的钻探工人吧，不正是他们操纵着油砂山之夜吗？我们祖国有许多美丽的夜晚，重庆山城的夜晚，松花江畔的夜晚，太湖的夜晚和玉门油矿的夜晚……但是，我以百倍的爱漫游在油砂山的夜晚！

　　或者，正因为这样，我觉得，我的心是和油砂山联结在一起的……

一九五七年十月十三日，茫崖

199

油砂山之夜

寄给依斯阿吉老人

木买努斯·依斯阿吉，乌孜别克族老人，可爱的老人呵！

柴达木的勘探者，不论男女老少，哪一个不知道你，哪一个不尊敬你！

在沉睡了万年的戈壁滩上，在茫茫无际的大沙漠里，人们说你像一个神奇的行者。你走到了哪里，哪里就有路。你指到了哪里，哪里就有水。你在哪里流过汗，哪里就有油田。你在哪里歇过脚，哪里就有金子！

你英勇的事迹，被人们当作神话传颂着。

人们尊贵地称呼你是柴达木第一号尖兵！

依斯阿吉，你是配得上接受这个称呼的。你出身于乌孜别克族一个贫苦的家庭，居住在新疆若羌县，紧挨着柴达木西北边缘。今年，已六十四岁。你的胡须花白了，褐黑色脸面上，刻画着六十年劳苦的皱纹。可是，你那两只像雄鹰般的眼睛，却炯炯有神，敏锐，明亮。而当你身裹着老羊皮大衣，脚蹬着高筒毡靴，雄赳赳地走在大沙漠里的时候，人们又不由得赞叹着：老人真豪迈呵！

当你还是一个青年人的时候，比现在更强壮，更有力。你有胆量，有雄心。但是，被国民党匪徒所逼迫，被贫困的生活所逼迫，你不得不领着妻子儿女，在大戈壁里流浪，寻找生活的出路。你曾经壮着胆，吆着羊群，闯进了柴达木。多么荒凉的盆地呵！但是，为了生火取暖，你发现了沥青块。为了找食充饥，你发现了盐海。还发现了各种各样闪光的石头……你惊奇这一切。然而，你怎么能在沙漠里久留，这儿太荒凉太干渴，你又匆匆地走出去了。

在豺狼当道的时代，穷人不会有安生日子过的。国民党匪徒制造民族纠纷，你的家被"剿"了，十几只羊被抢走了。那时候，你一无所有，只有面对着昆仑山呼喊，在大沙漠里流泪。鸟儿也为你哀鸣，草木也为你悲恸。六十年，六十年过去了，你的头发花白了，脸上的皱纹添多了。但是，你还像乞丐一样，踯躅着。生活出路在哪里呢，穷人能活下去吗？依斯阿吉，穷苦的老人呵！

终于有这样一天，你获得了解放。

你心花怒放，变得年轻了。你又来到了柴达木，自愿充当向导，领着解放军骑兵团，追剿着逃窜的乌斯满匪徒。你给骑兵团带路、找水，你和战士一块吃，一块住。你真是老当益壮，什么苦都吃得下，爬高山，过荒谷，走戈壁，进沙漠，勇敢赛过当年。当骑兵团消灭了乌斯满匪徒以后，你快慰地笑了。两年多的剿匪战斗生活，使你和战士们产生了深厚的感情。你成为战士们亲密的朋友，他们邀你住在阿拉尔了。

依斯阿吉，向导老人，你是不会忘记一九五四年的。

当祖国第一支勘探队踏入柴达木的时候，当他们找路无路、找水无水的时候，当他们困守在戈壁滩、忍饥受饿的时候，你又来了。你刚剿完匪，没有休息，来得正是人们最需要帮助的时候，来得多好呵！于是，你把迷路的勘探者，引入了正途；你给干渴的人，找到了水，哪怕水是苦的、咸的，对于渴得心如火燎的勘探者也是香甜的。你找适合住的沙滩，和大家一起搭起帐篷，和大家一起睡觉。于是，你又成为勘探队亲密的朋友了。

从那时候起，依斯阿吉，你就开始了一种不平常的生活。你是向导，也是勘探者。你曾经在柴达木惊奇地看到过沥青、油砂，看到过各种色彩的盐块、石头；可是，你不懂得它们的奥秘，只是怀着一种幻想。你幻想有一把金钥匙，打开柴达木的这座迷宫。今天，你兴奋地说："共产党派人拿着金钥匙来了！"于是，你就把所看到的告诉了勘探者，把六十多年的沙漠经验都使用上了。你和勘探朋友们一起，寻找着柴达木取之不尽的宝藏。

你年迈苍苍，不服老，干劲大极了。哪里最艰苦，最困难，你就到哪里去。你曾经遭受过多少次狂风袭击，多少次饥寒，多少次困苦？可是，你一句怨言也没有，一个苦字也不说，总是迈着豪迈的步子，向前走着。人们说你一看沙子的颜色，就知道有没有水。一看沙子的形状，就知道能不能通过。你真是神奇的行者呵！

一九五四年，有一次，当你领着一支勘探小队，走入人迹罕至的大沙漠腹地的时候，骆驼饥饿得倒毙了，人饥饿得爬不动了。你也饥饿得昏晕，迷失了方向。可是，你挣扎着爬起来，跪在沙窝里乞求神灵，心里念祷着："我不能昏倒。我一定要找到路。我要对得起这些好人呵！"由于你的勇敢，终于找到了路。你和勘探朋友们一起，发现了大沙漠里的地蜡、沥青和油砂，而且发现了又大又好的储油构造，这就是今天柴达木出名的油泉子和开特米里克探区。油泉子——这个名字是勘探朋友起的。开特米里克——这个名字是你起的。因为这里砂山多，你用汉话说是乱山子，用母语说就是开特米里克。

依斯阿吉，好老人，你的英勇事迹说不完。

当我第一次在柴达木遇到你的时候，你正站在尕斯库勒湖的冰层上，用手抹掉胡须上的冰粒，给我国水文专家指着昆仑山，畅谈着柴达木的水源。那时候，人们就称颂你。这一次，当我又在茫崖基地看到你的时候，你已从若羌搬来了妻子儿女，住在青海石油勘探局赠送给你的帐房里。你比一九五四年苍老了，胡须更花白了。但是，你精力旺盛，生气勃勃，仍然讷讷地对我说："我常去局长那里问，有什么任务，我要去！"你真是一个老英雄呵！

依斯阿吉，英雄老人！让人们看看吧，柴达木最初的许多路，是你领着探出来的。柴达木的许多水源，是你领着找出来的。今天，柴达木出现的几个出名的石油探区，都和你的名字分不开，都深印着你的脚踪。你的汗珠没有白流，你的劳动在柴达木开了花，结出果子了。

依斯阿吉，你是柴达木的元老，不愧是柴达木第一号尖兵！

你的晚年是幸福的。当你六十二岁的时候，还添了一个女孩。我真为你高兴！我和勘探朋友们一起，向你祝福，愿你像柴达木的油田建设那样，生活得美好！愿你像昆仑山那样，永远雄伟，高大！

依斯阿吉老人，可尊敬的老人呵！

一九五七年十月十八日，茫崖

203

寄给依斯阿吉老人

致尕斯库勒湖

　　呵，尕斯库勒湖，你多么使人神往！

　　多少年月，多少春秋，我日日想呵夜夜盼，何时才能再回到你的身边？尕斯库勒湖，有时仿佛凌空开放的雪莲花，有时犹如拍浪而起的鲲鹏。而更多的时候，却好像引颈远飞的天鹅，悠然在太空穿云过雾，发出声声呼唤。噢，我不正是听到了你的呼唤声，才匆匆地赶回来么！

　　我一路走来一路想，想起第一次看见你那难以忘怀的情景。五十年代初，我们野外地质勘探者从敦煌起程，毅然开始了向柴达木史无前例的大进军。沙海的风暴，戈壁的跋涉，多么干涸寂寥，多么神秘莫测。前面来到昆仑山下，还是没有一点人间烟火，依然是一片茫茫沉沦的世界。什么时候才能走到这大漠的尽头？

　　也就在这时，你呵，尕斯库勒湖，蓦然像一条奇幻夺目的光带，在我们眼前闪现了。透过一层迷蒙的薄雾，你恰像披一身圣洁羽翼的天鹅，在芦苇丛中亭亭玉立，给勘探者以无限的欢乐和慰藉。于是，人们在你身边搭起一簇簇帐篷，垒起一座座炉灶，扎下了激战的营盘。于是，人们从你这儿远足狂奔，来往穿梭，追索着黑色金子的宝藏。于是，大戈壁苏醒了，英雄岭在招手，油矿山在飘香，狮子沟在怒吼，油泉子在欢呼！噢，在无垠的荒漠底下竟潜伏着这么多金银宝库呢！也是在尕斯库勒湖滨，我们野外勘探者向亲爱的祖国和人民，第一次发出了柴达木报春的信号！

尕斯库勒湖，你是一个快乐湖，是柴达木报春的天鹅湖！

尕斯库勒湖，你现在是个什么模样，快些回答我吧！我从戈壁新城格尔木到大柴旦，从冷湖油矿又沿着阿尔金山驰行，心呵简直要飞起来了。当我们的车子驶过牛鼻子梁、大风山到茫崖，绕过那一条条褐红色瀑布似的山峦的时候，尕斯库勒湖已在不知不觉中挺立在我们身边了。

这是一个令人沉醉的黄昏。

远远望去，尕斯库勒湖像是只小不点儿的白鸟。转瞬之间，她竟施展雪亮的大翅，发出呼呼的喧响，在昆仑山下遨游。你呵尕斯库勒湖，为什么变得这般矫健强劲，这般欢畅快活？在你掀起的金涛光波中，这儿高山湖滨矗立着多少钻塔，起动着多少抽油机，竖起了多少厂房烟囱，聚集着多少熙熙攘攘的人群。我看见，在笼罩着金色烟雾的大路上，奔走着我们采油工、炼油工和英雄车队的司机们。这儿变了，变得一点也认不得了。

这儿从天上到地下，旋荡着一曲野外勘探者和大戈壁血脉相融的交响乐。这儿不已崛起了一座新的动人魂魄的黑金都市么！

在纵横交错的湖滨大道上，我碰巧和一位早年的老测量队老马师傅遇面了。

我俩突然相会，都有些发愣，只是手抓着手，半天说不出话来。

老马师傅的确老多了，昆仑风霜在他身上留下了明显的痕迹。他的额头，有像刀刻似的纹道，脸面黝黑发亮，神情雄健豪爽，只是身子骨有些佝偻了。他是进军柴达木的先行者，曾被伙伴们称为飞毛腿。就是他和许多野外测量战友们一起，用两条腿把子一步一步地丈量过了整个盆地。这儿的一沙一石，一草一湖，他不仅了如指掌，而且亲同骨肉。但是，今天他却要退休，离开这儿了。

我见他伸出颤悠悠的手臂，抹去噙在眼里的泪花，呵呵笑了一声说："你呵真走运，我呵真高兴！给你说实话，尕斯库勒湖打出油啦，喷得黑天雾地的！我虽说不知地层下面的底细，可你瞅那边——"那边离湖畔不远，通往几口喷油井的沙滩上，从地壳喷出的黑金，到处撒落着，发出墨绿的光泽。

"你再瞅这边——"这边油砂山和花土沟里，挺立着许多擎天的井架，钻机正在湖滨钻进，发出撼天震地的吼声。"你再朝远处瞅吧，仔细地瞅吧！可我老了，我……"

老马师傅说着哽咽起来，两行热泪淌进了他大张着的嘴里。

我怎么安慰他好呢？我紧紧挽起他的胳膊，沿湖畔往回走去。我晓得，他舍不得离开这儿，只是趁着这纷飞的昆仑晚霞，最后把尕斯库勒湖多看上几眼。他说的几句掏心的话，深深地激动了自己，也强烈地感染了我。

这位老石油工人，他把自己一生中最珍贵的时光，最美妙的梦想，都无偿地留在这儿了。

我还遇到不少地质、钻井、采油和地球物理学家们，他们最初踏入柴达木的时候，还是风华正茂的黄金年岁，现在都已进入中年，有的已两鬓见白了。但是，他们爱着柴达木，恋着柴达木，像老马师傅一样，仍然舍不得离开柴达木。如果没有亲眼看见自己勘探的柴达木，向祖国和人民捧出黑金来，离开了也要掉泪的呵！

和我并肩漫步的地质学家顾树松同志，也是这样一个人。

他除了脑门有点脱顶，脸庞更加黧黑以外，几乎和二十年前一个模样，一点也没有走形。他仍然张开宽厚的嘴唇，总是那么乐呵呵的劲头，玳瑁镜里一对大眼睛，闪烁着聪慧、机敏而又炽热的光芒。他也是进军柴达木的先行者，是十个地质细测队中最年轻的一个队长。而谁竟能料到，或许因为他在自己分管的地质工作上过于固执坦率，或许由于年轻热情而过于注重业务等缘故，正当他日日夜夜，乐于奔命，为开发柴达木黑金正在施展着才华的时候，却被补定成了一个右派分子。

顾树松已经从少壮进入中年了。

他竟然身负沉冤二十载仍不气馁，仍是这样乐观、豁达而又热情洋溢，真是难能可贵。支撑着他的精神支柱是什么？他和我谈过的往事很少，说自己是在新中国长大的。他认为，历史终归会证明他热爱党，热爱社会主义。他深感受冤最苦的是党、国家和人民。

他和我滔滔不绝谈论的是柴达木勘探的历史沿革，尤其是尕斯库勒湖探区的变迁史，他的谈吐异常激动，兴致浓极了。他用不着去翻本本，就可以毫不含糊地把尕斯库勒湖探区地质老底摆出来，包括许多既复杂又繁琐的数据在内，而且说得飞快飞快，像小河潺潺流水似的。我有些诧异了。难道他那大而凸出的头颅里装有一部活的电脑么！噢，原来，即使在他承受着屈辱的年月里，他那脑袋里的地质细胞也没有被窒息，而是更活跃了。

他心底里回荡着对祖国石油事业关切的波涛，对柴达木倾注着满腔的爱的感情。也许人们深知他这一点，熟知他对地质科学勇于探求的精神，因此，在粉碎"四人帮"之后，在他的"右派"问题还未正式作出结论之前，就信任地派他到柴达木西部担负石油研究队工作了。他像一只饥渴的海燕，摆脱身上一切羁绊，又飞向尕斯库勒湖来了。噢，他是这样深深地爱着尕斯库勒湖，他和她的交情已是年深日久了。

尕斯库勒湖，你到底有什么奥秘，有什么魅力，竟是这般牵动着野外勘探者的衷肠？

我从顾树松、各类专家和局长们，以及许多工人师傅那里，对这儿的根底有了更具体的了解，心也和柴达木贴得更紧了。

虽然在远古时代，这儿经过几番地壳运动，一片绮丽的绿洲，颠覆成一副干涸的模样，但是大漠底下却不住地喧闹着，终于酿就了一条灿烂的黑金的河流。其实，在五十年代末进军中，野外勘探者通过地球物理测查，早已发现尕斯库勒湖埋藏着较大的储油构造，并预见到要向地球深部挺进了。无奈没有具备相应的条件，竟而一拖二十年。直至平息了"林江"之乱，经过地质家们的精心设计，一举在尕斯库勒湖滨打了两口深探井。

嗬，两口井都喷油了，一口比一口喷得凶。

啊，喷吧，哗哗地喷吧！喷得天旋地转！喷得心花怒放！

喷得石油老师傅们老泪横流！喷到千千万万勘探者的心坎上了！

人们争先恐后向尕斯库勒湖狂奔，人们的脸上沾着黏糊糊的油渍，人们整个儿沉醉在飞喷的油海花浪中了。

昆仑老人动情地点着头，柴达木沸腾了。

碰杯吧，旋舞吧！祝贺吧，欢唱吧！只有这时候，尕斯库勒湖才真正露出那热情俏丽的笑容，一起和勘探者狂欢了！

顾树松和几位地质师快活地对我说："我们发现这个油田在尕斯断陷中部，和邻近几个储油构造相连着，就给她起了个名儿叫尕斯库勒湖油田！你说好不好呀！"

我喊起来："简直好极了，好极了！"

晚霞已经隐去，昆仑山拉开了夜幕。

而我，觉得身上热得厉害，仍和勘探朋友沿着尕斯库勒湖边漫游着。

蓦地，离湖不远，那一座座高高井架上的灯串亮了，仿佛无数晶莹的葡萄串，一下子撒落在湖水里，美极了。

紧挨我们的三二七五九队的钻塔，随着钻机震荡轰鸣，灯串不住
眨眼微笑，像有许多话在向大地倾诉似的。我晓得，此刻，这个在柴
达木打出了威风的井队，他们完成了第一口喷油井之后，现在正顽强
地向另一口深井钻进，继续扩大着可爱的尕斯库勒油田的战果。

这位新提拔的高挑个儿司钻曾宪文，挺立在平台上，浑身涂满泥浆，
正紧握着刹把，神情专注自若。

曾宪文才参加钻井队不几年，竟在一九七八年春节之夜，作为一
个井架工，第一次亲眼见到黑金从地壳喷涌的盛况，心里的快乐是难
以言表的。他很年轻，爱钻研，肯流汗。你看他那双眨动的眼睛，在
暗夜里闪烁着幻想的火花和青春的光泽。

我在尕斯库勒湖夜色中，还看见了什么？

噢，在那险峻的英雄岭下面，巍然插入夜空的不正是那"油砂山
烈士纪念碑"么！

这座碑是为悼念献身石油事业的英雄们，于一九五九年十月修造的。

烈士们曾经在这儿怎样鏖战过？这儿飘荡着多少英魂！

与此相隔不远，在昆仑山下的阿拉尔平原，还埋葬着不少人民解
放军战士的忠骨，他们在一九五〇年为剿匪和保卫柴达木，献出了自
己宝贵的生命。

我在喧闹的夜色里，默默低下头，向烈士们致敬！

此时此景，我不由得又想起这次踏入柴达木的时候，遇到一位从
北京来的小伙子，他是抱着父亲的骨灰进盆地的。

他的父亲黄先驯是一个老地质专家，他几乎跑遍了中华大地，凡
是有黑金的地方，都留有他的踪迹。唯一感到抱憾的是尚未来过柴达木。
可是，就在他即将实现这一愿望之际，却不幸卧病不起了。临终一息，

这位老专家满怀苦楚，嘱托组织和亲人，说他生前没有赶着看一眼柴达木，死后请把他的骨灰埋在他热爱的柴达木土地上。人们含着泪接受了他的遗愿，并由组织派人和他儿子一起，千里迢迢送骨灰来了。

黄先驯来了，他来到渴望已久的柴达木了，他献出了一颗火热的心，他的灵魂在柴达木安息了。

柴达木呵柴达木，人们多么热爱你！

为了保卫和开拓这神圣而荒凉的大漠，我们的英雄战士和野外勘探者长驱直入，顽强进击，英勇苦斗，纵然洒尽最后一滴血也在所不惜呵！

今天，可以告慰英灵的是，柴达木再次复苏了，展翅奋飞了。

在烈士们洒过鲜血的荒原上，一汪汪绿洲在向盆地四方延伸。而尕斯库勒湖油田的发现，不仅是柴达木石油发展史上令人快慰的重大突破，而且开辟了寻找高产油气田的广阔前景。现在，我们野外勘探者已在博采国内外先进技术，以更加凌厉的步伐，在向尕斯库勒湖油区深部进军，为赢得更大的油田而决战！

尕斯库勒湖，你在墨黑的夜晚也是明亮的。静静的湖水摇曳着，飘闪着，倒映着戈壁楼屋、炼塔、串灯和采油树，倒映着昆仑山、油砂山和赶着上夜班的人们。此刻，你呵尕斯库勒湖，从未有过这般透明晶亮，这般矫健柔情。你仿佛正在梳理着雪白的羽翼，以待黎明来到之前，鼓翅飞上长空。尕斯库勒湖，你起飞吧，飞向晴朗的天空，飞向辽阔的大地，再次向亲爱的祖国和人民，报告柴达木的春讯吧！

我们有千种万种理由，为长期在柴达木跋涉的野外勘探者感到自豪。他们在海拔三千多米的大戈壁上，艰苦奋斗几十年，今天已赢得了尕斯库勒油田，明天黑金的河流将从地下喷薄而出，发出耀目俏丽的光辉，流向祖国的心脏，流向祖国的大地……

尕斯库勒湖，你是柴达木一个快乐湖，是报春的天鹅湖！

尕斯库勒湖，你多么引人迷恋哟！

一九八〇年九月，花土沟

昆仑飞瀑

我曾经漫游过不少名山大川，但不知为什么那巍然屹立于祖国西部的昆仑山，总也牵挂在我的心头，使我时常想着要回到她的身边。

我至今弄不明白，到底什么时候萌生了这种思恋之情。呵，人的感觉器官是这样奇特，也许第一眼的印象非常重要，以致影响此后的记忆、官能和感情。

我回想二十六年前，当我第一次和野外勘探者，踏入人迹罕至的柴达木，远远看到昆仑山的时候，它整个儿被飘流的云雾萦绕着，带着莫测高深的神秘风韵，只有绵绵蜿蜒而时隐时现的峦峰，在天空勾勒出了一线伟丽磅礴的轮廓。其实，等你靠近了才会发现，她是那么眨巴着乌黑晶亮的眼睛，袒露着宽阔丰润的胸脯，以其坚韧刚健的风姿，挺立在荒古大漠上。尤其在墨黑的夜晚，当你在沙漠里奔跑了一天，困卧在她身边的时候，仿佛觉得有双无形的大臂环抱着你，抚慰着你，促使你安稳而甜蜜地睡去。其时，你在朦胧中也会感觉到昆仑山的倩影。像安睡在它温馨的怀抱里。

但是，当我再度看见昆仑山的时候，却感到过去对它了解得很少很少。

这次，我来到这里，正是高原八月，天气凉爽极了。我和旅伴心情兴奋，一出格尔木城，就直往南面走去。沿途，我看到这荒凉无边的大戈壁，虽然仍有十年浩劫的痕迹，但已有新开垦的黑沃沃的农田，和将要收割的金黄的小麦。再往前走，那一丛丛自然生成的浓密的柽柳，舒展着颀长嫩绿的枝叶，散发出淡淡的清香。戈壁一见到绿色，就有了生机。各色的鸟儿欢叫着。那乖巧的云雀群，鼓翅在高空上下扑旋，唱着自由快乐的歌，一直陪伴着我们，飞上昆仑山。

等刚走到昆仑脚下，我的旅伴就感慨万端，喘着气说：

"昆仑山呵，是大戈壁生命的渊薮！"

我惊异了，他的诗情竟来得这般快当。

"你看见了么，山上水电站的小屋子？"

我抬头望去，首先进入眼帘的是一条嶙峋层叠的深谷，而山口凛然坐卧着一尊猛兽似的山头，虎视眈眈地察看着过往的行客。只在穿过它的视线，绕了一大圈，我才看清几根凌空飞架的天线，通往嵌在高峡中间的小屋里。

我们一边往上爬，一边耳旁传来隆隆的吼声，这莫不是水电站机轮的运转声么！此刻，在谷口听起来，显得异常高亢洪亮，有种撼天动地的气势。与此同时，我还隐约分辨出一丝仿佛从昆仑山心窝里飞弹出来的音响，其声如行云流水，朗朗悦耳，和机轮的轰鸣声糅合一起，回荡着一种更其摄人魂魄的旋律。

我们越往山上走，越觉得呼吸急促，气不够用。而且风也越来越狂，有时不得不背转身倒走。等爬上深谷里的水电站营地，才算缓了口气。

我们先遇见一位姓郝的陕北绥德汉子，长得高大健壮，是水电站负责人。还有一位长得瘦削结实的老王，是专管水务的。他俩脸庞都像久经酷风寒霜洗炼过，闪烁着褐红透亮的色泽，并肩站在昆仑狂风中，犹如两根铁柱子。我开口便说："你们这里的风可真够厉害！"

"风季早过啦！"老郝咧嘴笑着说："如果你们赶冬月或春上来，那才真叫飞沙走石，风刮得人连路也看不见，身子也站不定，栽愣爬坡的。这里是昆仑山的风洞嘛！"

我这才察觉到，我们已置身于昆仑山一条罕见的幽深的大峡谷中，打眼回望，两边石山高高耸立，直插云天。周围悬岩倒挂，绝壁陡峭，既看不透前头的边缘，又摸不清后面的底细，俨然是条深奥狭长的天然风道。我简直难以想象，人们怎样在这陡壁险境里造就了这座水电站？难道他们是倒栽葱式地在空中施工么？噢，我猜得还有点门道。

据说，那些来自青藏高原的汉、回、撒拉族兄弟和支边青年们，正像山鹰般飞身登上悬岩，用绳子把自己吊起，在峭壁上勘察测量；正是在半空中搭起脚手架，一步步攀缘而上，给大坝喷水灌浆。他们就是这样在无比艰险的峡谷里，在不同的窄狭的工作面上，一任狂风飞沙的扑打，一任严寒酷暑的煎熬，开挖着导流、冲刷洞，搬运着笨重的闸门机件，安装着电器仪表……

这一阵，我们已走上四十八米高的薄拱坝。

忽然，眼前涌现出了一泓碧绿如镜的大湖。呵，应该叫它天湖，因为它竟奇迹般飘流在这远离人间的高峡里。天湖呵天湖，你是这样恬静地轻荡着涟漪，这样温存地拂动着浪花，清澈得照得见天上的飞霞，碧绿得映现着昆仑雪峰的影子，致使不远千里来到你湖畔的行客，依依不舍，流连忘返。

还是老郝提醒了我们："这座水库容量二千四百万立方米。是昆仑山雪水汇集成的。"

"那深山里还有不少条河吧？"

"嗯，上游有清水河、雪水河、干沟河。离这不远四十里，还有个昆仑桥，肚子很大，也在峡谷里，如果能早些开发利用，电容量冒估也达一亿多千瓦！"

"呵呵，你们这儿的前景很乐观哪！"

"我们如今是有多少水，发多少电，满发是九千千瓦。"他矜持地笑了笑，却转过了话题："你们到这里来还适应吧？"

我说："适应，才上来有些气喘。"

老郝立即快活起来："这儿海拔三千米以上，目前是中国第一座最高的水电站！"

噢，中国最高的第一座水电站！

我从他们谈吐里已晓得，这座水电站从设计到投产，时间竟拖沓了二十年之久。站在昆仑水电站身旁，我感到格外激动，也格外惋惜！如果不是"四害"横行，贻误了那十年春华，那十年光阴，这座水电站不是会早些出现在昆仑山上么？那么，在我国许多富饶的崇山峻岭之上，不是还会出现比这座更高更漂亮的第二座、第三座水电站么？我想，一定会的。就在这昆仑深山中，不是还潜藏着个肚儿挺大的昆仑桥，早在等候着有识之士去开发么！我和旅伴们不由得欢呼起来。

就在我们沿着水波粼粼的湖边漫步，穿过坝头那间小屋子的时候，有种扣人心扉的声音，一直在我耳边鸣响。

这时，我惊疑地掉转身，循声望去，蓦地只见在宽阔的大坝前面，深谷里白云翻卷，水烟升腾，一条飞银吐珠似的瀑布，发出呼呼的喧响，急速地翻卷滚动，直落万丈谷底。飞流荡漾的瀑布，仿佛拨弄着巨大雪白的竖琴，悠然在水云花浪中旋舞，欢奏着喷薄激情的英雄交响乐。起初，我们进山时，远远看不到瀑布，只听见隐约的哗哗声，轻柔的汩汩声，而此刻身在瀑布面前，它的声韵是这般豪迈奔放，这般壮怀激烈，好像昆仑山里埋伏着千军万马，正在浩浩荡荡地疾行，向着广袤的大漠挺进似的。多么宏伟壮观的昆仑山飞瀑，多么摄人魂魄的昆仑飞瀑呵！

我们在欢腾的飞瀑声中，转弯下了条大坡，走进靠山的电气运行控制室。

瞬间，喧闹的瀑布声隐去，代之以静谧肃穆的气氛。这间大大的控制室是现代装置，在这里工作的人们似乎很轻松，也很悠闲。随即，我也发现，这儿每个人的眼睛却异乎寻常的专注忙碌，手脚也出乎寻常的敏捷麻利。这里管水管电，这里一举一动，牵扯着水电站的生计，关乎着山下格尔木城的命脉，而且维系着戈壁农田、工矿和草原的兴衰。我看见立在操纵台前，掌握水电命运的人，多是支边的姑娘和小伙子们。他们毅然摆脱世俗的羁绊，长年在昆仑山上生活，在荒寂的峡谷中战斗，使巍巍昆仑焕发出了新的生命，新的血液，新的光华。我想，应该称颂他们是昆仑勇士，是可爱的昆仑山人！

从电气控制室出来，我们迎面又看到了飞飘迷人的昆仑瀑布。

也许因为距离太近，又看得见瀑布的底部，使我感到眼前如同矗立着一座晶莹的万仞雪峰，流水和云天相连，喷溅着珠玉翡翠，闪烁着斑斓炫目的光点。我倏忽觉得，它仿佛是娇丽的云雀、天鹅和仙鹤群集的长阵，是这样潇洒自如地飞荡着，以气盖山河的流势，凌空呼呼欢叫，旋即俯冲而下。转眼间，它却宛如莫高窟飞天肩披的长长的飘带，飞落于幽深的谷底之后，霎时拍波击浪，掀起狂涛巨浪，继而在闪闪的霞光里，哼着自由悠扬的歌，跌宕有致地向大漠奔去。

我被这飞瀑震慑了，被它瑰丽多姿的景象迷惑了，呵，这飞瀑来自何处？它莫不是从天宇里倾泻人间的金波银流？它莫不是从昆仑胸脯里喷涌的奶汁玉浆？

我翘望着昆仑飞瀑，心如潮涌。

这飞瀑，发源于伟丽的昆仑深山里，和无数条大小溪流相融合，于是铸就了一派势不可挡的巨流，永无休止地流向戈壁荒漠，流向城乡村镇，流向八十年代的今天，流向斑斓透亮的明天。

这飞瀑，始终鸣响着昆仑母亲亲昵的声音，有时像喃喃的甜蜜的呼唤，有时像声震寰宇的呐喊，它无疑是永恒的自然，执着的爱恋，生命的元素，它是这般源远流长，无穷无尽，飞载千古。

此时，我从飞腾不息的瀑布声中，倾听到了祖国大地心脏的激跳，也触摸到了中华民族向前奋进的脉搏！

我站在昆仑飞瀑面前，思绪驰骋。

我还清醒地意识到，我是这样无限热爱着自然的创造，然而也无比热爱着创造的自然。此时此刻，我怎能不惦念这昆仑山英勇的开拓者，和那荒古大漠艰苦的勘探者。

我想到，在祖国的名山大川里，飞荡着不少闻名于世的瀑布。但是，没有昆仑瀑布这么吸引我，这么使我留恋的了。这犹如搏击长空的海燕般的昆仑瀑布，正以无与伦比的滚滚洪流，必将穿过千沟万壑，必将跨越千难万险，向生活的大海奔去，向历史的未来奔去。

昆仑飞瀑呵，我愿意投身在你的怀抱中，化作你飞流里的一只云雀，随你飞去！

217

昆仑飞瀑

一九八〇年八月二十五日，格尔木

阳关梦

一曲仿佛凌空飞来的古乐声，把我带入了云霞缥缈的敦煌盆地。

我们从当金山雪峰飞驰而下的时候，这种不期而来的古乐声，就已随着气温骤然变热，悠悠忽忽地在耳边鸣转起来。

听来，音韵古老浑厚，低回婉转，似虚似实，似有似无，依着奇妙莫测的旋律，叩击着人的心灵。我感到一阵疑惑：莫不是我又来到这蜚声古今的丝绸之路，是那一串串驼队的叮咚声，唤起了一种错觉？莫不是我又置身于举世瞩目的莫高窟艺术宝库之旁，是那怀抱琵琶的伎乐天，在大漠上空飞旋摆舞，引起了一种幻觉？

这些，连我自己也感到懵懂。呵，此时，难道我竟在梦中？

和我同行的野外地质朋友顾树松，忽然扳着我的肩膀，探头问道："古阳关，你还没去过吧？"

"噢呀，阳关，在啥地方？"

"离敦煌不远，五十来公里。"

这位野外地质学家的兴致，也勾起了我一览胜景的夙愿。

于是，我们直向南湖驰去了。

我一点也没有想到，走了约莫半个小时，穿过一段平坦开阔的沙路，前面一片黄澄澄的沙海中，蓦地闪出了一片绿葱葱、黑压压的林带来。

起初，我把它当做沙漠里常见的海市蜃楼，心里并未介意。可是，再走了一阵，一股含有蜜果味道的香风，扑鼻而来。转念间，我们已不知不觉地被裹进绿杨红柳的怀抱里了。

那一排排高高的白杨树，在沙尘的翻卷中飒飒作响；那一溜溜婀娜多姿的细柳，在沙浪中悄声密语。红色的玫瑰和放香的野白刺花，在林间交映争辉。百灵鸟和展开翡翠色翅翼的花雀，在空中和枝头竞相对歌；蜜蜂和蝴蝶在花丛中来往扑闪。呵，我几乎不相信自己的眼睛，这是沙漠的奇迹，绮丽的绿洲！

我们这些从干涸的柴达木盆地走来的人，被卷入这种绿荫飘香的景色中，心里简直爽快极了。

我从南湖最早的创业者那里，得到的是热烈而又朴素的印象。热烈，那是因为南湖主人的盛情款待，我和旅伴们正贪馋地吞食着肉汁甜美的西瓜和哈密瓜。朴素，这是因为农场主人叙说创建南湖的历史，仿佛在沙漠中开辟这水灵灵的绿洲，竟像一桩唾手可得的事儿似的。其实，我早听到传闻，那长期苦战在柴达木的万千野外勘探者，过去往往是靠吃罐头过日子，一年到头很难吃到一口青菜。而现在，他们却赞不绝口："南湖，是我们叶绿素的补给站！"他们不只吃到了各种鲜菜，还补助有小麦、瓜果之类。

嗨，南湖出产的哈密瓜，已是敦煌市场上抢购的名牌瓜了。

我已晓得，南湖是在高原生活最困苦年代创建的。

来到这儿的垦荒者，多是工人、干部和家属，尔后还有冠以"反动权威""右派"的野外科学工作者。在我身边大口啃瓜的这位柴达木的地质学家顾树松，就是其中一个。这些戴着精神镣铐的人，本来就是沙漠的征服者，把他们赶到这儿垦荒，岂能被吓倒？他们和农场职工一道，亲手从百十里以外拉土造田，同时还在沙漠底部探索到了水源。

沙漠的水呵，比金子贵重，只要有了水，就有了绿，有了生机。人们开始在这儿播种小麦、蔬菜、栽树、务瓜。他们年复一年，舍身恋战，于是一汪水灵灵的大湖涌现了，一片片绿洲崛起了。于是，沙海返青了，树儿成林了，雁儿飞来了，沙鸡叫了，花儿笑了。呵，南湖的水碧绿清澈，甘甜爽口，它不停息地奔流，浇灌着饥饿的沙原，滋润着人们的心田。

我眼望着绿洲，不由得寻思，这喷涌在沙窝里的南湖水，不也是垦荒者的血儿汗儿汇成的嘛！

第二天早晨，我们起程去古阳关。

沿着南湖宽宽的渠道，穿过几个小小的村落，走了不到一个时辰，绿油油的南湖落在了身后，眼前又展现出望不到头的黄沙滩，一座座茫茫的沙丘，被呼啸的黄风飞卷着，形成起伏荡漾的纹波，飘向遥远的天宇。我们周围空旷寂寥，没有了树，没有了鸟，没有了花。阳关在哪里呢？

过了一阵，我们拐过了几座沙丘，隐约可见一座孤孤零零的烽火台，凸起在高大的沙岭之上。

我们飞快地驰近烽火台，跳下了车。打眼一看，在一条长长的沙梁上端，竖着一块长方形水泥碑，上面刻有醒目的"阳关遗址"几个大字，并标有国家重点保护文物的字样。噢，这就是阳关吗？而向导说，遗址还在沙梁下面。这是一条修长的大斜坡沙梁，像大海波涛劈开的浪屿，一点也找不见路的影子，净是漠漠流沙。我们顺着流沙往下走，跑了不一阵，已经气喘吁吁，两条腿也深深陷进沙窝里了。

我凝神观看，阳关的景象的确黯淡得很。

在一片灰蒙蒙的沙漠洼地里，只有一些关墙残垣，一堆堆破砖碎瓦。一切的一切，都被自然界不断的运动所颠覆，被漫漫的黄色沉沙淹没了。虽说如此，我面对这历经人世沧桑的边塞险关，这自古闻名的中外商旅丝绸使者来往的友好门户，仍然感到一种莫大的诱惑力。透过沙尘弥漫的古关废墟，我脑际里闪出白居易两句对酒诗来。我转头望着野外地质朋友，笑道："相逢且莫推辞醉，听唱阳关第一声。"

野外朋友顾树松抿嘴一笑，随即大声吟唱起来：

> 渭城朝雨浥轻尘，
> 客舍青青柳色新。
> 劝君更尽一杯酒，
> 西出阳关无故人。

王维这首脍炙人口的绝句，小时老师就教我背诵过。但仅仅是背诵而已，却怎么也品尝不出其神韵来。后来长大了，才知此诗曾为唐人所歌，入乐府而广为传诵，作为送别曲而唱，曲至阳关句反复歌之，号称《阳关三叠》。此时此景，我回望阳关，不知怎的，耳边又喧响起这凄凉的送别曲了。我仿佛看见，随着旋荡的乐声，一队队身着戎装的古代士兵，正在黑烟滚滚的夜路上颠簸疾行，真有一番"半夜军行戈相拨，风头如刀面如割"（岑参）的景象，也真有一种"秦时明月汉时关，万里长征人未还"（王昌龄）的苦味儿。

阳关，古时候有过刀光剑影，有过民族仇杀，这儿埋葬过多少无辜者的尸骨，洒下了多少孤儿寡妇的血泪呵！难怪宋代女词人李清照登上了凤凰台，也不由得哀伤起来，凄婉地沉吟："休休，这回去也，千万遍《阳关》，也则难留。……"

我们转身爬上沙梁，向烽火台走去。

从敦煌、南湖到阳关的路上，有不少这样的烽火台，约相隔二十里就有一座，是古代专为传递警报修筑的，所谓烽举燧燔之台。烽，见敌则举，燧，有难则焚。烽火点的是狼粪，因其烟直上，远远瞭望得见。噢，古时这儿的狼一定很多吧？可是，靠阳关跟前的这座烽火台，早已是残垣断壁，破碎不堪，却也不失为一景。

我们你拉我搀地攀登而上。一踏上仍然高陡险峻的烽火台，我们和一些海外游客相逢了。这些漂洋过海的来客，一个个风尘仆仆，寻东问西，兴致颇高。虽说阳关已是风蚀残关，断台废墟，但它曾经是古代物质和精神文明交流的摇篮，中外旅游者仍愿迢迢千里来此饱览胜景，那不也是人生的一大快事嘛！

这里登高瞭望，前面是阳关，后面是敦煌，天地辽阔广大。

阳关距玉门关不远。据称，"以居玉门关以南，故曰阳关，本汉置，后魏置阳关县"。(《元和郡县志》) 那么，古来驰名的阳关大道在哪里呢？原来，汉唐时期，从嘉峪关经敦煌，出阳关至新疆，被称为阳关大道。而两汉时期，通西城的有南北两条大道，其南道自敦煌出阳关，过楼兰，沿昆仑山北坡，向西再逾葱岭，可达中亚细亚和伊朗诸国。可是，我这次来到这儿，怎么也搜寻不到阳关大道的踪迹，漫天的黄沙成为这儿的主宰了。而我和旅伴们却想，不管地壳运动如何颠覆了这条阳关大道，而且使驰名的雄关荒疏如野，但怎么能阻挡得住人类友好交往的意愿呢！

我和旅伴们在归途中，兴致勃勃地谈论着古阳关命运的话题。而野外朋友却十分感慨地说："我看，无论怎么说，《阳关三叠》乃是一支古典名曲，传说它的曲调最高，倚歌者笛为之裂，想来是十分悲壮激昂，凄苦感人。可今天，我们已很难听到音乐家们演奏了。呵呵，我这会儿真想听听这支送别曲哪！"

我的野外朋友的话很令人同情。

可是，同行旅伴中没有操笛者，也没有善歌者。我虽然听到过这支曲儿，但也哼不出几句了。

奇怪的是，我这天在南湖憩息的夜晚，做了一个梦。

一个绿色的梦，美妙的梦。那《阳关三叠》凄凉哀怨的乐声，竟一再在梦中缭绕。倏忽之间，我仿佛看见阳关拔地而起，蔚为壮观。朦胧之间，它依然是废关残台，在漠风中沉沦。蓦然，伴随着一阵高亢的古乐声，我却惊喜地发现，清朗朗的南湖水犹如万马奔腾似的，穿过大大小小的村庄，横越茫茫无边的荒漠，沿着阳关方向喷涌而去。

呵，阳关绿了，烽火台绿了，比南湖还绿得凝重，绿得绮丽。而《阳关三叠》的音韵也变幻了。不再那么哀伤凄苦，已带着激越而又柔美的音色。

一九八〇年九月，敦煌

荒漠里的将军

    在我的记忆里，慕生忠这个名字总是和苍凉的大漠联系在一起。也许这位将军生下来就是属于荒漠的，他不恰像一只凌空搏击的雄鹰在青藏高原上盘旋着么！

    我怎么也不会忘却第一次和他相识的情景。一九五七年盛夏，我从西宁穿过湟源峡谷，翻越日月山，途经青海湖，再越过翻浆的难于攀登的橡皮山的时候，眼前闪现一汪茫茫似海的大戈壁滩。这儿空旷无比，异常沉寂，满眼净是张牙舞爪的乱石和野生的白刺、红柳、骆驼草，仿佛久远以前这里曾发生过毁灭性大地震似的，绝灭了茅舍绝灭了人迹，酿成了一个再也无人过问的荒古世界。远远地，只有高高的昆仑山以其神异般的黑眼睛，怜惜地俯视着这一片辽阔的早被人类遗忘的土地。这儿寂寥得让人心寒，荒凉得让人发怵。这儿约莫只有狼虫虎豹才会光顾的了。一个人行走在这样的地方会感到绝望和孤单，人在这儿能生存下来么？

    也是这时，我眼见有一只庞大的白毛森森的动物，在不远处的乱滩中涌动，一摇一摆地向我这边磨蹭。我惊愕已极，莫非是只不知名的怪兽，或许是只北极熊？我正在疑惑中它却蹲下不动了。我想回避，躲在身边的白刺丛。旋即，我听见一声人的吆喝："哎——你从哪达来？

山·湖·草原——李若冰散文选

到我这达憩憩脚吧！"声音粗犷热烈，我不由得定睛一望，那只白色怪物还伸出两只黑手臂挥舞着。我缓慢地向前走，这才看清一位敦敦实实的老汉，咧大嘴笑着，顶着一张单人蚊帐，怪滑稽的。他见我诧异的样子，便张口说："你瞅啥？你不看这里是蚊虫的天下吗！这些恶东西，咬了骆驼，骆驼身上流血，更别说人了。人出外解手的时候，都得挖一堆土赶蚊虫，我干脆就顶着蚊帐出来了！"只在此时，我才感觉到眼前蚊子成团，牛虻成群，而且发出嗡嗡的声响，向我的鼻眼愣叮而来。这儿哪来这么多蚊子？刚才我的感觉怎么那样迟钝呢！老汉撩开蚊帐像穿着宽大的白套裙似的，边走边说："在这里生活，还得学会和蚊虫斗争！我编了几句顺口溜：蚊成群，阻住了视线，蚊飞鸣，混乱了耳闻……"

在一片低凹的戈壁滩上，凸现出几孔粗糙的土窑洞，周围有几座小茅屋和十几顶单薄的帐篷，一大群弓背的骆驼在远处觅食走动，来往行人多是赤身露体，仅穿着遮羞的裤衩。哟，我莫不是来到了一个原始部落？这些野性十足的人在忙活啥？尽管我心里感到迷惑，然而在这荒僻的高原上能见到人和这个部落，已使我感到无比欣慰的了。

我随着这位老汉走进了一孔土窑洞里。窑里倒很宽敞，窑掌醒目地悬挂着一幅玉兰花国画，翘起的花骨朵仿佛散发着一种清香的气息。写字台上摆着些泥捏的土烧砚台、荸荠、螺狮之类，简陋的土窑里有了这些小玩意，显得颇有生气。然而，最有生气的还是这位老汉，他扯去身上的蚊帐在窑里走来走去，给我说这说那，然后从木橱里取出一瓶茅台酒，顺口说："算是给你接风吧！"他给我倒了一杯，然后又给自己倒了一杯，便仰起脖子咕噜一声灌了进去。我喝干了几杯之后，他兴致盎然地说："这鬼地方，要啥没啥，人要在这里求得生存而且要长期生存下去，就得创造！蒙古语说这里是出金银的地方，可是在啥地方谁也回答不上来。工人们问我到底在哪儿？我说就在你的脚下，就是你搭帐篷的地方！哈哈哈……"

他笑得很爽朗，很豪放，整个窑洞都被他的笑声震得落起了土渣渣。我这才注意到，他浑圆的脸面上泛着红光，额头上几道深刻的褶皱舒展开来，两只鹰隼般的眼睛灼灼逼人，放射着自信和乐观的光芒，使你感到这位老汉具有一种坦荡的军人风度，像是久经沙场的指挥官似的。

在此后的几天里，我在格尔木接触了不少驼工、队长和工程师们，才晓得这位老汉就是慕生忠少将，是修筑青藏高原公路的总指挥。呵，一位将军！这位身经百战的将军，在少年时代就跟着刘志丹闹红，闹翻了官府衙门，闹翻了土豪恶霸，闹得陕北高原红红火火起来。至今，他身上还留有十几处枪弹伤疤。一次，我发现他的左脚后跟有条黑斑，走路不对劲，他说这是一九三五年被敌匪打伤的，去年在兰州开刀才取出一块弹片，而时隔已是二十有年了。后来，他转战南北，在西北战场和蒋胡匪军周旋，经历了惊心动魄的搏斗。全国解放后，他在兰州军区组建西藏运输总队，其后他又开始另一场战斗——修筑格尔木到拉萨的公路了。

在青海西藏之间修一条公路是破天荒的，是造福青藏高原子孙的千年大计。一九五三年冬季，慕生忠将军率领一百四十人，后来增加到一千二百人，从西宁出发，来到了格尔木。他们顶着高原的寒风，见山就爬，见石就查，开始了艰苦的探路行程。在沉寂了千万年的荒山野岭，在昆仑山的冰川雪线上，在海拔五千多米的唐古拉山，要探出一条路有多么艰难呵！慕将军给探路的人说："前进！哪怕前进一尺也叫前进，一定要探出一条路来！"经过四个多月的跋涉，一条青藏公路的草图绘了出来，随即便开始了史无前例的筑路工程。

我们都是一些平凡的人！慕生忠对我说："可是不平凡的事业是由

平凡人创造出来的。我们要打破人间筑路纪录，在世界屋脊上开辟一条通天大道来！"他和筑路职工们每天只吃一点大头菜，啃着干馍馍，迎着酷暑寒冬，踏冰河过雪线，走入毫无人烟的深谷，登上唐古拉和冈底斯山。在筑路过程中，他和工人一起开山背石头，一块抗洪抢险，在冰冷的沱沱河整整泡了六七个小时，走上来两腿发青，麻木得失掉知觉，弄得他三天两头打针吃药，腿仍然发疼发酸，晚上疼得睡不好觉。在长期的战斗生涯中，他已养成和战士同甘苦共命运的脾性，你不让他干那怎么行，他就是这么个倔老汉。他在检查工程时从不带行李，走到哪里就和工人一起睡一起吃一起干。一次，工程队为了怜惜老汉的身体，在收工的时候，特意为他炒了一盘鸡蛋，他吃完饭炒鸡蛋却原盘未动。他心里想着工人群众，他们吃的甚？我为甚要这么特殊！成千成百的工人在高原上吃从来没吃过的大苦，拼死拼活地甚至牺牲生命也在所不惜，不都是为着共同开辟这条神秘的西藏人民早已盼望的大路么！

在人世罕见的世界屋脊开路，由于缺氧和吃食困难，有多少人患了坏血病，有多少人勒紧裤带干活，又有多少人从冰崖上滑落，有多少人倒下去再也爬不起来，献出了他们年轻的生命。慕将军深深地晓得这些，他时常亲临工地，向大前沿阵地寻找最好的战机，保证以最小的损失赢得最大的胜利。他和筑路工人们一起，还在高原上摸索出三条生活经验：一是吃饭不要吃饱，二是睡觉头要枕高，三是觉得身体不舒服别躺下，转悠转悠就好了。他是个乐观主义者，他爽朗的笑声时常惊动得高原的雪鸡飞起来，感染着工人们也跟着他笑了。他还根据筑路地形和自然风貌，沿路起了许多饶有趣味的名字，例如纳赤台、五道梁、风火山、套套河、开心泉、开心岭等等。他还为这些地名写了不少即兴诗，如开心岭：

找路入深谷，

疑似又穿云；

平坦直跨过，

取名开心岭！

一九五四年十二月十五日，连绵千里的青藏公路终于修到拉萨，布达拉宫欢腾了，无数藏族同胞热泪滚滚地欢呼，筑路员工们也喜得直抹眼泪。此时，爱好写诗的慕生忠以从来未有过的激情，回想到"开辟布尔汗布,战到天涯桥边"的情景,想到"在空气稀薄的高原"和"冰雪交加的雪线"的搏斗，真是"踏破千里雪，走尽长江水！通过怒江上游的黑河,炸开冈底斯山"的气魄！如果把他沿路写的许多诗搜罗起来，将是一本极别致的诗集。可是，他没有工夫这么做，他晓得路是修通了，但是修补维护的工程还很艰巨，还得继续作战！

格尔木作为青藏公路的总指挥部再适合不过了。这儿四通八达，东通青海省会，南入西藏拉萨，西达柴达木石油基地，北望河西走廊。但是，要在这苍凉的大漠扎下根，谈何容易！这儿一无所有，只有肆虐的狂风和夜半的狼熊。慕将军却极其自信，他时常给周围的人说："我们有个宝贝武器，这就是人！有了人，就可以生存，就可以创造！我们喜欢城市，但是更喜欢自己创建的城市！我们要建设格尔木，要做格尔木第一代祖先！"

慕将军的话说得铿锵动听，掷地有声！

于是，格尔木第一代祖先们在承担西藏运输任务的同时，开始了另一项史无前例的工程——创建格尔木城。在慕将军总体策划下，人们抢起了铁锹和坎土曼，在大戈壁上开垦出四百亩荒滩，从昆仑山峡把格尔木河水引入基地，首先试种白菜、萝卜、洋芋、韭菜和西红柿，继而又用戈壁红柳和泥沙，盖起一座座避风的土屋。为了改变戈壁干涸的环境，人们还在四周栽植了十万棵白杨和柳树。我来到这里的时候，这些白杨虽说还是些干条条，可是已吐露出青嫩的小树叶，随风飘摇，煞是动人，可以想见不久的将来，这儿必会是一条绿树成荫的大道。使人感到奇怪的是，在一孔孔土窑洞周围刚刚插下许多柳枝，还不知道活过来活不过来，慕将军倒给它起了个名叫"望柳庄"，说是为了招徕各方来客。

从望柳庄望出去，慕生忠指着一望无际的荒滩说，这里已为未来的城市勾勒了四五条大马路。马路的东边是汽车大修厂，露天地里已摆出三四十辆待修的各种卡车。马路的南边是第一砖瓦厂，说是五个人背着一口大锅来到荒野，自己淘井挑水打柴烧饭，竟然已烧出了第一窑砖瓦，也许慕生忠写字台上摆的土砚台、荸荠之类也是这儿烧制出来的哩！这儿还有一座挺大的昆仑皮革厂，慕将军说这是从今年四月开始筹建的，六月已投入生产。我见旷野里挖有一个大池，浸泡着几张野牛皮和羊皮，然后捞出来脱毛，放在大木桶里浸灰，经过刮里除灰浸酸，再经上色，又在缸里吃油，而后再刷一次色浆，最后整理干燥，一张张完整的皮革就出来了。在几间红柳搭的土屋里，既是车间也是宿舍，五十多个师徒们有旋皮的，有纳鞋底的。另间屋里展示着高筒皮靴、皮大衣、皮夹克、皮帽和皮手套，都是适应高原生活的皮货，令人不禁赞叹不已。我问这里的师傅，他们多是西安人，都是为创建格尔木城而来。昆仑山有的是牦牛走兽，何况这里已开辟了花海子、五道梁和套套河七八个牛场羊场牧场，不仅可供食用而且皮革原料也用不着发愁。慕将军乐呵呵地说："今年八一节，我们还举办了一次皮革展销会呢！你，也可以在这时做件皮夹克，花不了几个钱。"我连连点头，想来穿着昆仑牦牛夹克该有多么惬意！

我在这里所看到的一切，都使我兴奋异常。慕生忠和来自天南海

荒漠里的将军

北的人们，在荒凉的大戈壁上创造着生活，创造着社会，创造着城市，创造着花朵！呵，格尔木第一朵花，就是年近花甲的魏承淑老人创造的。他不远千里跟随慕将军来到这高寒地带，在盐碱地里移栽苹果、沙枣树、杏树和葡萄，试种八月菊、六月雪、虞美人、蓝筒絮花和金盏花，尤其是蓝筒絮花在阳光下，顺杆开着筒状的淡紫色的花朵，特别惹人喜爱。他经营的园艺场，就是一座引人注目的花园。谁来到这儿，不会不为之赞叹！然而，当我赞赏这些的时候，他却微笑地指点着慕将军说："我在受了这位慕老弟精神的感召，才来到格尔木的！"

　　慕生忠的精神！魏承淑老人的话提醒了我。我也觉得在慕生忠身上体现了一种精神，这就是创造，人类伟大的创造精神！在千万年荒无人迹的青藏高原，他敢于开创人类筑路史上的先河，第一个率领千军万马在世界屋脊上修出了一条通天大道来！在千万年虎狼出没的大戈壁滩上，他竟视荒漠为宝地，第一个动员千军万马开创了格尔木新的纪元！今天回想起来，仿佛这一切都是奇迹。而奇迹的出现，在慕将军眼里看来却是平凡的，平凡中蕴涵着伟大，蕴涵着一种创造精神。只有创造，才能生存，只有创造，才能发现美，人活在世上才有滋有味儿。此后，我还来过格尔木几次，她已变得更美丽了，变成显赫的以石油化工通为中心的大城市了。人们称她是戈壁名城，是青藏高原的明珠！

　　一九九三年八月，我听说慕生忠将军还重返格尔木城，自然受到人们亲切的接待。面对青藏高原，对于这位年过八十四的耄耋老人，该会有多少感慨，该有多少话要说，只见他抖动着满头银发，灼灼逼人的眼眶里盈满泪珠。他太思念荒漠了，荒漠也没有忘记他。他在荒漠里留下的脚印太多，血汗太多，留下的苦涩也多，委屈也多。然而他矫健的身影像雄鹰般在这儿翱翔，在这儿闪耀发光！荒漠属于他，他也属于荒漠……

跋涉者的自白

我觉得自己一生仿佛都在跋涉。

一个劲地磕磕绊绊地走呵爬呵，前面有走不完的路程，过不完的坷坎，总也没有尽头，没有终点。我这才悟到，也许当我赤条条地来到人间的时候，母亲就给了我个跋涉的命！

我是这样沉迷于跋涉，连自己的脚也管不住，战争年月在跋涉，和平年月仍在跋涉。那祁连山峰的雪线，那戈壁滩上的骆驼草，那从天而降的昆仑瀑布，那蛊惑我心的柴达木和浩瀚无际的塔克拉玛干大沙漠……

呵，中国西部的柴达木、塔里木、河西走廊，她们才是我日夜牵魂动魄的地方！

野外创业者留下的斑斑脚窝，石油勘探者义无反顾的身影，我和他们的心灵相通，我紧撵也撵不上他们，连做梦也在和他们做伴。我描绘过他们，现在也没有停笔，可总也写不完，总也不尽如人意，我深感内疚。

是的，那无数把生命热血抛洒在共和国土地上的人们，才是我倾慕的、才是我心中的太阳！

时至今日，我蓦然回头，发觉已跋涉了好些年月，山也爬得不算少了，路也走得不算短了。可是我是怎么走过来的？我为什么这么喜爱跋涉？

我的眼前忽然涌现出一幅巨大的亲爱奶娘的倩影，她那双透亮的眼睛凝视着我，是那么亲昵温存，又那么叫人惊喜不已。我终于发现，原来是她在我身子后面，是她在鼓动我不憩地跋涉呢！

呵，母亲延安，娘亲延安，此时我多么想扑入你博大的胸怀，把你紧紧搂抱！

一个孤苦伶仃的孩儿，只在投身你神圣的怀中才得重生，才觉温暖，这是不幸中的大幸！你给了我太多的爱，近乎溺爱了。我在你身边长大，在你身边求学、求知、求生、汲取人类最高尚的智慧，这才唤醒了我的灵性，开始了自己的文学征途。

世间谁没有母亲？谁又能忘记她的抚育？我的娘亲就是你呵延安！

母亲赋予我的一切已溶化为我的血肉，我的灵魂。她是我赖以生存的土壤，她是我跋涉人生的源泉。我觉得，只有如此解释，才能说明白我迷恋于大自然迷恋于山湖草原迷恋于跋涉的缘故。

我的呼吸里能嗅到你的气息，我的喉管里依然留着你的奶香。我的心路历程与你脉脉相连，我的文学生涯与你千丝万缕相系。我的心中荡漾着情与爱，爱生活，爱大地，爱人生，爱世间所有崇高美好的事物。

于是对我来说，戈壁并不孤单，沙漠并不荒凉，那壮丽的高山大河令我神往，那为人类开创光明之路的使者才是我追寻的目标！

于是我自觉有个跋涉的命。而且从来没有终点……

一九九二年三月，古都

面向塔里木

早安，乌鲁木齐！

告别了这座中国西部边陲的花城，我开始踏上塔里木盆地的行程。

一出市区，眼前豁然明朗起来。

天空显得很高，很远。刚才，天边喷吐着一缕缕晨曦，转眼已是霞光扑面。通往南疆的柏油大路，闪烁着金色的光点。远处，是褐黑色的山峦、墨绿色的小村子。间或，只见刚出圈的一群群牛儿、羊儿，簇拥着蹦出了峪谷。那个大热天还披挂着白板毡衣的牧羊人，乘马出现在羊群后面。那些羊儿还不急于寻食的样子，互相碰撞，跳跃，走向无边的山野。

再往前走，就是一派平展展的戈壁荒滩，空旷，寂静，没有人烟，没有边缘，偶尔只看见一蓬蓬落满尘土的骆驼刺，一丛丛随风摇晃的芨芨草。好不寂寞哟！

而我倒觉得，呈现在眼前的这种景色，一点也不陌生，而且有种亲切感。在无垠的大西北高原上，我跑过青海、甘肃、宁夏和陕北高原的毛乌素，到处都可以看到沙漠戈壁，而在广袤博大的新疆地面，从东到北，从西到南，更少不了戈壁沙漠。我将要去的塔里木盆地的中央，不是潜伏着世界驰名的塔克拉玛干大沙漠么！

我感到内心一阵涌动，一种压抑不住的喜悦。我就要去塔里木了，那儿该是个什么模样呢？塔里木呵塔里木，你在我心里储藏了多久，多么长久的渴望，而你却是那么遥远，遥远得紧忙走不到你的身边，遥远得只能在中国地图上端详你的风采，遥远得只有在朋友们口中倾听你的声息。

　　"你那么喜欢跑野外，真该到塔里木去！到塔克拉玛干去！……"

　　我的地球物理勘探朋友潘瑷的话，忽然在耳边响了起来。

　　他早就这么煽动我，鼓励我，不止一次了。我和他五十年代初相识，一块在酒泉盆地搞过物探活动，那时他虽然长得瘦削细高，却是眉清目秀，可称为标致的河西汉子。后来，他留苏回国，仍然干的是野外地震勘探。他跑过酒泉、新疆，到过东北、华北，海洋，足迹遍及大半个中国。现在八十年代，他所干的事业也像他本人的体魄，长大了，发福了，俨然一副敦敦厚厚的精明干练的指挥官模样。难怪他去年兴冲冲地把我拉到河北涿州——中国石油部地球物理勘探研究中心，还请来总地质师柴桂林、物理学者李全慎，给我讲授塔里木地质演变的历史。

　　柴桂林口齿伶俐，李全慎口若悬河，他们对塔里木资源的熟悉程度，就如同自己的同胞姐妹一样。他们给我指指点点，说东道西，说南道北。我趴在一张席般大的图幅上，上下搜寻着。塔里木呵塔里木，从五十年代起，这些地球物理勘探者，就在你身边来回转悠，艰苦考察，至今已有三十多年。从潘瑷、柴桂林和李全慎的语声里，笑声里，我发现他们对塔里木怀着无限深沉的情与爱。而刻入我心中最响亮的一句话是：

　　"塔里木是中国一个大型含油气盆地！"

　　用他们地球物理的学术语言说："塔里木是一个多期构造旋回的复

合叠加盆地，具有形成多种构造类型的几遇率。当油气在盆地内生成、转化、运移到聚集这样一个有机的全过程中，油藏圈闭会有良好的配置关系，给油气藏的形成创造了有利的条件。"

你看，又是多种构造，又是运移聚集，又是圈闭良好，塔里木盆地潜藏的石油热源具有很高的几遇率呵！这怎能不令人向往！这也是促使我此次奔走新疆的主要动因。我将面向塔里木，走向塔里木。我非得亲眼去看看不可！

"达坂城！"司机曹长牛突然喊道。

我睁大眼向前瞭望，刚刚穿过寂寥的戈壁，前面已是荒凉的沙漠。达坂城在哪儿？

在沙尘风扬的大路前面，显现出一顶清真寺的圆塔，高高的淡绿色的两根圆柱，色彩斑斓的牌楼，十分耀目。牌楼下面有三个三角形的门洞，两边是长长的商店橱窗，高压线从屋顶穿过。这儿莫不是中古时代一座繁华的城？好漂亮哟！

大门洞外面，横七竖八停放着许多十轮卡、三菱小轿、新式的解放牌运货车、马车、驴车、板车，还有许多亮晃晃的各种自行车和几十头小小的毛驴。穿着各色各样民族服饰的老老少少，男男女女，连说带笑，快活地向三个门洞里挤去。好热闹哟！

"咱们也在这里憩憩脚吧！"

看得出，和我同行的野外勘探伙伴是这儿的常客，时常在这儿憩脚打尖呢。

我们跳下车，挤入人丛中。从缝隙里穿过去，走进了门洞。

嗬，这么大一个集市，简直像是一座琳琅满目的大宝殿。宽敞的长长的走廊，全是用厚厚的石板铺砌，平整又雅观。中间是两列大地摊，有卖凉粉、蚕豆的，有卖羊肉串、羊杂碎的，有卖葡萄、酸奶的，还有贩西瓜、哈密瓜的，花色品种繁多，让人目不暇接。两边长长的人行道旁，是一个挨一个的小食铺，门面都不是很大，里头摆着两三张小圆桌，有的铺着塑料布，有的插着花枝，看起来小巧玲珑，出进方便，还比较干净。你从这些小铺门边走过，女主人笑着欢迎你，显得分外热情。

我们走了一转，停在一个挂着伊兰小牌子的小面店门前。一个维吾尔族的姑娘，走出门外微笑点头，伸手请我们进去。她头上没有戴传统的花帽，一汪黑油油长发像瀑布似的披在肩头。上身着白色印花绸衫，腰间系着黑裙子，脚蹬深红色的高跟半筒靴子，显得飘洒、利落。她晶亮的眼睛一闪，只问了我们一句："吃面的？"就扬了扬浓黑的一字眉，转身走进厨房去了。

从这个小面店望出去，那些地摊上站满了人群，有些人拥挤着进了小食铺。这里地摊上的经营者几乎全是女人，特别多的是回、汉、维吾尔族姑娘。她们穿着各种花色的连衣裙，腰间系着花围裙，有的留着满头鬈发，有的梳着几十条长辫，差不多头上都裹着红、黄、绿、紫色闪光的纱巾，使整个大厅闪闪烁烁，五光十色，洋溢着鲜丽的夏日的气氛。看起来，她们都忙得很，跑过来跑过去，来回给客人们端吃递喝，还不时和同行姑娘斗嘴，姑娘扑过去和小伙子打闹。

这儿荡漾着笑声、喊叫声、哄闹声，和录音机播放的流行歌声搅浑在一起，使空气里充满着喧嚷和欢乐，好像过什么盛大节日似的。我想，这里不像是达坂城内的闹区，而是城外一处繁华的"巴札"（维吾尔族语，意即集市），不过商店很少，像是以食品为主的吃喝市场吧。

就在此刻，我忽然想起那首从天山南北唱起而又风靡全国的著名的《马车夫之歌》：

达坂城的石路硬又平，

西瓜呀大又甜；

那里住的姑娘辫子长呀。

两个眼睛真漂亮！

听着这首欢快诙谐的民歌，人们会沉醉的。

你不看，来到这里赶集的那一帮小伙子多快活，他们提着录音机，举着吐鲁番葡萄酒，在地摊和小食铺外面转悠着，有的一边哼唱着，端起凉粉吞了起来；有的一边对着瓶口灌酒，顺手抓起一把羊肉串……

达坂城颇有魅力。听说这里蚕豆出名，我和同伴各人都买了一包。

上了路，我们还谈论着达坂城。不觉得，车子也开进红柳沟里了。

一阵清凉的风吹来，使人十分爽快。沿着长长的沟道，并没有看见几棵沙生的红柳，而满眼是绿丛丛的细条柳，迎风和旅客低语。沟底传来哗哗的流水声，一条泛着银光的溪流，欢畅地奔跑着。这条小溪从哪儿流过来的？我有点诧异，离开乌鲁木齐南行，距离皑皑天山已经很远，那山上的雪水是怎么从地底下窜过来的呢！

一只喜鹊停落在黑色的山岩上，突然叫了一声，从我们头顶飞过去了。人说这条绿汪汪的沟里，不只有喜鹊，还有石膏厂、砂场。从沟里流淌出来的溪流，等出了沟变成了坦荡荡的小河。几匹枣红马在小河里饮水，几位年轻的司机正举着胶皮管冲刷着沾满尘土的货车。

我们穿过一片戈壁，向托克逊驰去。

没想到，这里还有一个野外地震队哩！

我们离开大路，从一条小路拐过去，看见几排破落的土屋，没有门窗，残垣断壁，空洞洞的，据说是哪个兵营撤走以后留下的遗址。有一间土屋挂着条花布门帘，门外咧开嘴的墙上，钉着一个绿色小邮箱，旁边贴着一张队上进行文化考试的布告。野外地震队就在这样破败的屋里住呢！

一辆红色仪器车开过来，停在队部门口。从车上跳下来十几个人，还有两个女勘探队员。真碰得巧，他们刚从野外收工回来。一钻进土屋，他们就从床底下拨拉出来几颗西瓜，快当地一颗颗杀开来，给我们吃。

小土屋墙上挂着几本报表，小桌上摆着一摞资料，床上堆着一卷铺盖和衣物，再什么也没有了，很简单。其实，我晓得，他们也用不着背多少东西来，这是一支"背上背包就出发"的野战小队，今天住在破土屋里，也许明天就露宿在荒滩上了。

我很高兴认识这里的野外队长方栋良，一张红扑扑的面庞，对人热情得像团火。我听说，他颇有胆识和勇气，是这支 2142 地震队的承包者，在经营管理和思想工作上干得很出色，震源设备的使用和保养也是第一流的。我们来到队上的时候，他们已做完上半年的工作量，即完成地震剖面四百六十八点四公里，是年任务的百分之七十二。

人们称这是一支能征善战的地震队，长期转战在塔里木和吐鲁番的荒野里。这两个盆地一个冷，一个热，气候变化无常。用方队长的话说，他们"在任何困苦条件下，都要不折不扣（注意这个词：不折不扣）地完成上级交给的勘探任务"！

在托克逊，在我们走过的达坂城，到丝绸路上的鄯善、吐鲁番以至哈密的广大区域，都有地球物理勘探队活动着。由他们从地球深处勘探出来的成果，将要确定这些地方有什么宝贝。据知，鄯善那边有一石油探井已经开钻了。等着吧，我们会听到好消息的！

天晚了。太阳烤过的地面还是火烫的。这儿离火焰山不远，也许是孙悟空用芭蕉扇从那边扇过来的热风吧。

勘探伙伴约我去托克逊街上吃饭。据他们说，街市上有许多饭馆，唯有两个从西安来的回族姑娘办的食堂最赢人，来往旅客都喜欢到那儿乘凉用餐，说她姐妹俩炒的牛肉面油大味香，十分可口，好吃极了。

成天跑野外的人，难得吃上顿好饭。我们相跟着去了。

一九八七年九月七日，库尔勒市

面向塔里木

焉耆与博斯腾湖

从乌鲁木齐起程到托克逊，一直是亮铮铮的柏油大路。没想到，走出托克逊才不一会儿，我们就被扔进一条干干的甘沟里了。

甘沟，甘沟，真够干！没有水，连点绿色的小树也看不见。没有飞鸟，只有来往车辆刮起来的白花花的沙尘。我们车子只能在沙雾中缓缓驰行，遇到对面开来的车子，互相碰了面，才看得清。这漫天白色的沙尘和露出獠牙般黑色的山峰，简直使甘沟活像一只饥饿的猛兽，吞噬着过往行客似的。

司机曹长牛笑了声："炒面！"可不是，我们刚才在托克逊街市吃了顿可口的牛肉炒面，现在又在甘沟里品尝沙子炒面了。这里过往车辆很多，都在百十里甘沟中爬行，最多一个时辰的路程，却得耗去两个时辰，急人哪！

我问野外地球物理工程师郝朝柱："这甘沟里发现有啥矿吗？"

他笑了笑，摇摇头："没听说。"

我想，如果这沟里有个宝贝矿，那就会修路了。

我们终于钻出了甘沟。好爽快哟！

前面又是柏油路了，车子走得很轻快。尽管还遇到一条榆树沟，飞也似的驰过去了。这时，我们已沐浴在高高白杨树编织的林荫道之中。

乌什塔拉到了。

郝工程师说："这里西瓜不错！"

果然，我们在乌什塔拉林荫道旁边，看到不少男女瓜贩子和孩子，每个人面前都摆着一大堆西瓜。走过一段干旱的路，早已口干舌燥，正好吃瓜消渴。我走到一辆架子车跟前，上面垒着一种带花纹的椭圆形瓜，问卖瓜的小伙子，他说这瓜叫"含笑"！名字多好听。我挑了几颗大的，卖瓜者只收了一元钱，比乌鲁木齐便宜多了。这里乡民挺豪爽哩！

去南疆的路上，风情变化多端。一阵戈壁，一阵绿洲。吃足了乌什塔拉的"含笑"，刚走出不远，却碰上了一片像西瓜园的卵石滩。不，满眼一滩乱石，比西瓜不知大多少倍。圆形、棱形、扁形的卵石，像小山，像大瓮，像碌碡，仿佛天山那边刚经受过一场洪水猛兽洗劫似的，冲击滚落下来这么多卵石。唐代边塞诗人岑参描画过西域这种景象：

君不见走马川行雪海边，平沙莽莽黄入天。
轮台九月风夜吼，一川碎石大如斗，随风满地石乱走。
……

这位唐朝安西北庭节度使的判官诗人，把西域的风景未免写得过分凄惨。然而，此时此景，确也给人以真实感。"一川碎石大如斗"——比斗还要大的碎石，却也在不同的时间、地点上，印证了岑参所说绝非虚妄之言。不过，经历千年万载，这里已不是古战场，也没"将军金甲夜不脱，半夜军行戈相拨"的气氛，而有的是白天黑夜连续奔驰的运货车辆，有的是南来北往的各族兄弟们，有的是为新疆寻找矿产资源的各类地质学者和勘探队员们。

你看，刚走过一片荒凉的卵石滩，眼前又跳出一座座繁华小村庄。

一条清凌凌的小河，绕过树木葱茏的小村，从田野中哗哗流了过来。几个娃娃脱光膀子，还穿着长裤，就跳进水渠中嬉闹。朝前走，是一眼看不尽的芦苇荡，有的已经开始收割，苇草整齐地排列在地洼里。而在大路两边的农舍前、场地上，却已摆着编好的一大摞一大摞芦苇条子和席子。

不远处，有一个很大的露天市场，人喧狗叫，卖猪卖羊的，卖驴卖马的。附近，堆积如山的苇条苇席，周围挤满了顾客。我细看，这里许多农舍不是用木椽盖的，都是拿苇条代椽搭起来的。看来，芦苇是这里的土特产，是热门货，是乡民们致富的财宝。人们说这里出产的芦苇是优质上品，远销新疆和关内许多地方哩！

我忽然想到，芦苇是连着湖泊的。在芦花飘荡的原野那头，莫不是著名的博斯腾湖么！

还没等问，小曹指了指不远处说："你看，那湖里出的鱼多得很，我们勘探公司每年都要拉几回。就是不咋好吃！"

我说："都怪你是老陕，嗅不得鱼腥气嘛。"

从这里望出去，博斯腾湖那边水天相连，云雾蒸腾，迷迷蒙蒙，略显一条银色的闪闪烁烁的光带。那光带上似有大雁和天鹅飞行，摇曳着树形、船影、渔场、楼屋。我多想到这壮阔的大湖上畅游一回呢！在荒寂的戈壁大漠中，出现这条淡水湖是一个奇迹，她会给这里的农牧民带来莫大的欢乐，莫大的快慰呢！

自然，人们为博斯腾湖编织了许多美丽的传说。有的说，这条湖是玉皇大帝（又说胡大）看见这块地方干旱成灾，可怜这儿的庶民百姓，特赐予人间的。有的说，这湖上流传的故事，只有一个是可信的。那就是，这里有一位可爱的牧羊姑娘，名字叫孕丫，她热烈地钟爱着一位骁勇的牧羊少年，名字叫博斯腾。谁料，那天上的雨神心怀叵测，想抢走漂亮的孕丫姑娘，那孕丫岂肯相从，于是雨神恼怒万分，和博斯腾决斗不过，还借用雷电劈死了牧羊少年，从此不再降雨。孕丫姑娘悲痛欲绝，整天在干涸的草原上奔跑着，歌唱着，呼唤拯救自己热恋的情人，拯救苦难重重的牧民同胞。她的歌声感动了天上的仙女们，仙女把雨神的雨葫芦盗来，整整下了三天三夜的倾盆大雨，随即酿成了一条大湖。牧民们按照孕丫姑娘的心愿，呼唤这条湖为博斯腾湖，以寄托孕丫姑娘的哀思。

美丽的传说是对博斯腾湖的爱恋和赞美。的确，这是我国西部最大的内陆淡水湖，面积有一千平方公里。当然，她是一条可爱的湖，在河上可以荡舟，可以养鱼，可以采芦苇，可以发电，可以灌溉，是取之不尽的富裕的源泉。当然，在很早以前，在人们还不善于爱她和保护她的时候，湖里的鱼儿很少，水会慢慢流失，也许有天还会干涸。但是，谁能不爱和极力保护这条大湖呢？

如今，农牧业现代化建设的发展，激励着地质、水利、电业工程专家们，和农牧民们联合在一起，加速了对博斯腾湖的科学考察、规划和利用。那出产鲢鱼、鲤鱼、尖嘴鱼和大头鱼的湖不是正在新建渔场和鱼类加工厂么！那盛产芦苇的湖塘不是正在创建漂亮的大造纸厂么！那碧绿深邃的湖水不是可以改造灌溉许多肥美的良田和草原么！那使人们神往的景色，独特的湖畔不是还可以开辟旅游区么！

你听，孕丫姑娘依然在呼唤着她的情人"博斯腾！博斯腾"！歌声由天鹅从空中传递过来，动听极了。不过，她唱的不再是忧伤的歌，而是一首新的热烈的博斯腾湖之恋！

"唐僧他老人家还光顾过这儿呢！"

郝工程师的话提醒了我，焉耆回族自治县到了。

前面仍然是一汪汪芦苇荡，水草茂盛，农舍密集，郁郁葱葱。夏日的阳光，把广阔的原野照耀得光波四射。羊儿已吃足了草，在草甸上欢蹦乱跳。几峰骆驼仰起长长的脖项，在互相搔痒痒。焉耆县城边上的小村田野和草场，已是这么生气勃勃，可见城里人烟稠密，有多热闹了。

当年，唐名僧玄奘大师到西天取经来到这里的时候，曾称焉耆为"阿耆尼国"。所谓"此国的大都城方圆六七里。四面有山作为屏障，道路艰险难行"的境况，今日已大大改观。但是，距今上千年，他所说"境内泉水溪流交织，水便被引来灌溉田地。这里的土质适宜种糜子、黍子、冬小麦以及香梨、葡萄、梨、沙果等果品"，还说这里"四季气候温和，舒畅宜人。风俗淳朴，人们真挚相处"（《大唐西域记》今译）等等，乃证明这位名僧记载还是确实的，有很高的认识价值。

焉耆西汉时为西域北道管辖，唐代设有都护府，清乾隆年间设有喀喇沙尔厅，管辖周围几个县，堪称"大都城"。这里不只唐玄奘大师来过，还是中外通商大道，是丝绸之路的必经之地。

焉耆从古至今，兴盛不衰，虽取决于仁治，却还不能不归功于那生命之源——博斯腾湖。这条大湖就荡漾在焉耆盆地的肚脐眼上，她哺育着世世代代栖息在这块土地上的儿女子孙。那流淌在塔里木东部边缘的漂亮的孔雀河，不也发源于母亲般的博斯腾湖么！

焉耆号称是南疆的门户。

这也就是说，我们从这里已跨进了南疆的门槛，跨进了我渴望的塔里木盆地了。

一九八七年九月七日，库尔勒市

库尔勒印象

　　也许是骄阳九月来到这儿的原因，库尔勒留给我的印象好极了。

　　起先，从博斯腾湖那边绕过来，通过洼地里的塔什店，眼前呈现出一些龇牙咧嘴的铁黑色的乱山子，爬了好长时间也出不去，给人以阴冷森严的感觉。没料到，一跃出山峡，前面好宽敞哪！

　　雄丽的库尔勒，像天山飞下来的蛟龙似的，盘卧在辽阔的大戈壁滩上。一条黑色铮亮的光束闪过，飞向远远的天际，这是晴空闪电，还是海市蜃楼？回头一望，才知道是那通天的铁路，光束是轨道射过来的。幢幢绿色的楼房，座座多彩的大厦，排排黄色的平屋，擎天的烟囱，宽大的街市，大路边随风摆动的杨柳，还听得见潺潺的流水声。满眼尽是新的城市型的建筑物，岂是我想象的荒漠中小小的驿站。

　　的确，我曾以为库尔勒不过是丝绸之路上的一个驿站。从古书记载来看，两千年前这儿是个游牧点，是奴隶主来往争夺的战场而已。只是从西汉张骞出使西域，联络大月氏、乌孙等，把匈奴赶出天山以南，开辟了中外通商的丝绸之道，才在这儿驻扎有少许戍兵，开始修筑了城堡、烽火台和驿站。汉得有西域，始自张骞，成于郑吉。而作为西域都护的郑吉，府第设在乌垒，也不在这儿。后继的西域都护班超的府宅，也不在这儿。唐贞观年间设立安西都护府于高昌，后迁龟兹，库尔勒长期属焉耆管辖，直到民国年间才正式置县。一九四九年底，中国人民解放军西北野战军进驻库尔勒，一九七九年经国务院批准设立库尔勒市。

两千年来，库尔勒从一个游牧小镇，成长为新疆维吾尔自治区屈指可数的繁华城市，不能不使我脑海里打了个惊叹号！

这天，我和几个伙伴相约，从东郊戈壁滩上，穿过渠水淙淙的环城路，拐入了市区。

一大清早，从东到南的大街上，已是车水马龙。沿街许多崭新的参差不一的楼房前面，各种货车、拖拉机、毛驴车、板车来往穿梭，挤成了一长串，像在摆龙门阵。这里为啥拥了这么多车辆？我们从旁边挤过去，才稍许松活了些。从南到西，从西到北，在大街和巷道里，还看见许多挂有建材、机械、煤炭、轻纺、造纸、印刷和食品加工招牌的厂房和公司。过去，听说这里只有几家手工作坊，现在已显露工业城市的端倪了。宽大的街市上，比较亮眼的是市中心那座高高的瑞阳百货大楼和不远处的民族商店。噢，你要买新疆的特产吗？这儿有维吾尔族的花帽，喀什的头巾，乌鲁木齐的瓷、盘，巴基斯坦的乔其纱，还有各种高筒靴子、英吉沙宝刀……

那就请到这里来吧！不过，人太挤了。

最热闹最挤的地方恐怕要数"萨依巴格市场"。

从远处就能看见，那边有一座拱形的大门，可是往前走上几步，就走不动了。你看，大车一溜，小车一溜，互不相让，挤挤轧轧了一河滩。骑自行车的人，还有停着的推着的，也是挤得水泄不通，形成了人和自行车的洪流，向大门那边涌动着。看来，只有那些只身单个的人，才可以自如地挤出挤进。

等挤进市场里面，虽说地盘挺大，却也是人头攒动，吵吵嚷嚷的，暖烘烘的，真是热闹非凡。搭着一长排一长排小凉棚的服装摊子，上面挂的柜台摆的和手上拿的，全是五颜六色的时髦衣物。不少蝙蝠衫、牛仔裤、红黄绿白的连衣裙、纱巾，还有项链、领针、戒指等服饰杂件，一看便知是来自江、浙、京、沪和两广一带，有些像是关内厂家专门面对中国西部制作和倾销的民族服装。这些操着广腔京调的男女小商小贩们，正在紧说忙拉地招徕顾客，生意红火着哩。

市场中央，叫声喊声，混成一片，全是卖小吃的。经营者戴有白帽花帽的，剃着光头的，看来都是本地一些蒙古、回、汉、维吾尔族市民。小吃繁多，吃的人也是挤来挤去。我见靠边的一个饭摊上，围的食客特别多。这里安放着一口大大的黑锅，约盛着半斗的白米，泡在足有半锅的清油中，大米被煮沸着，冒着泡，喷着香，亮晃晃的，怪馋人！这是出名的抓饭。可惜，我们几个刚吃了凉粉、羊肉串和拉条子，再想抓也抓不进肚子里去了。

在市场大门里的花坛周围，有一些卖瓜果和卖花的，地上放着青青的文竹、麦冬和君子兰，还有几盆开着粉白色、藕荷色的花，我问卖花姑娘，她说："四季花，四季常开哩，买一盆吧！"

这时，我却看见花坛里蹲着一个戴花帽的维吾尔族老者，伸手扯了我一下，指着摆在毛巾上的几颗小芒果，示意让我买他的。小芒果毛茸茸的，黄澄澄的。老者见我喜欢，赶忙从脚边口袋里掏出五个又大又鲜的，并伸出了一个指头。我明白了，一块钱五个。等我拿钱递给他，要取那五个大芒果时，他却急忙拨拉进了口袋里，抬头朝我狡黠地一笑，指着让我拿那五个小芒果。我笑了笑，拿起芒果尝了尝，一到嘴就化了，甜滋滋的，好吃。老者那点狡黠似有门道，卖给我这几颗是熟透了的，从口袋掏出的那几颗鲜而泛绿，放几天还能卖么！

我们从萨依巴格市场走出来，准备到铁门关观景。

半路上，遇到一台抛锚的拖拉机，拖车上装的西红柿不停地丢下来，撒了一路，司机来回拾捡着。

嗬，这些西红柿多胖多鲜呵！此刻，我想起，西红柿不是库尔勒一大特产么！一大清早，我们看见大街上挤了那么多带斗的拖拉机、卡车和驴车，都是满载着西红柿往市场上运哩！我看过轻工部天津食品质量检测站的鉴定书，评论这儿的西红柿罐头"深红而光泽，细腻而均匀，稠度流散适度，甜酸适口，富有鲜味"；曾几度被新疆评为优质产品；一九八三年被外经部授予"出口产品，品质优良"荣誉证书，畅销日本、美国、中东和欧洲。

这里有个数字很能说明它的价值：国际市场西红柿酱中红色素含量不能低于三十五毫克／百克的水平，而库尔勒西红柿酱中红色素含量竟达六十毫克／百克以上，远远超越国际市场同类产品，属于特级营养品。

库尔勒的西红柿堪称西红柿之冠！

这儿还有赢人的创汇产品长绒棉，储量可观的煤矿、大理石，以及罗布麻、毛皮等工、农、牧、副产品。

走出市区不远，踏入铁门关峡谷，沿途绿荫遮蔽，细柳拂面，我们仿佛进入了一个绿色的宝岛。

从杨柳缝隙中望出去，看见有大片大片的果园，小小的微黄色的香梨，挂满了树干枝头。一见这些香果果，令人不由得垂涎欲滴。只是还没有成熟，吃不得。不过，我曾吃过香梨的，皮薄肉细，酥香多汁。噢，香梨，香梨不也是库尔勒一大宝藏么！

人说，库尔勒气候干燥，温差大，日照长，多产葡萄、桃、瓜、杏之类，唯有香梨久负盛名。公元五世纪《西京杂记》中记载："瀚海梨，出瀚海北，耐寒不枯。"比起前三十年，库尔勒香梨的面积扩大了三十七倍，而产量增长了一百八十二点四七倍。可见库尔勒人是很会发挥自己的优势呢。

我们兴致勃勃地向铁门关上面爬去。

沿着林荫路，峡谷越走越窄，山势越爬越高。抬头看，两边铁黑色的大山，一座比一座雄伟，一座比一座陡峭，显得冷峻而又狰狞。好在山上虽然不长树，而谷底却长满了沙枣、香梨树，高大粗壮的白杨，密匝匝的长条柳，蝴蝶儿飞舞着，小鸟儿欢叫着，伴着一条清凉的喧嚷的溪流，却又给人闯入古幽仙境之感。

等攀上最高处，仰面望去，有两座摆着铁面孔的黑山直插云霄，十分像两个高大剽悍的黑铁将军，把守着一汪无比深邃碧绿的湖泊。真是壮观哪！此刻，我想，与其称这儿是古来征战的险关要塞，不如说这儿是当今最佳的旅游避暑胜地。你看，中国地矿部野外大队的那些男男女女勘探队员们，不在欢蹦乱跳地抢着往黑铁山上蹿么！

从铁门关向南看，库尔勒大地坦坦荡荡，茫茫无际，显出一派恢宏博大的气势。史籍上说，库尔勒的名称来自维吾尔语，意即观望之地。此关是天下二十六关之一，是西域最险要的口子，从这儿举目眺览，库尔勒天宇轩昂，无比开阔。此刻，我也想起，库尔勒市在当代改革开放之时，提出要把本地资源优势转化为经济优势，与新疆内外和海内外发展多向联系，而且提出了一个响亮的口号："打开城门迎四方客！"

"打开城门迎四方客"，多诱惑人！

看眼前，这座厚重雄伟的铁门关能打开么？会吧。怎么不会呢。

我寻思，这无比壮观的铁门关，实际上只是地壳运动遗留下来的一个意外的奇迹，是大自然一个天才的艺术杰作，从古至今原本就没有过大门，只有那黑亮似铁的高高的山峰，和那发源于博斯腾湖的秀美的孔雀河，时刻敞开胸怀准备迎接远方来的客人们。至于，后来之

库尔勒印象

所以被称为兵家必争的铁门关，那是人为的，是人为的摩擦、野蛮的争斗和屠杀，才把天然景观化成了鬼门关。今天，应该是还铁门关天然景观的时候了！

是这样么，让我们在铁门关瞭望吧！

一九七八年九月十六日，库尔勒市

燃烧的年华

　　在未进入塔里木盆地的时候，我曾听到一句顺口溜，不知怎么说起来的，或许是玩笑话吧："宁把牢房住，不进塔里木！"

　　莫非塔里木竟是这么吓人么？

　　这会儿，我站在天山南麓的戈壁滩上，正是塔里木的东北边缘，从天山那边刮过来的风，穿过褐色的山峦，在库尔勒市上空呼啸着。郊外狂风飞卷，新修的马路两旁，小小白杨树瑟瑟缩缩，发出颤抖的声息。许多刚栽种不几年的树苗，大约在移栽那天就已断水，仅剩下了些干枝条儿，可怜巴巴的。只有稀稀落落的红柳丛，舒展着蓬勃的身姿，在细密的枝条上面，露出紫红色的脸庞。

　　附近，一道不高的砖砌围墙里面，升起团团绿雾，高空线路交错，楼房鳞次栉比，而等走进院里，忽然花香扑面。院中的花坛、道边和楼房外面，盛开着月季、步步高和扫帚花。间或，从一座静谧的大厅门口走过，似还能听到电子计算机传出的奇妙的叩击声。围墙内外，迥然两种不同的天地，不同的氛围。

　　这是位于库尔勒市东郊的中国石油部一个野外地球物理勘探基地。

　　我这次来塔里木，遇到了不少野外地质界人物。在这个基地上，又结识了许多地球物理勘探者，其中有初出茅庐的大学生中专生和来自全国各省份的小伙子和姑娘们。

从乌鲁木齐到库尔勒，从丝绸之路上的焉耆到库车，从沙漠小县沙雅到塔克拉玛干，无处不有野外学者，无处不有探矿者。这些从关内来到这儿的陌生人，沐浴着戈壁的风，沙漠的光，不几年肤色变黑了，气质变野了，俨然成了个塔里木人。我为结识这些勘探者感到欢喜，而他们人数之众，队伍之大，足够组成一支气魄宏大的野战军！

物探主任工程师林振刚风趣地对我说：

"十年以前，听说要调到塔里木来，路太远，住戈壁，没有油吃，语言不通，那阵我们对这儿不了解么，还带着猪油、盐巴、花生米……"

他说着笑了："上了路，尽是戈壁，几小时甚至一天见不到人烟，你能说不吓人么？石油工人随时准备调遣，随时准备吃苦，你能说不来么？"

其实，对于像林振刚这个爱着地质行当的人，跑野外早已不在话下。

他六十年代从北京地质学院出来，时而跑四川，奔玉门，时而来往于鄂尔多斯地区和华北平原，哪年哪月过过安生日子，哪年哪月不是在野外风浪中度过的？不过，到塔里木来，和戈壁滩打交道，却是有生以来没有过的体验。谁知，这一体验，就是十年。如今，你看这位在福州海湾泡大的中年汉子，本来脸面就有点见黑，现在已是黧黑透亮，加上一头蓬松浓黑的美发，戴着红边眼镜的黑眼睛，再加上这一身笔挺的黑西装，你会以为他是刚从非洲归来的学者。

林振刚跑野外的确把脸跑黑了，也许还脱了几层皮，可是人却显得精明、洒脱，一谈起塔里木来十分热情，乐观豪放充满压抑不住的感情。

他和许多物探者来塔里木的时候，开始在盆地西南的莎车，那儿有绿洲，有村庄，他们却要到戈壁滩上去。野外勘探者就是这么个劲儿，专挑人不喜欢去的荒僻的地方。荒僻，苍凉，酷热，风暴，煎熬人的戈壁滩呵！生活艰苦不说，搞地震爆破，却没法打井，只能用人工挖坑。坑深最少两米，全靠人力挖，男男女女一齐挖。一上去，一身灰，从早到晚不停，时常碰到地下岩层。一天只能挖一两个坑，而每放一次炮，最少得五六十、七八十个坑。大面积坑，大面积组合，大爆炸量，采取的都是原始常规的地震方法，真不好受哟！

就这样，他们年复一年在戈壁滩跑着，年复一年在荒漠中泡着。就这样，十年八年过去了，二三十年过去了，姑娘变成了老太婆，小伙变成了白头翁。这都是为什么？难道他们没有家室老小，没有妻子儿女？他们不懂得天伦之乐，没有爱情追求？不说那伙急得还没有找到女朋友的光棍们，就说有幸早已结婚的林振刚，从大学出来跑野外，至今三十年，和爱人丁顺珍一块儿有几天？一年有几个月？二十年加起来有七八年在一块儿，也算不错了。他的大女儿已上了初中，而他亲自接送过她几次？他的小儿子在睡梦中呼唤爸爸的时候，他在哪儿？

和林振刚相似的情形，在这里不胜枚举，也许这也是野外勘探者一种特殊的职业际遇吧。然而，我觉得，勘探者深深地热爱生活，懂得爱情的价值，他们从心底里对爱人和儿女们的那种疼爱是无法比拟的。可是，在他们的儿女们看来，也许爸爸对她（他）们的熟悉程度，远远不如对塔里木那么熟悉，那么亲近！

我和野外勘探者有过许多接触，时常为他们那种对人生的理解、博大的胸怀和热烈的追求所感动，他们每个人身上仿佛有什么东西燃烧着似的，对野外勘探事业有执着的向往，有炽热的情感。

在塔里木这个物探中心，我结识的野外学者郝朝柱、林振刚，年轻的苟文辉、温声明等地质工作者，就是这样的人。他们给了我许多塔里木新的知识，而他们共同关心的是野外物探技术手段的进步，从对二十世纪五十年代的原始地震、模拟地震仪到数字地震仪的演变的研究，和对新的物探方法的探索和创新，都为的是加速塔里木勘探的步伐。林振刚把勘探方法的发展和"四化"的进程联系起来，创造性的工作热情很高，大概因为他本人就是主持野外地震勘探方法研究的。当今，科学技术被肯定为生产力，真是人们认识上的一大飞跃呢！

不过，人们不会忘记，即使在长达三十年运用比较落后的勘探方法，勘探者仍然在塔里木广大区域里，追寻到不少储油气构造，而且开发了柯克亚油田。同时，以两个地震队的兵力，冒着风险闯入了荒无人烟的塔克拉玛干沙漠，沿着和田河竟然横穿南北，做出了前无古人的第一条地震长剖面图。这有多难得呵！这要付出多少代价呵！这是全靠人力和落后装备拼杀出来的呵！

人们也不会忘记，许多勘探者在这儿度过了自己的青春年华，以至献出了自己的生命！他们在塔里木，在塔克拉玛干，留下了人们永难忘怀的最早的艰辛的足迹！

当然，在此以前，塔里木是个未知数。

也许因为无知和未知，人类给塔里木披上了一幅神秘而又奇幻的面纱，从而引发中国地质学者和外国探险者的向往。

据悉，从远古到近代，有不少中外人士来这儿考察和探险，而流传下来的却是一些似是而非的悲惨的结局。

中华人民共和国成立之初，只有那些真正不畏艰险的中国地质学者，才陆陆续续来了，才成批成批来了，才真正开始了塔里木盆地的勘探史。在这儿，勘探者的一举一动，都会引起国内和国际地质界的关注。人类渴望了解塔里木，渴望认识塔克拉玛干，她真是那么难以接近，那么神秘莫测么？

我国著名的地质家黄汲清，早年就热爱塔里木，晚年依然眷恋着塔里木。

一九五九年初春，我曾经在北京一次地质勘探会议上，领略过他的风采，倾听过他慷慨而又精辟的学术报告。那时他正是壮年，陈述自己的观点坦率、明快，声音清亮、激越，听起来很拿人，有吸引力。没有想到，在他已达八十高龄之际，还是那么热情，那么不辞劳苦，千里迢迢跑到了乌鲁木齐，出席一九八四年度"塔里木盆地油气资源座谈会"。他的到来，本身就具有强烈的感召力，给与会者以很大的感动。而他的不唱高调又观点鲜明的报告，比往年更坦率、更生动，使与会的二百多老、中、青地质学者为之倾倒。

他一开场就满含感情地说："塔里木这个地方，好多年以前我曾来过一趟，那是很久了……"

黄汲清教授谦虚治学，智力过人。他虽年事已高，却像小学生似的不耻下问，时常向晚辈求教。他在讲话中列举的"我的老师"如：柴桂林、贾润胥、陈令明、田在艺、夏登斌、张传淦、傅家谟等等，都是些闻名的地质学者，其实也是他的晚辈，有的还是他的学生。他这样说："老师不以年龄而言，以年龄而言我是第一；而是以学问而言。"

随即，他就塔里木的地质、构造轮廓、沉积地层、生油岩系和含油远景，作了痛快淋漓的剖析，简明扼要地指出方向："我的意思是塔里木盆地远景是很大的，构造是很多的，石油是有的！"

他还鼓动说："要不惜花几千万、一亿元来搞这项工作，花十亿也值得。搞出个大油田，一年就是几十亿。如果没有，我们把它搞清楚也值得。一定要赚大钱才干，天下没有那样的好事，总得冒点风险！"

这位令人尊敬的中国地质前辈还建议："这个钱值得花，给中央吹一下。一个人不要太近视了，三五年内就要发财，不行。……我们是穷光蛋，可以成大富翁！不怕，投资不怕，要有这个胆子才行，搞石油就要这样做！"

从黄汲清教授激情洋溢的语声里，人们不仅深化了对塔里木的理解，不也同时觉得有什么东西在他身上燃烧么，不也体味到他对塔里木盆地那种火热的感情、期望和追求么，不也看到了一个老地质家那颗透明的赤子之心么！

中国地质界的各类学者，虽然各持不同的论点，但是都把视线转向了塔里木。塔里木就像当代的优生儿似的，从来没有得到过这么多学者的疼爱。黄汲清等《中国大地构造及其演化》，张文佑《断块构造导论》，李春昱等《亚洲大地构造图说明书》，杨华《塔里木盆地地磁场构造及含油气远景》，周中毅《塔里木盆地的地温梯度偏低，深部有较大的油气前景》，田在艺、柴桂林、林梁《塔里木盆地地质构造演化与含油气展望》，张耀荣、李明、郭云河、郑源来《塔里木盆地重力解释成果报告》，等等，恕不再列举。

各类学者在诸多论著中，从不同角度加以论证，都倾注了对塔里木的关怀。

塔里木确实成了中国地质界的佼佼儿了！

身处塔里木第一线的野外勘探者，正是在这种良好的学术氛围中工作着。

自然，对于野外地质学者们来说，他们更看重实践。三十多年以来，野外勘探从喀什—巴楚—莎车的三角地带，波及整个塔里木五十六万平方公里的土地。如果说，这三十年的岁月是漫长的，生活是艰苦的，无疑是真实的。如果说，这三十年的青春年华白白地耗去，头上都添了白发，而毫无结果，那鬼才相信！野外勘探者在这儿经受的艰难鲜为人知，而他们在这儿获得的成就却是破天荒的。对塔里木这个正在发育猛长的佼佼儿，哺乳者的感受再具体，再深刻不过了。

发现和哺育塔里木油气资源的就是野外勘探者。

我在塔里木，在塔克拉玛干，和在库尔勒这个物探基地上，所见到的和听到的一切，都使我乐在心中，兴奋得不能自已。如果说，野外勘探者过去在这儿只是走边边，也就是说，老围着塔克拉玛干沙漠打转转，现在已经打破了地震勘探的禁区，开始揭开那被称为死亡之海的奥秘了！

从一九八三年起，和美国地球物理服务公司合作，后来我们自己干，采用现代先进技术装备，空前提高了工作效率。现在可以说，野外学者对盆地的认识、解剖和解释已有了大的飞跃，矫正了过去某些不准确的推测，增强了精确度和分辨力。除在沙漠边缘发现小油田、中油田之外，在塔克拉玛干也已发现潜伏着令人惊叹的特大的储油构造呢！

我曾经问过这儿野外勘探基地的指挥朱长福，野外学者林振刚和几个知底的人，塔里木盆地到底有多少油气资源储量？他们一个个都喜形于色，一个个却又笑而不答。

还是林振刚说得巧妙："在这儿，我们所作的地震剖面长度是历史上罕见的，石油物探史上也是壮观的！在这儿，要讲构造就是大构造，要讲油田就是大油田呀！可以这样说，我们已有了个希望数！"

好一个希望数！有这句话，就足够了。

对塔里木盆地来说，从未知数到希望数，这不仅是个飞跃，而且有着天壤之别。只从一九七八年算起到一九八七年为止，野外地震工作量已达三万六千多平方公里，占盆地总工作量百分之七十。也就是说，尚未达到百分之百，应该留有余地。

其实，对我来说，我想的并不完全是资源储量，而想得更多的是在塔里木，在塔克拉玛干大沙漠——这个世界上唯一还没有被开发的处女地上，从事野外勘探的无数的无名的勇士们，是怎么踏过了那三万里路云和月，怎么在那绝灭人烟的死亡之海中煎熬，那深深留在瀚海里的脚印，那流淌在大戈壁里的汗水，血迹！

是的，野外勘探者在这儿付出了该付出的一切，献出了该献出的一切，终于在塔里木盆地点燃起了希望的火光！

在中国大地上，在塔里木盆地，希望的火光在升腾！

我依稀看见，那火光中闪耀着许多地质学者的形影，闪耀着许多野外勘探者的笑容，他们中间有我熟悉的和刚结识的可爱的朋友和伙伴们。那火光中有燃烧的灵魂，有灵魂的燃烧。

只有那些执着地爱着和灵魂燃烧的人们，才知道如何珍惜自己的青春年华，才是这希望火光中的佼佼者！

一九八七年九月十四日，库尔勒市

龟兹乐舞之乡

"管弦伎乐，特善诸国。"

——三藏法师玄奘《大唐西域记》

库车，库车还没到呢，我的心儿已蹦跳了。

人们都说，库车是龟兹乐舞之乡。我么，也曾不止一次地沉迷于那激越的旋律之中。此时，库车就在眼前，我依稀听见，那飕飕小风吹过来的时候，夹带着悠长抒情的乐舞声。这一大群吃饱了草而卧伏在盐碱大渠上黑黝黝的羊儿，忽然一个个竖起了耳朵，随即翻身而起，拥挤在一块你踢我咬地打闹起来。

骤然间，大风来了，一阵黄色风暴从天山那边掀起，转眼酿成了塔形的风柱，在大戈壁上打转转。嗬，撒野的龙卷风！此刻，我倒觉得，这风柱恰似一个个高健的戴着绣花小帽的男性舞蹈家，正在热烈的鼓声中发狂地踢踏着、旋舞着呢。

我和我的伙伴，简直像是被狂风裹挟着，卷进了库车城。

哦，这就是闻名海内外的库车么！

在风浪翻滚的库车城中，矗立着醒目的石坊牌楼，上书四个汉字：

"龟兹古渡"！就是说，我们已到龟兹国了。

眼前，几辆搭着红色剪边凉篷的马拉车、驴拉车，上边坐着一些穿着华丽的维吾尔族姑娘，她们用红色黄色的纱巾蒙着头，护着黑油油的发辫，你说我笑地从牌楼中间款款而过。穿行在街道两边的姑娘们，一见小篷车跑过来，就向车上姑娘们频频点头，亲切招手，像有什么喜宴相约似的。不管车上坐的还是街上走着的姑娘们，一个个穿着黄的红的连衣裙，穿着红的黑的高筒靴子，一个个打扮得花枝招展，眉宇间闪动着盈盈春色。这儿是库车大街，不然，我会误把她们当做是在舞台上跳龟兹舞呢！

风停了，太阳像团火球坠在天边。

我蓦地发现，在一座大清真寺的平台上，站着一位留着长胡须、身穿开襟大氅的老者，仿佛从天而降的老仙，一动不动地站着，庄严地俯视着人间。我愣了半晌，才看见他缓缓移动身子，在平台上踱步。我想，老者是这座大清真寺的阿訇吧。寺院的门紧闭着，只能从栅栏隙缝中，看见里面的楼道和大厅，宽大而又肃穆。

此时，我想那位留着长长胡须的老者，也许这会儿已走下楼梯，应邀去参加一个家庭的婚礼，为新娘新郎做祷告吧。不，或许他就是库车几位著名的老艺术家中的一个。这儿的维吾尔族老人，即使到了七八十岁，一旦听见"热瓦甫"的弹奏声，就会一跃而起，击掌而舞，和小伙子相比，跳得更老辣熟练呢。

库车呵，古老而又年轻。

我从大街走向广场，从农贸市场到卖小吃的地摊上，看见许多新起的以维吾尔族审美样式建筑的高楼大厦，给古城增添了多许鲜丽，而特别是街市上洋溢着一种异国情趣，一种特有的欢跃的音韵。你会看到，这儿挤在一堆谈笑自若的维吾尔族老人，几个抢着掰食西瓜的"巴朗"娃娃。你会看到，那帮操着生硬汉语的维吾尔族小伙子，偏戴着小花帽，一面风趣地摆弄着手舞的技巧，一面大声叫卖着羊肉串。

更多的是那些维吾尔族少女少妇们，听不见她们在喊什么，只见在小吃地摊上扯面下锅，端饭送菜，那来往如飞的形态，那黑眼睛一闪的笑容，带有一种天然的有节奏的韵律。这不能不使人想到，仿佛这儿的少女天生就是出色的舞蹈高手，少男天生就有一副宏大的嗓门。也许，这是我的一种错觉。然而，一来到这座城市，就不由得使你觉得像踏入了一个飞荡着乐舞旋律的世界。

库车的魅力就在这儿。我感受到一种艺术的氛围，却也并不是凭空想象。

老早就听说过，这儿是古代的龟兹国，从王室贵族到平民百姓，都是能歌善舞的，刚生下的娃娃，也是爱跳爱蹦的。连三藏法师玄奘西天取经，路过这儿，也为之动容，在《大唐西域记》里盛赞屈支国——即龟兹"管弦伎乐，特善诸国"。那时，龟兹国包括库车、新和、沙雅几县的三角洲，而库车是西域乐舞的中心。龟兹国，也是东西方文化交流的丝绸之路上的一颗明珠。这儿本身就有丰厚的艺术土壤，又吸收了印度、波斯艺术的精华，使这儿成为兴盛于古今的龟兹乐舞胜地。

宋代沈辽在《龟兹舞》诗中写道："龟兹舞，龟兹舞，始自汉时入乐府。"此乐始于西汉，盛于隋唐。随着西域战乱，文化渗透，龟兹乐舞流向武威（凉州），和汉族音乐融合，尔后出现了凉州乐。继而，流向唐都长安，尔后出现了宫廷乐舞，而且远远传播开去，从东南亚流向了世界，龟兹乐舞已誉满天下！

盛唐时期，众多的文人墨客的诗词中，可以找到许多西域乐舞的形象记载。"大历十才子"之一的李端，在著名的《胡腾儿》诗篇里，记述了一个西域流浪青年艺人的舞姿："扬眉动目踏花毡，红汗交流珠

261

龟兹乐舞之乡

帽偏。醉却东倾又西倒，双靴柔弱满灯前。环行急蹴皆应节，反手叉腰如却月。"

你看，李端把胡腾舞的飞旋、醉步和腾跃，描画得惟妙惟肖。

与白居易并称"元白"诗家的元稹，在其名篇《连昌宫词》里，记述了唐琵琶演奏家贺怀智的演奏，著名歌女念奴的唱歌，吹管名家邠王李承宁（二十五郎）的表演，善笛能手李谟的"偷曲"。他所描画盛大的宫廷乐舞的情景，其中都少不了龟兹舞。试看："飞上九天歌一声，二十五郎吹管逐。逡巡大遍凉州彻，色色龟兹轰录续。李谟擫笛傍宫墙，偷得新翻数般曲。平明大驾发行宫，万人歌舞涂路中。"

龟兹乐舞虽在晚唐之后，和流传盛唐时的卡大乐（燕乐、清乐、西凉乐、高丽乐、天竺乐、龟兹乐、疏勒乐、安国乐、康国乐、高昌乐）一样，都因历史的变迁而有些已渐失传，有些甚至被遗忘。但是，在"自古帝王都"的长安，在敦煌的莫高窟，尤其在西域各地，在库车一带，那些历代艺术石窟佛洞之中，仍然保留下了许多珍贵的乐舞史料、浮雕、壁画，而且在民间的最底层有着不可湮没的根基。

今日的库车，已成为当代音乐、舞蹈和各类艺术家向往的艺术胜地。二十世纪八十年代的中国艺术界，打破极左和封建的禁锢，已在苦苦地寻觅，挖掘优秀的民族艺术遗产，进行新的艺术的探索和创新，最大限度地发挥中华民族的艺术优势，丰富祖国的艺术宝库。从古至今被人们所青睐的龟兹乐舞，怎么会被遗忘呢！前不久，我在乌鲁木齐，听说新疆歌舞团正在演出《乐舞龟兹情》，遗憾的是没有赶上趟，只是在电视屏幕上看见了一部分。即使如此，那欢跃的舞步，迷人的音律，也使人沉醉，真是"巴力卡勒拉"（妙哪）!

我从长安来。在古都长安，音乐、舞蹈家们和新疆艺术家们一样，他们在追寻周、秦、汉、唐乐舞的同时，也十分珍视发源于西域的乐舞艺术。陕西古典艺术团创作的《仿唐乐舞》,陕西歌舞团创作的《唐·长安乐舞》,其中少不了西域音韵。曾被唐边塞诗人岑参所描绘的,那"左鋋右鋋生旋风"的《胡腾舞》,那"回裾转袖若飞雪"的《龟兹舞》,那以各种音响传情的凤首箜篌、曲项琵琶、阮咸、排箫、羯鼓、觱篥等等,都是在西域乐舞基础上,加以探索研究,而搬上舞台的。

我尤其喜欢听那觱篥发出的悠长哀怨的《阳关曲》:"……劝君更尽一杯酒,西出阳关无故人。"真是沁人肺腑!

"南山截竹为觱篥,此乐本自龟兹出。"(唐李颀《听安万善吹觱篥歌》)觱篥,也叫筚篥、悲篥,又名筚管。以竹为管,上开八孔(前七后一),管口插有芦制哨子。据说,这种出自龟兹一带的簧管古乐器,早已失传。但是,经过当代艺术家的精心研制,今天已经复活,而且音色异常绮丽,富有表现力。这几年,包括龟兹乐舞在内的唐宫廷、民间乐舞,在国内舞台上引起强烈的反响,而且,每每被邀出访,走向东南亚和欧美诸国,再度重现国际舞台,赢得了海内外高度的赞赏!

艺术根植于人民精神生活之中,库车老百姓离不开龟兹乐舞。我在库车城里走着,尝受到一种艺术的美感,觉得这儿是一片难得的可爱的乐土。

这阵,我从农贸市场走出来,发现街头有一长溜钉鞋的地摊。一个个鞋匠的面前,摆有席般大的一堆高跟、半高跟和高筒靴子,几乎全是女式的,看样子都是鞋后跟出了毛病。一个个鞋匠跟前,还坐着一些姑娘,亮出一只脚来,等候师傅修补后跟呢。哦,这么多鞋匠,有二三十个,好像是专门为给姑娘们修补高跟鞋才摆摊的。

起初,我有些诧异,转眼一想,库车姑娘一定爱穿高跟鞋,才有这么多鞋后跟要补,而这儿的姑娘们又爱跳爱舞,自然很费鞋后跟了。大概,就是这个缘故吧!

黄昏，库车笼罩着一层朦胧的金雾。

此刻，我的耳边，不时传来鼓乐声、踢踏声、欢笑声，不知是在这条街上，还是那个庭院里，正在进行歌舞聚会，或举办喜宴呢。一溜溜小篷车赶过来了，一帮帮姑娘们挤过来了。我来时看到的那些穿着华丽的姑娘，此刻打扮得更加漂亮，她们簇拥在一起，还搀扶着那位留着长胡须的老者，一齐挤进眼前那条小巷子里去了。

我想起几个朋友曾告诉我："吐鲁番的葡萄哈密的瓜，库车的姑娘一枝花。"

不说吐鲁番葡萄哈密瓜多么香甜了，单说库车的姑娘，真格的像花儿一般鲜艳，像花儿一般姣美。她们唱起歌来，跳起舞来，更是洒脱娇媚，婀娜多姿。

库车呵库车，这一片神奇可爱的乐土，这塔里木龟兹乐舞的故乡！

一九八七年九月八日，库车

沙雅，荒漠中的翡翠

我要去塔克拉玛干，连夜赶到了沙雅。

吃罢夜饭，天已很晚，却毫无睡意。我多么想一览这座沙漠小城的风景呀。

哦，好一派皎白的月色！

我从招待所走出来，只见那凌空飘洒的月神，脖项上围着一轮薄薄的光晕，向小城投来亲昵的笑眼。这里月亮高远旷达，给人以朦胧恬静的感觉。如果不是脚下踩着细软的沙堆，我怎么也不会想到已身处荒漠的边缘了。

夜风吹拂着，卷起一阵沙尘，庭院花圃中的花儿，在月色里摇摆起来。城中，忽然有光束闪烁，划破迷蒙的夜空，接着传来机关枪劈劈啪啪的连射声，想是广场那边在放映露天电影吧。一条大狗突然吠着，从我身边窜过，随即只听见附近放电影传来的枪声和狗吠声，混成了一片。

此刻，我不觉笑了，想起人们说，沙雅乃龟兹国一回庄耳，"集市之中，牛羊咆哮，二更后方止。……"深更夜半，牛儿羊儿还在嘶声吼叫，这么说未免有些夸张，但也足见沙雅古来就是牛羊繁衍茂盛的地方，只是和今晚的情景相比，想来不会有观看电影的热闹了。

据说，沙雅虽说是一个小小的回庄，而历史颇为悠久。汉唐时属于龟兹国，至今留下许多古城废墟，撒下了许多迷阵。龟兹是"西域之国三十六"中的大国，丝绸路上驰名的城郭国，但是，龟兹国都城到底在哪儿？考古界议论纷纷，学者们说法不一。然而，比较一致的看法是，早先的龟兹都城是在当时最繁华的沙雅县境内的央塔克协海尔古城（维吾尔语意为骆驼刺城），遗址尚在，唐时才迁都库车。

沙雅，也许因为偏僻，不那么引人注目，直到清朝时才开始置县，沙雅的名称，是维吾尔语"沙雅尔"的转音，即首领对部下轸恤之意。看来，这里曾经有个部落长对老百姓比较体贴吧，不然怎么会出现这个地名。但是，没有史书可查，只是望文生义而已。

然而，不管怎么说，沙雅曾经有过自己的兴盛时期，过去繁华过，现在更繁华了。而繁华的标志，其中特别少不了羊羔。

这儿的羊羔，尤其是黑羊羔，著名于世。我从轮台、库车来沙雅的路上，看到山上是羊儿，滩上是羊儿，渠边卧的羊儿，路上走的羊儿，满眼全是羊儿。羊儿是灰色的、棕色的和杂色的，而唯独黑色的羊儿最多，好像一下子走进了"喀拉库尔"的王国。按维吾尔语"喀拉库尔"是"黑花羊羔"的意思。这儿的人们喜欢黑羊羔，还有各种不同的称呼。也许，因为它是一种珍贵品种，曾远销海内外，人们称它为"波斯羊羔"。乌孜别克语又叫它"黑湖"。而亚速语却叫"卡拉沟里"，意即"黑玫瑰"。

我倒觉得，"黑玫瑰"这个称呼挺恰当。一路上，我看到那么多黑亮亮的羊儿，就仿佛觉得在塔克拉玛干大沙漠周围，盛开着一朵朵黑玫瑰一般。

简直让人难以相信，在这异常干旱的沙漠地带，竟能生长繁殖这么奇特的长脂尾羊儿，这么漂亮的"黑玫瑰"。而且，"黑玫瑰"羊毛花形很多，有卧蚕花卷、肋列花卷、环状花卷、豌豆花卷、波浪花卷，等等。难怪这儿的"黑玫瑰"羊羔皮，过去远销海内外，现在仍是国际市场的紧俏货，而且受到高度赞誉。据史料记载，称之为"喀拉库尔"也好，"黑玫瑰"也好，它们的繁殖史已达一千多年。

第二天，突然下起雨来。

向塔克拉玛干沙漠腹地的石油物探基地喊话，那边回答也有小雨。直升机不能起飞了，我们只好留下，留下也罢，也好到沙雅城里转一趟。

我从机场走出来，迎着沙雅的雨。这儿的雨，似也和别的地方不同。微微的小雨，像飘洒的花粉，落在地上，眨眼间就不见影了，而路面沙土还是干的。

一会儿，雨突然下大起来，像大海涨潮似的，随着狂暴的风从空中蛮横地朝地下摔摜，霎时，天地之间都显得黯淡了。就在此时，我却看见一位包着头巾的维吾尔族女人，驾驶着一辆驴板车，快活地扬着鞭子，在暴风雨中疾驰而过。接着，又看见一辆马拉板车，上面坐着一男一女，像是一对新婚夫妇，两口子打扮得一身崭新，尤其是新娘子，穿着艳丽的连衣裙，头上插着花，在暴雨中浑身金光透亮。他们被暴雨捶打着，却一点也不在乎，还互相对笑着，搂得更紧，飞也似的驰过去了。

直到中午过后，雨才歇下。转眼间，天空骤然升起一道光辉灿烂的彩虹，其势宏阔辽远，长长的呈弓状，像是从塔克拉玛干的深处腾空而起，飞转入塔里木的天际。红色、黄色、蓝色、绿色、白色的，编织成一条五彩绶带，披挂在塔里木盆地的胸脯上。我从没有见到过如此绚丽，如此壮观的彩虹。

在闪耀着彩虹的景致中，我们穿过农舍树丛，走向了田野。

雨后的沙雅，如洗过般一片翠绿，翠绿翠绿的，沙雅城像被这绿的树丛，绿的田野，包围着，形成一个绿色翻卷的天地。渠道的流水，翻腾如潮，在城边奔腾流过。在沙漠的边缘，能看到这样汹涌的流水，真惬意！

这时，工程师肖启弟告诉我："这是沙雅的生命线呀！"

哦，这里有一条长长的塔里木河，从西向东横穿沙雅，在它的两岸出现了大片的胡杨林，大片的田野，形成一条宽大的绿色屏障。而从北到南，又有一条渠道如织的渭干河，在它周围出现了座座村庄和大块农田。这两条河犹如血脉似的交错穿行，哺育着这里的民族，这里的田园，真是沙雅的两条生命河呵！

我们走进城里，也许因为刚下过雨，没有灰尘，给人以清新的感觉。

周围排列着许多土屋，间或看见几幢楼房，十分醒目。土屋是白色的，树是绿色的，组成一幅绿白相间的画面。几条大街纵横交错，大道两边树木葱茏。许多孩子在街上追逐，打闹，一个老人静神地观看着，忽然捧腹大笑，原来是孩子们把球踢到水潭中去了。我在大街走着，不由得想起，这些维吾尔族人喜欢分散居住，要么又很集中，没有一定的界限。大约沙雅傍水依林，适宜人们生活，才聚了这么多人，逐渐形成了这座城市。

我还想起，这里曾有位县长改换地名的故事。这里有个村庄叫恰达克，过去官府不理民事，更不秉公决断，引起公众不满，有怨愤指责的，有含冤诉苦的，时常弄得官府惊慌，取个名儿叫恰达克，意即"岔子很多"的意思。这位县长说这个地名不好，改名叫"大古力巴克"，意即"大花园"。还有一个地名叫排斯，传说这个村庄很穷，穷得让人瞧不起，挺不起腰杆来，据说这个名儿排斯意即"下贱""不值钱"，这位县长听到这样带侮辱性的名字，当即改叫"努尔巴克"，也即"光明园"的意思。

一个"大花园"，一个"光明园"，反映了人民的愿望，吉祥如意，众人称快呵！

更有趣的是，县北有个叫"且克拉"村，意即"敲诈勒索"。因地处库车、沙雅两县交界，官府争征赋课税，老百姓深受双重敲诈，四处申诉无门，万分激怒之下，将地名叫"且克拉"，以此表达对官府暴政的蔑视，对贪污腐败的讽刺。县里进行地名普查时，有人提出改一改，叫这个名字不好听。但是，全村一哇声要保留。一个维吾尔族老人说："名称是不太好，含义是深远的。它说明我们村过去遭受的苦难，留下做个纪念吧！"于是，地名保留下来了。以史为镜，祝愿人民再不重蹈"且克拉"时代，祝愿"且克拉"人民幸福安乐！

我们向市中心走去。来到新疆，即使最边远的地方，人们都要去逛逛"巴扎"的。"巴扎"（集市）既是许多货物和农副产品的交易市场，又是亲朋好友聚会的好场所，自然也是外地来客了解当地的窗口。

我们穿过人民路，到了热铁克街，"巴扎"就在这条街上。走进市场一看，好大一个地场呵！人流如潮，好不热闹。中间水泥台的凉棚下，有各种卖肉的、卖调料的，还有各种卖吃的，叫卖声不绝。两边有卖衣料的、卖成衣的，排列着许多店铺。

我们走进一家店铺，里面挂着堆着好多衣料，摆着几台缝纫机，几个姑娘正在缝纫。地方狭小，来回转个身子都有些困难。一个维吾尔族少妇，像是这里的店主，笑容可掬地给我们介绍这里的衣料。如果你选中哪种颜色，要做什么款式，马上可以成交，就可以裁剪、缝制。可惜，我们只是观赏而已。

从小店走出来，只听见一阵流行歌声，伴着喧嚷声，许多人拥挤着，挤也挤不进去。抬头一看，原来这里是游艺场，而楼上是录像放映厅。

据说，这是沙雅近几年新建的一个最大最漂亮的"巴扎"，也是塔里木盆地的造型最美、布局最合理的农贸市场。我们来时，已经傍晚，集市快散了，如果中午来到这儿，还不知道有多热闹呢！

　　沙雅，地域辽阔，无比广大，可是都被沙老虎吞噬了。南边是无穷无尽的沙山、沙垄，占总面积的百分之八十，直通荒寂的塔克拉玛干大沙漠。人们说，沙漠那边是个神秘莫测的地方，从那里传出的故事是骇人听闻的。沙雅人有去那边垦荒的，刚站住脚跟，一场沙暴过后，人物全无。有人进去了，却再也没有出来，连尸骨都寻不见，不知埋在何处。

　　现在，沙雅人却惊喜地发现，石油队伍开进去了，第一次破天荒闯入了塔克拉玛干，而且站住了脚。石油物探者真神奇呵！他们不仅站住了脚，而且在寂无人烟的荒漠中，寻找到了石油——这是黑色的金子，是取不尽用不完的呵！

　　塔克拉玛干沙漠不再是个谜，不再是不可捉摸了。沙雅，不再孤寂了，不再默默无闻了。

　　沙雅人，开始以新的眼光注视着塔克拉玛干，迎接着灿烂的明天！

　　幸好，第二天天气放晴，我们能起飞了。

　　当我在空中俯视地面的时候，沙雅出奇地美丽。

　　那坐落在沙漠间隙的村庄，那纵横交错的渠道，那黑压压的胡杨林，那如奔马般疾驰的塔里木河，如织如画般呈现在眼前。从地貌看，沙雅是一块绿蓬蓬的绿洲，简直像一块翡翠一般，镶嵌在大沙漠的边际。呵，翡翠，一颗碧绿碧绿的翡翠！

　　如果说，大沙漠把沙雅分成了两半，甚至是极小的一半，那么如今连接在一起了。如果说，我的前面是空旷的沙漠，那便是活的沙漠，活灵活现的沙漠，和沙雅紧紧拥抱了。

沙雅的确不再孤单了。

沙雅，像项链上的一颗碧绿翡翠，挂在了塔克拉玛干的脖子上。
美极了！

一九八七年九月九日，沙雅

莽莽的塔里木河

早晨，一骨碌爬起来，先看天气怎么样。天空出奇地晴朗，经过昨夜一场暴雨，空气里没有了沙尘，而且带着一种新鲜的潮湿的味儿。

塔克拉玛干，我们今天可以飞往塔克拉玛干了！

飞行队长李培建像松了口气，笑呵呵地指挥着装运各种物资，看着我们登上直升机，螺旋桨飞快地旋转起来，我们起飞了。现在要去塔克拉玛干大沙漠，地面上还没有修出一条路来，只能乘飞机进去。看来，要征服这个为世人鲜知的谜一样的大沙漠，并不是那么轻而易举。

从飞机上望下去，沙雅城变成了个小不点儿，小得像是围棋的棋子似的。那边是什么？黄褐色的沙漠中出现了小小的绿洲，一间间被树木包围的农舍，屋顶上都像着了火似的，燃起红彤彤的火焰？噢，不是的，仔细看去，却是红红亮亮的辣椒角。真好看呢！一排排农舍后面，是一个个小羊圈。羊儿静静地，乖乖地，被围在不规则的土围墙里。此时，已是九点钟了，牧羊人还酣睡着呢。这可能是塞外边陲和内地的时差造成的吧。

塔里木河，从疏疏落落的村庄中跳出来，犹如没有套缰绳的精屁股野马，快活地奔向前方。没有遮挡，没有阻拦，在荒漠中任性地流淌，放肆地旋转，等会儿绕成了弓形的大圈，等会儿又顽皮地绕成个小圈，虽然弯来弯去，却也舒展着身子在塔克拉玛干沙漠上闯荡。

好不自由，好不自在！这条河是巍巍昆仑山的宠儿，她从慕士塔格雪峰上呼啸而出，流经塔什库尔干、莎车、阿克苏、沙雅、库车、库尔勒到罗布泊等十一个县地，流程达两千一百七十公里，是当今中国流域最长的内陆大河，是南疆人民赖以繁衍生息的生命大河，也是世界上赫赫出名的大河。

还没有看见过这样放荡不羁的河，这样由着性儿自由流淌的河！

在塔里木河西岸，是无垠的河漫平原。

稀有树种胡杨树葱葱苍苍，红柳、白刺灌木丛密密匝匝，随处可见草甸、河汊和沼泽地。沿塔里木河两岸，有罕见的马鹿、野骆驼、野猪和狐狸，有在河汊水域里生长的奇珍麝鼠、天鹅、鹈鹕和鹳鸟，还有专在沙漠里爬行的蜥蜴、长蛇、蝎子等等。凡是能见到流水的地方，人和动物都能找到活命的根，都能生存下去。

可是，在我的前面，在塔克拉玛干沙漠，塔里木河逐渐变得又细又长，显得异常单调，只有她的流水划出一条醒目的曲线，流向沙漠的远处。零零落落的胡杨树，点缀着波澜起伏的沙丘。一棵胡杨树就是一颗绿星，在它的周围形成了一个大大的沙圈。除此以外，再也看不见什么了。

塔里木河水在大漠里悄然无声地奔流，仍然是那么任性而孤寂地流去了。

眼望着荒漠中的塔里木河，我不由得想起了人类，人类为了生存付出了怎样艰苦卓绝和顽强不息的搏斗啊！

在那可悲的三年自然灾害的岁月，在那可憎的史无前例的十年动乱中，有多少人家破人亡？有多少人流离失所？生活所迫，为厄运所迫，不得不离乡背井，四处逃亡，人总得要活，要讨个生路么！于是，在遥远的塔里木河两岸，在人迹罕至的塔克拉玛干边缘，出现了许许多多的"盲流""黑户"。人们来自黄河两岸，来自大江南北，来自辽河平原，来自沿海地带……

为了生存，为了活命，人们挥动起坎土曼，在荒野中挖出了一个个其格格热木（维吾尔语意：野麻地窝子），挖出了一条条水渠，挖出了一垄垄农田。为了生存，为了活命，人们在陌生的边远的荒原落脚，在塔里木河汊中捕鱼，在胡杨树林中狩猎，在灌木丛中采药……

正是这些"盲流"，冲破了千古沉寂的荒野，正是这些"黑户"，唤醒了千古沉睡的土地。人们在塔里木河边挖穴建家，胡杨树林里出现了农舍，荒野中出现了牛叫马嘶声。

人哪，人的生存渴望和要活命的韧劲，在荒凉的原野上得到了最充分的体现。野性的塔里木河的洪水（一九七四年）淹没了一个其格格热木，再来一个其格格热木；捣毁了一个村庄，再重新营造一个村庄。很久很久以前，相传有个叫司马义·阿吉的人，他曾幻想过在这亘古无人的大漠上，营造一个仓塔木（维吾尔语意：粮仓）。他矢志不移，艰苦奋战，但是他的幻想没有实现，疯狂的沙暴摧毁了他的农田，连他自己也葬身于胡杨林中，仅仅留下了一个美妙的传说。

难道司马义·阿吉要在大漠中营造个仓塔木纯属奇思妙想么？不是的。你现在来看看，那些由"盲流"结成的队伍，已开始治服大漠，在司马义·阿吉葬身的地方，播种小麦、玉米、棉花和蔬菜。那些由"黑户"组成的农家，已在被称为仓塔木的地方，创建了八个居民村庄，而且有了小学校，有了医务所，有了面粉加工厂……甚至有个村庄，人均收入已超过千元，还正在向小康奋斗呢！

司马义·阿吉的幻想实现了。这里不再有"盲流""黑户"的称谓，他们全部是来自四面八方的汉族人，全部是仓塔木人。

仓塔木人，无疑是个光荣的头衔。

仓塔木人，已成为富裕公民的代名词。

他们从天南海北来到这里的时候，带着眼泪和贫穷，带着苦闷和忧愁，同时也带着一双有韧劲的手。生存的渴望，使他们用这双有韧劲的手，在荒漠中杀出了一条生路。生存的渴望，使他们用这双有韧劲的手，去向沙漠挑战，破天荒地创造了仓塔木，成为最先在这里落脚的人，成为开发塔里木盆地的先锋！

塔里木河在向前奔流，她看到了也听到了，她记载下了仓塔木人的悲怆、心酸、艰辛和渴望。

在塔里木河北岸，有一座艾吉娜木的古墓，相传是圣墓。

没有人知道古墓何年何月所造，也没有人知道死者的来龙去脉，只知葬者为一位"圣人"之妻。既然是"圣人"之妻，葬者必为"圣母"了。圣墓约占地十亩，周围有数百株胡杨树，有高大肃穆的清真寺，有木栅栏和短墙，营造得辉煌而又简陋。这里地处偏僻，没有道路，平时寂寥无人，但却闻名遐迩。

每逢祭日，信民们来自数百里甚至千里以外，不畏长途跋涉，穿过瀚海丛林，远自喀什、和田、于田，近自且末、沙雅、库车，都骑驴乘马前来这儿为圣母祈祷。他们这般崇拜，这般虔诚，不是祈求圣母排灾解难么，不是祈求圣母降福于民么？

但是，圣母征服不了沙漠，征服不了贫穷，也没有带来富裕。

征服荒漠还得靠人的意志和勤劳的双手。在塔里木河两岸，有一个仓塔木，就会有几十个仓塔木。人们像仓塔木人一样，正在把绿洲扩大，触角已延伸到沙漠的深处。人们在和贫穷告别，开始想方设法使自己富裕起来。

我俯视着塔里木河，此时她似乎变成了小小的溪流，在远处闪烁着光亮，一阵被沙漠吞没，一阵又从那边跳出来，仍然像没有套上缰绳的野马儿，使着性子朝着天边自由地飘去了。

现在，眼前只有茫茫无际的洪荒大漠，露出了博大而又凄凉的面孔。

呵，无比浩荡无比荒凉的塔克拉玛干！

哦，我想起来了，在塔克拉玛干沙漠的西边，塔里木河有一条支流叫和田河，在这里是看不见的，虽同在一个大漠之中，却离得很远。和田河，在二十世纪五十年代末期，不是有支石油勘探队带着帐篷和百十峰骆驼闯进来了么！

和田河是一条映着绿色的河，可是从来没有人敢于涉足过，敢于从她身边走过，因为她身处大沙漠之中。这些野外勘探者为了摸清塔克拉玛干的地质面貌，为了探寻石油资源，竟然冒险闯了进来。他们遭遇到漠风沙暴的袭击，经受着酷寒暑热的熬煎，两个多月没洗过脸，浑身沾满了尘土，头发胡子留得老长，终于横穿过了荒无人迹的塔克拉玛干，终于在和田畔做出了有史以来第一张地质剖面图。

这些野外勘探者，才配得上是征服大漠的勇士！和田河记载下了他们的足迹，塔里木河留下了历史辉煌的一页！

莽莽的塔里木河，狂风无羁的塔里木河，在你流经的绿洲和荒野里，人们编织了多少传说，演出了多少悲喜剧，又创造了多少奇迹呵！

塔里木河已经远去了。

我们飞向塔克拉玛干沙漠腹地。在广袤无边的大漠中央，有我们许多石油勘探者在活动。在那儿，又将会创造出什么奇迹来呢！……

一九八七年九月十日，塔克拉玛干

塔克拉玛干之谜

塔克拉玛干，维吾尔语意："进去出不来！"果真如此么？

　　我期望进入塔克拉玛干，这已很久很久了。

　　当我登上米 8 直升机的时候，心还在扑腾扑腾地跳，我真的就要去塔克拉玛干了么？这块大沙漠是世界闻名的死海，野外地球物理勘探者是怎么闯进去的呢？

　　从飞机窗孔望出去，狂放不羁的塔里木河，在视线里悄无声息地消失了，眼下是一汪苍凉无边的洪荒大漠。间或，只见星星点点的胡杨树，散散落落的红柳丛，点缀在沙波浪谷之间，稍微给大漠增添了一点生机。不一会儿，眼前出现了一条龇牙咧嘴的干涸的古河床，长长的弯弯曲曲的，只是没有了水。它是哪个朝代断流的，也许是远古时期的一个遗址吧？我们继续向沙漠深处飞行，现在连死掉发黑的胡杨树也没有了，只有沙漠，黄色闪亮的沙漠，波澜雄阔的沙漠，漫无边际的苍凉的沙漠！

　　在偌大的中国版图上，只有塔克拉玛干是一片空白，在西部边陲开了个大大的天窗，用密密麻麻的小点点，标志着这里是不毛之地。这片大大的空白，沉寂了千年万年，亿万年，似乎从来没有被人问津过。

然而，她是一个真实的存在，的的确确的存在，她竟然像一个谜笼罩着庞然神秘物体似的，人们只能在远处猜度她，想象她，却无法靠近她。而据近年航测估计，她的面积有一个半英国那么大，等于安徽、浙江、江苏全部的总和，占全国荒漠面积的二分之一，是中国的头号大沙漠。

这头号大沙漠不是祖国的疆土么，她既不可爱也无法认识么，她真像维吾尔族弟兄说的那样，是"进去出不来"的地方么？

你瞧，老掉了牙的古书《佛国记》，夹杂着太多的想象和迷信味道，竟用这样的言辞吓唬人：

"沙河中多有恶鬼热风，遇者皆死，无一全者。上无飞鸟，下无走兽，遍望极目。欲求度处，则莫知所拟，唯以死人枯骨为标帜耳。"

这是一幅多么凄惨的图画！

相传，十九世纪末二十世纪初，瑞典著名的探险家斯文·赫定，曾经两次进入丝绸之路的塔克拉玛干边缘——只是边缘地带，两次都迷失了方位，没能深入沙漠腹地，随员和骆驼葬身沙魔腹中，唯有他一个受了许多惊吓，总算逃了条活命。于是，他在《亚洲腹地探险记》一书里，作了这样悲观的描述：

"这不是生物所能插足的地方，而是死亡的大海，可怕的死亡大海！"

"死亡大海"一说，约莫就是从这个探险家斯文·赫定这儿来的。

塔克拉玛干，真是那么可怕那么神秘么！

这一会儿，我正在"死亡之海"上空飞行着。可是我知道，我是要落到地面上来的。这里有我们的野外地球物理勘探者，他们在几年前早已闯入塔克拉玛干，他们和"死神"打交道的情况，还很少为世人所知。我一点不觉得恐怖，只有过度的兴奋，激动。我只是在寻思，这些野外勘探者在绝无人迹的沙漠怎么活动着呢？那无情的"恶鬼热风"不是时刻威胁着他们么？活像饥饿野兽似的"死亡之海"不会把他们生吞活剥了么？

太阳变得朦胧起来，天地间浑黄一色。

单色调的黄色的大沙漠，既看不到人，也没有树，没有飞鸟，没有了一切，仿佛这儿从来未有过生物。只有死亡之光在四处闪烁。满眼是高大回旋的沙岭，奇形怪状的沙丘，连绵不绝，没有尽头，我们飞行了一个多小时，没有见到野外勘探者的营地，好像在大海捞针，却怎么也捞不到他们的影儿。

转眼间，在一片重重叠叠的沙丘上，我发现有大轮胎压过的车辙，由远及近地，坑坑洼洼的，十分醒目地排列开去。

我一阵惊喜，喜得想跳起来，这深深的车辙不是勘探者的足迹么！

蓦然，眼前闪现出一道刺目的弧光！哦，我看清了，看清了在这片空空荡荡的沙漠洼地上，出现了一座小小的村落，银光闪闪地簇拥在一搭儿，恰似漂浮在辽阔大海中的一叶扁舟。

这不正是野外勘探者的营地么！

飞机很快向地面沉落下来，机坪上扬起缕缕沙尘。突然，从营地里涌出几个人，向这边飞跑过来。

哦，我们终于到了，到了我向往已久的和"死亡之海"挑战的勇士们的身边！

勇士们闯入了"死亡之海"，他们在洪荒大漠中能生存下来么？

这会儿，我们正处在塔克拉玛干的腹地，就是说，站在了"死亡之海"的肚脐眼上。

我很明白，这儿北边是白雪皑皑的天山，西边有莽莽的帕米尔高原，南边靠着巍巍的昆仑山，东边是埋葬过科学家彭加木的罗布泊洼地。但是，它们都距离这儿很遥远，遥远得看不见大山的影子，看不见有人家的地方，听不见鸡鸣狗叫，仿佛已经与世隔绝，唯有万籁俱寂的狰狞的大漠。四周，是看不透的沙丘，和捉摸不定的沙丘，望着不由人发愣。勘探者的营地，孤零零地扎在大沙漠之中，仿佛被世界遗忘了似的。

这儿，只有到了这儿，你才真正尝受到孤独，极端的孤独这个词是什么滋味儿。

浮现在我脑海里第一个念头是，人来到这洪荒大漠中能有活路么，能生存下来么？

哦，我的身边就是野外勘探者，他们不是在这儿活得很好么，虽说活得很苦。

我看见野外勘探者的营地，全部设在各种车辆上。除过二十多辆营房车之外，还装备有办公车、发电车、仪器车、仓库车、水净化车、炊事车和餐车，还有从比利时引进的专供沙漠用的各种机动车。车轮胎如同一个大磨盘，个儿高的人站在它面前，也要矮半截子。他们一天睡觉在车上，工作在车上，今天这儿明天那儿，是一个随时可以转移的活动营地呢。

我在这个营地里，结识了许多年轻的小哥儿们。不，这儿压根儿没有姑娘，这儿不是姑娘们生存的世界，纯粹是一个男人世界。

我约莫估算，这儿共有一百四十条男子汉，因为全部是男性公民，大家戏谑地称这儿是"男人国"。哦，并不是所有人都成为"男人国"的人选。他们全都是人丛里的尖子，一个赛过一个，一个比一个漂亮而又健壮如牛犊。我敢说，无论把哪个拉出来，都是好样儿的，会惹姑娘们动心的。

"男儿国酋长"，名叫蒿忠信。

我第一眼看见他的当儿，觉得他带点女人气，脸红扑扑的，腼腼腆腆，见人搭话，有三分羞涩。可是，我完全判断错啰，当他扭转车轱辘般的身子发号施令的时候，声音像洪钟般大，口气坚决果断，刚严硬正，说一不二，没有丝毫商量的余地，俨然一副大将风度。而且，他说完话还带着话把把："看我不宰了你！……"我见跟前那个小伙有些怕他，咂咂舌头，扭身跑开了。

蒿忠信"酋长"体魄是横向的，宽宽的肩膀，胸脯鼓鼓的，好像身子里装着一团火，随时都会喷发出来似的。他那宽厚的肩膀，笑起来直抖，他那红脸膛，即使在训人时也很可爱。和这位"男儿国酋长"在一起，你既感到有一种无形的威慑力量，也感到犹如亲兄弟般的温存。不知是谁独具慧眼，竟选中他来担任挺进"死亡之海"的 1830 队队长。

一九八二年元月，中国石油部地球物理勘探局和美国地球物理服务公司 (GSI)，在北京签订了"中国西部塔里木盆地地球物理勘探服务合同"。同年五月经对外经济贸易部批准，合同正式生效。经过了周密的部署，严格的挑选，人员、仪器、装备都已就绪，于是一九八三年五月，三个武装崭新的地震队，从不同的角度强渡塔里木河，闯入塔克拉玛干大沙漠，开始了史无前例的地球物理勘探活动。无疑，这是中华儿女的骄傲，是人类历史上的壮举！

蒿忠信所率领的 1830 沙漠队，就是挺进大军中的一支劲旅。

这些勇敢闯进"死亡之海"的公民，平均年龄还没超过二十三岁。当他们第一次站在这洪荒大漠中，会有什么样的体验呢？面对凶悍冷酷的塔克拉玛干，他们将要经受许多想象到和难以想象到的磨难啊！

他们来了，义无反顾地来了！他们要和死海较量较量，他们挑战了。

塔克拉玛干沙漠是风的世界，风塑造着沙质地面的形态。风像恶魔一样蹂躏着沙漠，想把它揉搓成什么模样，就是什么模样。风是猖狂的，无情的，肆虐起来可以推倒一切，又可以创造一切。这时，呈现在我们眼前的是风塑造的高达二三百米的新月形沙丘、沙链，间或还能看见有鱼鳞状的、穹隆状的、蜂窝状的、金字塔状的……真是千奇百怪，无可言状，但是转瞬间，黑色的风暴一来，这一切全都被扫荡一空，又会出现别样的形状。

剽悍的沙漠"酋长"蒿忠信最恼火风。

遇到七八级狂风刮过来的时候，他总是无可奈何地攥紧拳头，在空中挥舞，急得直跺脚。大风一起，漫天沙尘飞卷而来，霎时搅得天昏地暗，混沌一片，搅得你什么也干不成，只得停工。风，会把辛辛苦苦刚开拓的运输线路破坏掉，使你不得不重新开辟。风，会使野外出工的弟兄们迷路，遭难，发生意外之灾。记不清有多少回，狂暴的风魔使沙漠队断粮、断水、断燃料，最后连咸菜都啃完了，几乎濒临绝境。

蒿忠信怎能不发毛，不发躁。他晓得身上担儿的重量，把弟兄们拖进了"死亡之海"，就得好端端地拉出来！曾有几回，他在沙海中颠腾，把迷途的伙伴从死亡线上拉回来。曾有几回，他连续几夜不眠，从风魔嘴边抢救出了昏迷的小哥儿们。

一场黑风沙暴袭来，把运输线路截断了。水罐车司机王玉坤到百里以外的塔里木河拉水，被困在了半路上，到夜半时分还不见回来。蒿忠信焦急起来，坐卧不安，弟兄们也一个个愁眉苦脸，王玉坤该不会出事吧？这会儿，风越刮越大，约有十级以上，像黑妖魔似的，啃得营房车摇摇晃晃，东倒西歪，风刮到第二天凌晨，天虽明了，天却黑了，整个天地混混沌沌，伸手不见五指。

曾在世界几个沙漠上滚了半辈子的美方代理人瓦尔先生，此时神色慌张,脸色煞白,也沉不住气了,抓住报话机向库尔勒基地,紧急呼救:"这里出现了黑风沙暴,我们处境非常危险,黑风再刮下去,后果不堪设想!"

谁料,风暴中断了电台讯号,无法听清他的呼叫。可是,他的呼叫声却无形中给人们增添了一层恐惧气氛。

狂风怒吼着。蒿忠信心如火焚,王玉坤孤身一人不知困在哪儿,危险时刻威胁着他呀!

等风暴稍微减弱的当儿,这位"酋长"急不可耐地爬上车,和司机一起,跑出去寻找王玉坤了。狂风把道路已经捣毁,他们只有一边探路,一边寻找。他们在沙漠上转过来转过去,折腾了好几个小时,怎么也寻不到王玉坤。他到底在哪儿?

后来,他们才在距离营四十公里处,发现了王玉坤和他的水罐车。

蒿忠信飞也似的扑过去,紧紧地扣住了王玉坤的双肩。他望见王玉坤一下子变得疲惫不堪的样子,那扑满沙尘的灰突突的面孔,哽咽得半天说不出一句话来。王玉坤在这儿困守了两天两夜,靠吃馊霉的馒头渣和烂鱼罐头维持生命。这个从未叫过苦的硬汉子,此刻见到了自己的队长,不由得双眼噙满了泪水。他俩相对无言,热泪纵横,只有紧紧地拥抱,紧紧地拥抱在了一起。这是悲喜交集的令人窒息的拥抱啊!

世界上再没有比这生死与共的友爱感情更珍贵的了。

正是这种血肉相亲的友爱感情,把这一百四十条汉子联结成了一个整体;正是这种血肉相亲的友爱感情,支撑着他们不仅在"死亡之海"生存下来,而且再有任何艰难险情,也不能使他们屈服。

塔克拉玛干艰苦的生活把人们的感情拉近了,心和心贴在一起。你的困苦就是我的困苦,你的快乐就是我的快乐。人与人间的感情,在这儿被净化了,纯化了,无限地升华了,升高了!

与大沙漠抗争，向"死亡之海"挑战，
这就是我们时代的塔克拉玛干精神！

塔克拉玛干的气候，简直像个随时会变脸的恶狼，青一阵白一阵。

要说冷起来贼冷，气温降低到零下三十摄氏度还多，寒气逼得人喘不过气。可是，热起来就像高温大蒸笼，烤得人火烧燎乱，地面温度高达摄氏七十度左右。我们来到这儿的时候，已是清凉的九月，但是仍然热得要命，黄沙滚烫滚烫的，使你无法下脚。

我们的沙漠勘探者，要在野外测线、推路、钻井和搞地震放炮，那在沙漠受的煎熬就不用多说了，最大的麻烦还是来于自然界，他们不得不随时准备和风沙，和严寒酷暑，和饥渴抗争。美方经理麦克林历经沙场，他去过沙特阿拉伯、突尼斯、利比亚和撒哈拉大沙漠，他说相比之下，塔克拉玛干要算最可怕的了。

最可怕的要算断水。

水在沙漠里如同黄金，是人的第一需求。没有了水，野外勇士们就失去了活命的源泉。可是，这儿气候异常干燥，空气里几乎没有一点水分，热风又吹得人嘴唇破裂，每人一天喝十公斤的水，也抵消不了难忍的干渴。因此，他们不得不时常到沙漠边缘的塔里木河去拉水。

那一次，天气火辣辣的，副队长马兆宇从野外返回营地。

他被火红的太阳烧烤着，脚踩着滚烫的沙地，喉咙像冒了烟似的干渴。他大口大口地喘着气，几次想坐下歇会儿，滚烫的沙地使他坐也坐不下来，只有昏昏沉沉地挪动了步子。他渴呵，渴得浑身像着了火，全身软瘫了似的，只有十公里的路，他竟走了三四个小时。此刻，他渴得实在支撑不下去了，离营地只有百十米，再坚持一会儿就能喝上水，可是他等不得了，看见身旁有个大水坑，便急不可耐地跳将进去，大张嘴地喝了起来。

可是,他明明知道,坑里的水不能喝,又苦又咸,喝了要拉肚子的呀!他已经顾不得那么多,连整个身子都泡在了水坑里,一动不动了。哦,只有尝受过干渴之苦的人,才了解一滴水的可贵,即使是发苦发臭的水也要喝下去呵!

水,那马兆宇跳进去喝的水,就是塔克拉玛干沙漠底层的水。你也许会感到奇怪:"死亡之海"哪儿来水?人们曾断言:"死亡之海"不会有水,也没有想到会有水,水和极端干旱的沙漠绝缘了。

"男儿国酋长"蒿忠信就不信这个邪。

他和弟兄们闯入沙漠腹地,已经有好些时日了,他们体验到水是人身上的血脉管道,没有水就难以活命。

这天,蒿忠信走进沙漠深处,蓦然发现几棵红柳,便寻思起来,这沙漠植物是怎么顽强生存下来的呢?他心里一动,和几个弟兄找来推土机试着往下推,推出约四米深和二十米长的大坑,果然下面浮上来些稠糊糊的沙浆,隔天竟渗出两米多深的水。呀,多棒!多叫人惊喜!

他们再用钻机打了约八十米深的井,水就哗啦啦地喷上来了!虽然,水是苦水,又涩又咸,但毕竟证明"死亡之海"底下是有水的。有水,就可以使它净化;有水,就能生存下去;有水,以后开发大油田就不犯愁了!蒿忠信和哥们儿乐得直蹦,直跳!这是个特大喜讯,这是一九八三年七月一日,这是和沙漠挑战赢得的前所未有的胜利!

自此以后,他们每挪动一个营地,便推出一个水坑。随着一条条横穿大漠的地震测线,也留下了一个个叫人心花怒放的水坑呢!

蒿忠信和弟兄们与沙漠较量,苦是很苦很苦的,可是他们也得到了莫大快乐,这是外边的人难以享受到的。当他们完成了一条条测线和一个个剖面的时候,当他们从一个营地转换到另一个营地的时候,这就意味着和"死亡之海"的决斗中，又向前迈进了一步。他们就这样一步一步向前推进，一步一步地向前冲击，步步为营，步步获胜。赢得这种胜利谈何容易！这是经过千辛万苦赢得的胜利呵！

当他们回望着自己在塔克拉玛干沙漠留下的一个个脚窝的时候，难道不感到喜悦么，这是把死亡踩在脚下的征服者的脚窝呵！

在蒿忠信"酋长"的记忆中，最难忘怀的是在"死亡之海"度过的第一个中秋节。

那是一九八三年九月二十九日，农历的八月十五。清晨，临出工前，蒿忠信叮咛弟兄们早点回来，叫食堂做好月饼，并准备好一顿美餐。随即，他来到了施工现场，见到袁惠兴的推土机被一座特大的沙丘挡住，费了老大劲也推不出一条路。他便和袁惠兴商量，从低缓的地方绕过去，他俩并约定了会合的地点。

但是，当太阳快落山的时候，他望见小袁的推土机在五公里以外，闪现了一下，却突然没影了。他赶忙脱下红色信号服，使劲向远处摇晃，连喊带叫。可是，隔着那么多沙丘，小袁怎么能听见呢！他急得撒腿朝小袁走的方向追赶，连靴子也不知啥时跑丢了，一直追呀追呀天都黑了，仍然看不见小袁，莫非失踪了？

此时，沙漠黑洞洞，蒿忠信只觉得又累又饿，跑得两条腿发软，不知不觉地昏倒在了沙窝里。蓦然，他一下惊醒过来，意识到小袁处境危险，得赶快给库尔勒基地报信，便挣扎着爬起来，往回走。此刻，已是夜半，在墨黑的夜晚里，他发现队上二十几个弟兄，带着手电筒、报话机，急匆匆地正在寻找他们。

凌晨，他回到营地，发现所有弟兄们都没睡觉，都在焦虑地等待他和小袁。大家见他回来了，围上来问长问短，忙着给他端饭，还递过来一块月饼。他拿起月饼就想起了小袁，怎能吃得下去呢！他马上给基地报信，基地很快派出了直升机，才在十公里外的荒漠上找到小袁。

这天晚上，小袁只穿着一件背心，孤身一人困守在驾驶室里，忍受着寒冷和饥饿。等小袁被直升机救了回来，弟兄们抢着送来吃喝，蒿忠信也把那块未吃的月饼，塞到了小袁手中。小袁接过月饼，捧在手心，呆呆地望着，不觉大滴大滴的泪珠滚了下来。他哭了，默默地哭了。一块月饼，竟然换来小袁那么多眼泪，他为什么哭嘛，他不是好端端地回来了么！

这年中秋节就是这样度过的，在袁惠兴和蒿忠信遇险而又脱险中度过了。

真让人难以忘怀，一个弟兄遇难，牵动了整整一百四十颗心呵！一个弟兄的安危，就是整个"男儿国"的安危呵！

在和"死亡之海"打交道中，随时都可能迷路失踪，随时都可能出现生命危险。每前进一步，都要付出昂贵的代价呵！

这就要靠勘探者的相互关照，就要靠弟兄们的耐性和勇气。而1830沙漠队个个是勇士，个个具有百倍的精力，百倍的耐性。起初，这些勇士来到了沙漠却不了解沙漠，现在渐渐地摸透了沙漠的脾气，渐渐地适应和懂得了治服沙漠的艺术。他们把"与沙漠抗争，和死亡之海挑战"称做是塔克拉玛干精神！

好一个塔克拉玛干精神！

这不正是我们时代的精神，中华儿女的精神么！

凭着这种精神，这些野外勘探者什么苦都吃得下，什么罪都受得了！凭着这种精神，他们蔑视"死亡之海"，以大无畏的气概征服它，使它不得不软弱下来。

是的，他们是我们时代"死亡之海"的征服者，是塔克拉玛干的先行者，开拓者！

野外勘探者是"苦行僧"吗？
不，他们需要爱，渴望爱

我和这些塔克拉玛干的勘探者在一起，心情始终处在昂奋的状态中，我亲眼看到和听到的一切，使我不觉产生了一种由衷地尊敬和钦慕的感情。

我们的时代需要勇士，需要这些忘我的具有无私奉献精神的人。这些鏖战在"死亡之海"的勘探者，谁身上没掉几斤肉？谁身上没有脱几层皮？谁脚趾上没有被滚烫的热沙烫出一串串血泡？谁在和风魔的搏斗中不曾受过几次磨难？谁在荒漠中不曾遭遇过几次风险？

但是，他们没有叫冤喊苦，一个个硬是挺过来了。在他们眼中看来，比起为祖国寻找石油热源的事业来，所受的种种苦难算得了什么？而且重要的是，这些勘探者已和塔克拉玛干产生了感情。如果说，他们已深深地爱上了塔克拉玛干，我想那是再准确不过了。

冯志文，是个普通的推土机手，今年只有二十三岁，哥儿们给他起了个绰号："拼命三郎"。就是他，曾经在野外和风暴苦斗了八天八夜。八天八夜哪！你说不苦么？苦。你说不饿么？饿坏了。第九天，风小了，他挣扎着跋涉回来，快活地饱餐了一顿，美美睡了一觉，没事了。如果胸怀里不揣着爱，他肯去这么拼命吗？

冯志文干起活来没黑没明，一天推沙开路十几个小时，时常忘记吃口馍喝口水。一次，他竟然累得昏了过去，从座位上栽倒在操纵杆上。无人操纵的推土机，一直顶着前面的沙丘才停住。他一清醒过来，不觉鼻腔发热，鲜血直流，滴在了衣服上裤子上。他一天推沙开路的工作量，等于别的推土机手的三四倍。像这样拼命干活的"男儿国"公民，岂止冯志文一个呢！

这种工作精神，使美方经理麦克林先生大惑不解，他曾问1830沙漠"酋长"蒿忠信："你们中国工人也没见增加工资，干活儿哪来那么大劲头？"

蒿忠信笑了笑，回答很简单："因为他们知道自己是在为中国石油公司工作，为社会主义祖国干活啊！"

耿建军，是个青年司钻，身高一米八，长得英俊潇洒。他说自个是狂妄之徒，考北京大学而金榜无名，却成为挺进塔克拉玛干的勇士。

就是他，在一次打完第八百五十四口井后，人已经很累了，天也黑了，他拖着疲劳的身子，爬着沙丘往回走。谁知爬三步退两步，爬着爬着忽然眼前一黑，晕倒了。幸亏测量组长边国顺，见他没有跟上来，赶忙返回去，把他背起爬上了沙梁。等他一醒过来，又坚持往回走，最后乐呵呵地返回了营地。

嗨，就是这个模样长得英俊的耿建军，却因为在遥远的"死亡之海"工作，而被新结识的女朋友抛弃了。人是可爱的，工作地点不可爱，塔克拉玛干把姑娘吓跑了。但是，小耿却丝毫没有动摇，他也向往都市繁华的生活，但他却更爱塔克拉玛干，舍不得离开这儿。一回，有位新闻记者好奇地采访他，他直言不讳地说：

"干我们这一行，必须要有献身精神和超乎常人的忍耐性！成年累月不见人烟，天天同这躁人的沙漠打交道，感情上牺牲了很多很多。往往休假回家，才发现外面生活是另一种节奏。家人们给我介绍了好几个女朋友，开始都挺愿意的，可一听我是在新疆的大沙漠搞勘探的，便摇摇头离开了！我需要爱，渴望爱，但身为石油勘探者，找不到个大油田，心里不踏实哪！"

像这样的棒小伙子找不上个好姑娘，活见鬼！

宁肯感情上牺牲很多很多，也不能找那些不爱塔克拉玛干的人做媳妇！

毕竟，有许多理解小伙子衷肠的姑娘，她们爱他的人，也爱他的事业，而且想跟上一块到这儿来了。

哦，看来要不了多久，这个"男儿国"也得解体，因为已有许多新嫁娘和姑娘们要到这儿来，要掺沙子了。

有些人不太了解野外勘探者，误把他们看做是一帮子"苦行僧"。他们是苦行僧吗？他们都是一些普通的人，具有人类所共有的七情六欲，具有人生许多优美的崇高的感情。他们同样都是有血有肉的身躯，有家庭、友谊和心爱的恋人，也有各自独特的生活乐趣。可是，他们又不得不离开家庭，离开父老和妻子儿女，走入沙漠。他们中间有的人刚入了洞房就告别了新娘；有的人妻子生娃自己不在身边；有的人回家了不认得孩儿，孩儿也认不得爸爸。

嵩忠信一九八〇年来塔里木的当儿，孩儿刚出生不久。他非常想念孩儿，疼爱孩儿，连做梦也梦见孩儿小手舞动着喊爸爸哩！

可是，等到回到家，去托儿所接孩儿，孩儿却哭叫着躲他，他也心里犯嘀咕这是不是自己的孩儿，等他抱回家听见爱人喊孩儿的名字，他才心里踏实了。

这年夏天，他回徐水探亲，见孩子长得飞快，冒个儿了，嘴里直喊爸爸，要到建筑工地掏沙堆玩。他任着孩子，可是孩子玩性真大，饭也不吃，拉也拉不回来，还反问他：

"爸爸，你不喜欢玩沙子吗？"

他连忙说："喜欢，喜欢，爸爸成天和沙子打交道，怎能不喜欢呢！"

他爱人在一旁风趣地说："你们父子俩可好，儿子整天在家里爬小沙堆，爸爸常年在野外爬大沙堆！"

塔克拉玛干的勘探环境极端荒僻，凄凉，但是这毕竟是一条需要人去闯的路！

为了寻找潜伏的石油资源这一目标，这些"男儿国"公民奉献了自己的青春，默默地度过了自己的年华。他们把对祖国的爱，对事业的爱，对亲人的爱，紧紧地糅合在一起，产生出一种超乎常人的向前奋进的力量。这些公民们已在塔克拉玛干沙漠干了四年，不仅站住了脚跟，而且干得特别出色。由于1830沙漠队成绩突出，已连续两年（一九八五——一九八六）荣获中国石油部（全国石油系统同工种基层队）社会主义劳动竞赛的"金牌队"称号！

我怀着惊喜的心情敬告读者们，这些"男儿国"公民已经纵横穿过"死亡之海"，做了许多测线和地震剖面，基本上探明中国头号大沙漠的地质构造，同时发现了令世人惊叹的特大的储油气区域，彻底揭开了塔克拉玛干之谜！

此刻，我站立的这一汪浩瀚的沙漠底下，就是这些公民发现的和正在勘探的"塔中一号"大型储油构造。

毫不夸张地说，她的储油量等于三个大庆油田，这还只是瀚海中的一个而已。这些"男儿国"的公民们为人民，为中国，为开发这块世界唯一未被开发的处女地，立下了汗马功劳，立下了巍巍的丰碑！

我们以有这些野外地球物理勘探者感到自豪，正是他们解开了这片神秘土地之谜，开拓了塔克拉玛干的新纪元！

中国版图的西部这一片偌大的空白，已填满了野外勘探者密密麻麻的脚窝。

不久的将来，将会有许多有志之士迎着塔克拉玛干的曙光走来，向着这贫瘠的而又富有的瀚海走来！

"死亡之海"不再迷迷瞪瞪地沉睡，她在勇士们手中苏醒了。

嗨，这完全是斯文·赫定一个大大的误会，早该给"死亡之海"正名，叫她做"苏醒之海"才合适呢！

　　苏醒之海，希望之海！塔克拉玛干在向我们呼唤——招手！

一九九〇年九月一日，塔克拉玛干

山·湖·草原——李若冰散文选